机械王国

郝景芳 等著

江苏凤凰文艺出版社
JIANGSU PHOENIX LITERATURE AND
ART PUBLISHING, LTD

图书在版编目（CIP）数据

机械王国 / 郝景芳等著. — 南京：江苏凤凰文艺出版社，2018.3
ISBN 978-7-5594-1444-1

Ⅰ.①机… Ⅱ.①郝… Ⅲ.①科学幻想小说－小说集－中国－当代 Ⅳ.①I247.7

中国版本图书馆 CIP 数据核字(2017)第 292934 号

书　　名	机械王国
著　　者	郝景芳 等
责任编辑	李　黎　牟盛洁
出版发行	江苏凤凰文艺出版社
出版社地址	南京市中央路 165 号，邮编：210009
出版社网址	http://www.jswenyi.com
印　　刷	南京新洲印刷有限公司
开　　本	880×1230 毫米 1/32
印　　张	8.25
字　　数	190 千字
版　　次	2018 年 3 月第 1 版　2018 年 3 月第 1 次印刷
标准书号	ISBN 978-7-5594-1444-1
定　　价	35.80 元

（江苏凤凰文艺版图书凡印刷、装订错误可随时向承印厂调换）

目 录

001　深山疗养院/郝景芳

027　花与镜/张天翼

065　V代表胜利/陈楸帆

068　人骨笛/吴　霜

073　笼子里的人/贾　煜

100　龙鸢/后岁余

129　冰封的岛屿/喵掌柜

149　孤独的8HZ/林　潇

166　备案号F4-17/夕　文

199　时光追凶/sleeper

219　妈妈/天狗望月

234 当雪花落下的时候/左 力

239 歧路？同路？/美菲斯特

247 万水千山/吴道简

深山疗养院 ｜ 郝景芳

韩知并未察觉到自己迷路。

他只是慢慢地踱着步子，没注意到天色昏暗、气温骤冷，也没注意到身边人已经一个都不见了。他在山区一个人散步，从游人如织一直走到游人全都散去，还在不断向山林内部移动脚步。他并不知道此时景区大门已经关闭，家中亲人正开始着急。他更不知道几个小时之后，他的出行会被当作失踪报给警察局，并吸引媒体的目光。

韩知一边走一边想事情。他完全沉浸在思绪中，缺乏抽离，因此想了很久却不记得自己想了些什么。头脑中纷杂而过的事像云朵快速掠过，只留下地上的明暗阴影，最后空空如也。他并不愿意想那些事，只是被它们侵扰，因而他抵抗似的不愿意把它们记住。

他脑中时不时飘起妻子安纯的话。

"明天白天有事吗？"

"没什么大事。怎么了？"

"奶瓶有点漏奶，你要是没事，再去买两个吧。买进口贝亲的玻璃的那种。华联就有。"安纯当时一边说一边打开柜子，帮韩知拿出几件衬衫。

"对了，还没买奶瓶呢，韩知想。"

安纯将衬衫放在熨衣板上，一边熨一边试图用自然的声音说："咱们该买婴儿车了，我想趁着黑五打折，海淘一辆。"

"多少钱？"

"贵的便宜的都有……我想买的一辆属于中档吧……这款在好多测评中性价比和质量都是最好的，淘宝上卖五千出头的，这回黑五打折，算上转运费用还不到四千。"

"四千一辆婴儿车?! 你疯了吗？"

"婴儿车不比别的，安全性和舒适性很重要的！以后宝宝每天要在里面颠来颠去，如果不是特别抗震，宝宝得多难受啊。另外轻便也很重要的，咱们住的房子这么破，到时候还得抬着车子上下楼梯，不够轻真是搬不动啊。再有就是材料……"

"那也是婴儿车啊，"韩知打断她，"总共能坐多久？一年也用不上一两次。"

"怎么用不上？"安纯有点急了，"等天气暖和了，天天都得下楼呢。你以为养小孩就是每天把她往床上一放就什么都不用管了吗？小孩子的大脑发育非常快的。专家都说了，要不断给予新的刺激才行。不下楼看外面怎么给新的刺激？到时候过了智力发展的敏感期，你负责吗？我真是够省钱的了，你看院里其他人家都推的是什么车，有两家推了 Stokke，那车要一万块以上呢。"

就在那时，小朋在那边哭起来，安纯连忙出去喂奶。韩知犹豫了一下要不要跟过去，想了想，丈母娘和安纯两个人够忙活了，自己过去怕也是添乱。当时他看了看窗外，窗子映出自己的影子，没有表情，在漆黑的夜色里显得面色苍白，像一个吸血鬼一样。

韩知转过一个弯道，微微向下的坡路之后，是一段陡然向上的台阶。他似乎感觉到天色已经暗淡了，但是这段台阶像是一个诱惑，他下意识开始向上爬，不去想方向。从小到大，他最喜欢的就是某种无需纠结方向、只要一直克服困难前行的路途。

"韩知啊，"午饭的时候老丈人像是要跟他说些什么掏心窝的话，主动给他倒酒，他说下午还要去办公室，但老丈人主动举起了自己的小酒盅，"这么些日子，难得她们都不在家，家里清静一会儿。咱俩也难得说两句话。"

韩知只得把自己的小酒盅也举起来，一饮而尽，是加姜丝热过的黄酒，香醇但是呛鼻，他鼻子一酸，连忙闭上眼睛。

"韩知啊，"老丈人又给他倒上，"你跟安纯交往到现在也有两年了吧？当初别人介绍，我和安纯她妈都不看好，但没想到安纯还挺喜欢。那就行。闺女选择的，我们都支持。我跟她妈说，韩知小伙子不错，聪明，老实，以后不会欺负咱闺女，虽然家境差了点，但是现在不是讲究奋斗吗，以后再奋斗也可以。"他一口闷掉自己酒盅里的酒，咂吧了一下嘴，"我是一直相信，男人最重要的是得有上进心，得撑得起家。"

"您说得是。"韩知也闷掉自己的酒。

"这回买房子这事呢，"老丈人说，"安纯是下定决心要买。我跟她妈觉着也是该买了。你俩要是首付缺钱，我们给你们垫上。多了没有，一百万还是能拿出来。你们俩就还贷款就行了……当然啦，你也别有心理负担，我们这钱不是给你们，是借你们。等你以后发达了，再还给我们就是。你也不用着急，我们不急着花钱。"

"爸，这事儿还是从长计议吧，我现在还没能力还贷款。"韩知干巴巴地说。

"人得有压力才能有动力!"老丈人沉声一喝,把韩知吓了一跳,"大小伙子,得像个男人,没钱就得想着挣钱……"

安纯忽然推门进来了,怀里抱着裹得像粽子一样的小朋。午间谈话戛然而止。

韩知从家里出来,径直坐上了去郊外的长途车,四十分钟之后已经到了景区门口。小风一吹头,虚汗散尽,打几个哆嗦,他的酒意已经醒了一半。可是仍然有一半无论如何不愿意醒,晕晕乎乎,昏昏沉沉,飘飘悠悠。所谓酒不醉人人自醉。他买票进山的时候,日头已经偏西。

韩知三十二岁,博士毕业之后出国做了两年博士后,三十岁回国,很顺利找到了工作。在北京一所中档大学,虽不是顶尖,但也是算得上的排名靠前的。这些年高校竞争厉害,刚一回国就能找到北京的教职,对他来说已经算是还不错的成就。家里迅速托人给他做媒,只见了两个姑娘就定了下来,三四个月之后结婚。

新工作、新婚,加上随后到来的小宝宝,好像人生间所有喜洋洋的事情都赶到一起来了,他在这一重重挤压的事件中应接不暇,不停跑腿连轴转,周围满满的全是人,催他加快。刚对付完一件,又来一件。前一件还不大懂,后一件又摆在眼前。不像是真的。有时候他半夜醒来看见旁边婴儿床上躺着的小孩子,有一种走错了家门的惊悚感。

韩知不是不知道老丈人的慷慨和仁至义尽,但他只是不想想这些事。他的工资只有几千,各种津贴奖金都加上,离一万块也还有不小的距离,还贷款一个月至少五六千,让他拿什么生活。他是讲师,还没有带项目的资质,可以申请一些项目的子课题,但是更多时候只是给系里的教授们帮忙。课题经费很少,也没有灰色收入。

他不想想这些。想这些事,让他有一种连人生都进错门的感觉。

韩知还记得,前年刚来的时候,系里的小吴教授就曾经教导他说:"评副教授要趁早,评了副教授才有前途,前面就是吃苦。先别期望一上来就发Nature、Science,多出些篇目才是正经,要数量,一鼓作气争取把教授拿下来,到时候再做点慢活儿也不迟。"

"这哪是说多就能多呢。"韩知当时傻乎乎地谦辞道。

"这就要看投哪儿了。"小吴教授带着神秘感说,"这里面也是有难有易,有些门道的。比如说吧,前一段时间,中科院的一个杂志也列入SCI了,就是那个中国科研,也是英文的。这种杂志水平就那样,你不妨多投投,会容易很多。这事儿得自己多上心,没人替你想着。评什么东西都得趁早,越晚越难。你看讲力学的姜老师,讲得好不好?那是全校有名的好。可这么多年不发paper,还没评上去,越评不上去,越没有项目。咱们系这两年新人还不多,你抓紧时间,过两年很可能引进好多海归,新人老人都不好办。……你琢磨琢磨。要是真有文章想投,中国科研那边我认识一个编辑,是我研究生时的室友,我可以帮你说说。"

韩知当时没在意。那时候他心高气傲,真不大看得上这种新杂志。他们原先上学的时候管这种滥发文章的行为叫灌水。他不是不了解其中的行情,在国内国外,身边都不乏这种靠在各种边缘杂志上灌水混毕业的学生。他从前以为,自己无论如何不会走到这一步。

可是如今几个项目磕磕绊绊之后,再想起来,小吴教授把这些话跟一个新来的讲师说,也是掏心窝了。

韩知爬上了那一段最陡的台阶，或许有几百级，他爬到顶端气喘吁吁，大腿十分酸胀，胸口像被压上了石头，呼吸不得不张开大嘴。但是他心里觉得爽，还想再爬。从很小的时候开始运动就是他压抑时唯一的解脱方式。他从前会一个人到操场上跑圈，一圈，一圈，一圈，直到跑到自己的压抑感逝去，也不知道跑了多少圈，精疲力竭，或许已经跑了一个马拉松。一个人的马拉松。他一直很瘦，有着肯尼亚长跑运动员一般的细长身材。

他站在阶梯的顶端俯瞰远方。这是半山腰一个小小的观景平台，能看见城市全景的灯火阑珊。天色已经暗了，脚下的土地在黑暗里沉重而坚实。远方地平线还残留着最后一丝青色日光，但是城市里的灯火已经点燃，不再注意日光的存在，或者说早已开始享受黑夜的来临。韩知的酒早已醒了大半。他知道自己该回家了，可是不知为什么，他就是不想回家。

他想在这黑暗里继续走下去。他不知道自己要去哪里。小时候他很明确，他就是要走到现在，成为一个大学里的物理学者，可是现在要去哪里，他从来都没想过。

他觉得自己心里是有恐惧的，一种始终存在的恐惧。小时候可以用不停前行来回避恐惧，但现在它开始浮出水面，他不能再装作没看见。就像动画里的人物在深渊上奔跑，不低头的时候可以一直跑，但只要看到了深渊，就跌落到底。

韩知很小就被父亲发现了天赋，此后邻里邻居就都知道，这小孩神算无匹，这小孩记忆超群，这小孩会背诗，围棋也了得。他们来到他家围观他，问他一道题，让他背一首诗，再拉开棋盘和他下棋。以前他看那些大人逗小姐姐唱歌和跳舞的时候，总觉得姐姐可怜得很，不知道从几岁开始轮到了自己。他回答一两句话，就紧闭上嘴，下棋更是永远不下的。爸爸受到邻里的鼓励，带他去电视台，但他一直不配合，爸爸只好罢了。他的生活还算平静，可他从很小就知道有人看着他，有人在议论他，有人夸他。小学五年级，他被老师推到区里，参加奥数辅导班，小学六年级，拿了华罗庚金杯赛市里一等奖。初三，拿了数学和物理两个全国一等奖，夏令营之后，进了北京高中的全国理科班，高三又拿到两个一等奖，虽然没有进全国代表队，但不管怎样也保送了，本科毕业后又读博士读了五年。

他的一生似乎都在赢得盛赞，但从很小的时候，他就在怀疑，自己是不是真有天赋。当别人拼命夸他的时候，他们似乎是在赞扬另一个小孩，一个顺风顺水并且以此为骄傲的小孩。他看着自己和那个小孩的区别，不确定和他的联系。他怀疑所谓天赋只是偶尔到来的彗星，一瞬间觉得有，一瞬间又消失，再不存在。

他知道他恐慌的是什么。中学的时候，他学过一篇课文叫《伤仲永》。从学到的那一天起，他就知道那篇文章是他的劫数。它刻画了他的命运，为他提供标识。如果他战胜了它，那就是战胜它的人生。如果败给了它，就是败给它的人生。但无论如何，他都不可能过一种与它无关的人生。即使它没照亮他的失败，也照亮他的恐惧。

韩知清楚，他的很多努力都是为了遮掩这种恐惧。就好像松鼠为了过冬拼命贮存粮食。他的深渊是他所拥有的和所希望达到的境界之间的深渊。他内心期望的目标太高，实际的一切却只是琐碎的注脚。他也许终将应了那句话，"泯然众人矣"。

这些年他时常能感觉一种追捕的力量，在他身后，逼迫他气喘吁吁向前跑。就是这句话。"泯然众人矣"。他总觉得过去的一切赞誉都是给另一个人的，随时会被拆穿。他因此需要一种辛苦到极点的感觉，就像本科的时候跑马拉松，从十五公里之后就开始力竭，到了三十公里之后差不多是麻木，到最后是做梦一样拖着步子坚持下来。那种感觉让他欣慰。他不是运动高手，但那却让他觉得踏实。起码是在跑，不是在停留坠落。他于是喜欢加班，像喜欢马拉松一样喜欢加班。连续十五个甚至二十个小时之后，半夜出门，头晕但是心里踏实。他需要知道自己很辛苦。他多少能明白古代虔诚的宗教信徒为什么用自虐的方式对待自己，那是某一方面极大的焦虑，用另一方面的充盈来弥补。恐惧深渊，因而用重复的疲惫来弥补。

他一直很努力。从美国回来，到高校做讲师。他知道这在别人看来已经很好了，但他同样知道，这和他想要达到的高度相距有多远。这是0和1的问题，1是爱因斯坦的人生境界，0是所有其他生活，没有叫做"不错"的中间态。

又转了两个弯道，他开始下坡，漫长而平缓的下坡，不知道何处是尽头。脚下的路变得柔和，不像上山之路的陡峭凌厉，下山的路径变得蜿蜒舒缓，不再有台阶，改作碎石路面，在满身大汗的攀爬之后小步小步走过，格楞楞的石头按摩脚掌，有一种坚实的安抚。

再过去一段路，有一个岔口，他打开手机的GPS信号，但是搜索不到。韩知朝着自己印象中的公园门口的方向做了选择。直到此时，他仍然没想过夜不归宿或做出冲动的事情。他能说得清楚的记忆似乎也停留到此刻，至少在他次日在派出所里面对警察质询的时候，他能说明白的路线也就截止到这里。

他似乎又经过一段舒缓的下坡，但也或许是先上坡、再下坡。他记不清了。路上并没有很多岔路，他感觉自己每次都选了明智的一边，但不知怎么，就是迷路了。时间只有八点，但山中的夜色已经漆黑一片，他辨不清方向。再后来，他恍惚中走到一片熟悉的区域，虽然想不起自己何时走过，但就是有种熟悉的感觉，于是他顺着直觉走，转弯，再转弯。

然后，他就看到了那个指示牌。

他看到那个指示牌，才恍然大悟为何这一路都有些似曾相识的感觉。他来过这里，来过这片区域。

韩知不知道，此时他的家中已经乱成一团。安纯给他打手机，显示说不在服务区；又给他打到办公室，没有人接；打给他的同事，说一天都没有看见他。

他更不知道，再过四五个小时，当午夜降临，安纯还是没有等到他回家，她会报警，而警察立即开始搜索他常去的各种区域。不知何人走漏了消息，一些热衷于报道本地惊悚新闻的小报即刻开始追踪报道，对一个青年才俊的失踪颇感好奇，而相关新闻在第二天一早就会登陆到所有公交车的晨早新闻中。晨早新闻进入互联网，又会引发一大串兴致勃勃的议论。在那时那刻，所有的这一切韩知都不知道。

他只知道，那块指示牌他认识。那是四年前还是五年前，他跟着原先班级中的好友一起来这里，看望陆星。当时他们还曾就方向问题争论得激烈。

陆星，他忘不掉这个名字。

那块牌子有做旧的时髦效果，原木色嵌入棕色文字，显得低调却精心。"深山疗养院"，牌子上面天真的文字。那五个字令他内心怦怦跳动。

他顺着记忆的方向向前走。他不清楚自己是想要见到那所疗养院，想要见到陆星，还是只是想要沿一条确定的路径走，以逃脱萦绕不去的记忆，总之，他是坚定沿着木牌给他规划的路径向前。也许他已经直觉预料到他将面对的场景。

走进疗养院大门的时候，他并未遇到太多阻拦。当时不到九点，前台有一个年轻姑娘，正看着笔记本上的韩剧，困顿疲乏。既迷恋又疲乏的状态是一个人判断力最为低下的状态，前台小姑娘给了他一个访客证，告诉他快点出来。

韩知在楼道里走。疗养院处在山中，日常少有来访，入夜更彻底休眠。没有其他访客，安静得令人心疑。这家疗养院属于私立机构，专治精神系统出现复杂障碍的人。这里与其说是医院，倒更像是度假村。单人间、静谧的风景、舒适的条件，也有比较前沿的科研力量。据说进来还需要条件。楼道里刷成令人愉悦的浅橘黄色，明亮色调却不刺目、不咄咄逼人，有助于缓解紧张和焦虑。

韩知寻找着门上的数字。205、206、208，最后停在210的门口。

他轻轻推开门。房间里没有开灯，但是不显得晦暗。通透的玻璃幕墙，巨大的月亮透过窗玻璃，在地上留下大片大片白。他看到陆星，坐在他的床上，靠着大而松软的白色枕头，眼睛面向窗外，面容安静而透着一丝茫然。床边有两排几乎不引人注意的测量仪器。

韩知在门口静立了片刻。他想起四年前还是五年前，陆星也是这样坐着。当时韩知还在读博士，跟几个本科同学结伴到这里看望陆星。一模一样的房间，也许不是这个号码。那是他最后一次见到陆星。之后的几年他没有再来，连头脑中都忘了他的存在。

此时看到的陆星，似乎又瘦了一些。原本就瘦，此时更像退缩回十几岁的样貌。表情里的清淡冷静、无情绪和微微困惑，也像极了陆星高中时的样子。那个时候他与人交往不多，常常一个人在课桌后想事情，脸上的表情就是这种寡淡而困扰的样子。

韩知轻轻咳了一声，陆星听到了，缓慢转过头来，眼睛似乎用了一会儿工夫才对好焦，又过了好一会儿，陆星的嘴角慢慢浮现出一丝笑意。

"你来了。"陆星说。

"嗯。"韩知说，"我路过，来看看你。"

"坐吧。"

韩知在床边的圆凳上坐下。

"你怎么样？"韩知问。

"我？"陆星低头看看自己，"我挺好的。你怎么样？"

"……还凑合吧。"

陆星盯着韩知的眼睛看了片刻，微微皱了一下眉头："你不大开心？"

韩知没料到陆星如此直率，下意识搓了搓手："……一般般。最近这两天事情有点多，稍微有点乱。"

"什么事？"

"也没什么大不了的。都是一堆碎事。"韩知自嘲地笑了一下，"家里乱七八糟的事，我都说不上来。……反正生完小孩之后，碎事就特别多。"

"你有小孩了？"

"嗯。四个半月了。"

陆星听到这个消息，并未显得吃惊，点了点头，倒像是早已有所了解一般："你挺喜欢小孩的吧？"

韩知沉吟了一下:"也说不上。有一点喜欢吧。我也不知道哪儿不对。有时候觉得还挺喜欢的,但多数时候还是觉得有点烦。晚上总闹,一两个小时就哭醒一次。一晚上也睡不好。我跟我老婆说让她想想办法,但她总说小孩子哭是正常的,还埋怨我。"

韩知说完,心里忽然微微一震。他不知道自己怎么刚一到来就开始抱怨,而且是跟一个多年未见、在疗养院里治疗的老同学抱怨。他觉得自己这样实在是不成体统。一个焦头烂额的新爸爸,为孩子吃夜奶的事情抱怨。这和他曾经期望的自己差太远了。

"你这两年好不好?"他连忙转过话题问陆星,"在这儿住的还习惯吗?"

"还好。"陆星说。

"你每天都干些什么?"

"吃早饭,出去散步。回来做思考练习。吃午饭,睡午觉。下午做思考练习。吃晚饭。晚上做思考练习。"

"什么叫思考练习?"

陆星用手指指自己的头,又用眼睛指了指床边的仪器:"就是按要求思维,记录。"

韩知这才注意到,陆星的太阳穴附近各贴着一个金属色小圆片,被头发遮住一半,暗处不容易察觉。想来是某种脑波捕捉装置,无线传输信号。床边的仪器并没有显示屏或示数,他无法得知其中监测的是什么信号。

"……感觉疼吗?"他问陆星。

陆星摇摇头:"没感觉。"他又敲了敲后脑勺:"这里还有两个。"

陆星太平和理智了,以至于有那么一瞬间,韩知几乎想不起来陆星当初生病时的样子。他无法把眼前这个平和友善的男人和从前那个孤僻寡言的同学联系起来,更没法和一个曾经有自杀倾向的神经症患者联系起来。

看来这里治得不错,他想。又或者,陆星的问题本来也没有那么严重。

韩知总觉得无法理解,陆星当年为什么突然之间就不好了。他可以有一点点体会,也能察觉到在那之前陆星的一些反常征兆,但是当突然之间,陆星试图自杀的消息传到他耳中,他还是着实吃了一惊。

那是七八年前的事情了。他们都在读研究生。韩知在物理系,陆星去了数学系。原本都是不错的处境,突然有那么一天,韩知正在实验室里调一系列十分恼人的参数,一个中学同学跑进来,告诉他陆星出事了,不过被救下来,生命无碍,但还是被送进了精神病医院。韩知噌一下站起来,手砸在键盘上,在屏幕上按下一连串无尽头的乱码。老同学说,陆星在出事前有一次跟他聊过佛学,聊得云山雾罩,令人似懂非懂。

韩知和陆星从高一开始同班。他们都是小学开始学奥数,初中数学物理竞赛都一等奖,保送到北京的特长班,毕了业直接保送北大清华。竞赛是他们的生活,是他们的饮食呼吸,从小学一年级到大学二年级,他们一直在一连串的数学物理竞赛里面摸爬滚打。陆星是班上最不爱说的那一个,年纪也小,总是一个人坐在靠窗的座位上默默做题。

得知陆星出事的消息,韩知心里有一种干巴巴的涩味,像春天刮风嘴里吃进的尘土。他回想之前的那些年与陆星相处的记忆,浮云潦草,缺少有意义的联系。他这才发现人与人的关系如此脆弱不堪,明明每天都擦肩而过、点头招呼,遇到事情才发现彼此几乎不认识对方。班上同学借此机会聚在一起,聊起当年的种种,也发现各自心里的回忆颇不相关。

在震惊中,韩知再往前回忆,想起高三最重要的一次国际竞赛之前,他和几个同学一起参加国家集训队。在集训队最后一天的队内测试之后,韩知和另一个同学打扫卫生,椅子反过来扣上桌子,扫地擦地。陆星忽然进来了,穿过一排排堡垒一般的桌子,走到教室最后。

"你考了第一名。"他对韩知说。

"什么?"

"出成绩了。你是第一名。"

之前的几次都是陆星第一。韩知想推辞几句,但什么都没有说。陆星就又转身出去了。韩知不知道陆星是不是不高兴,也不知道自己是不是显得很倨傲。

次日回到学校,没有课,韩知一个人在宿舍看书。陆星敲门,问他是不是会下棋,喜欢下围棋还是象棋。陆星的表情有些僵硬。韩知愣了愣,觉得有一点突兀。韩知不想下,陆星的刻意让他觉得不舒服。他本想委婉推辞,可话说出来却显得冷淡拒绝。他说不喜欢比赛,也不想和任何人比赛。陆星又问他要不要下象棋,或者四国军棋。

后来回想起来,韩知发觉,陆星的约棋不是一种挑战,而只是对前日里竞争的某种缓和。陆星用很笨拙的方式,向他约棋,是带着尝试的愿望建立沟通,显得友好一点,就像其他同学一样玩一点什么。

可是他拒绝了。每每想到这一点,韩知心里就很难过。

日子如白云苍狗,流沙般滑过。特长班的同学全都完成了大学学业，四散东西，有几个还守在科研环境里，有两个在美国，一个在日本，但是更多同学多多少少走到了其他路上，有的去了企业做码农，有的去给小学生培训奥数，有几个去做了金融，还有一个女同学生了小孩之后不再工作，做了全职太太，说起话来也和安纯一样，离不开母婴电商。他们的日子开始像寻常人的日子一样充满成本与收益，也开始像寻常人的日子一样无滋无味。

陆星的事情之后，同学散去，转眼间又是四五年。似乎若没有某个悲伤事件的切入，就不足以让大家赶到一起。

成为大学讲师没有给韩知太大的成就感。他清楚自己从前想要达到的境界是什么。承前启后，继往开来，宇宙大一统。可是海森堡的时代已经过去了，再也没有什么能像薛定谔方程。他可以评职称，可以分房子。但这于事无补。他明白哪些工作是重要的、有意义的、有洞见的、有开创性的、天才的，也知道哪些工作不是。

他看着生活里得到的东西，两张纸的学历，一个租的房子，拥挤的生活。去除所有这些外在，还剩下什么。什么也没有。就像是一棵洋葱，一层层脱落，里面越来越小，剥到最后空空如也。可能所有努力只为了裹上洋葱的外皮，不让别人看到空空如也。

泯然众人矣。

"你看上去有心事？"陆星忽然问。

韩知恍然发现自己陷入了杂乱无章的回忆，忙定了定神："哦，没什么。只是想了一些……想了一些工作的事。"

"你做什么工作呢？"

"还是搞点研究。老样子。"

"什么研究呢？"

"粒子物理,"韩知说得很快,"搞实验的。我本来想搞理论,后来觉得自己理论不太行。我这人你也知道,思路不够发散,本科时候还想去做量子场论,后来觉得还是没什么思路……我又不想总做方程二级三级修正什么的,后来就去搞实验了。"

"可能更适合你。"

"可能吧。不过实验太烧钱。在国外还好。回国之后得自己张罗项目,一个刚回来的小讲师,能拿几个钱……越没经费,就越不出成果,将来就越没经费。"

"……你后悔回来?"

"那倒不是。"韩知回忆一下,"当初是我们系主任说,国内这边有比较大的粒子物理的总规划,回来机会更大……但是这个事儿吧,规划是一回事,落地又是一回事。我回来以后才知道,这里面扯皮的事真是不少。"

"扯皮的事?"

"我就给你举个例子你就明白了。我们系里之前一直筹备报一个挺大的项目,方法用得很巧,不用LHC那么大的能量规模,就能测量Higgs场的不少性质,那一下子就能站到世界前沿。本来是各方看好的事。没想到评审前两天,中科院那边的一个组开始拼命攻击我们,说我们设计中的缺陷,方案论证过程的缺陷,甚至连国家信息安全都说上了,在网上发文。其实是他们那边一个中微子的项目也申报,就想制造点舆论压力,把我们给压下去。他们还私底下找评委,拉人站队。据说他们那个项目筹备了十多年了,要是通不过,一大堆人就没活儿干了。最后整个评审会都吵起来了,弄得乌烟瘴气的。"

"挺烦人吧?"

"是啊。"韩知说着,都能回想起那几天的烦躁不安,"能不烦吗?没意思。"

"……那你希望怎么样呢?"

"我不知道。我只是在想,咱们苦学了那么多年,就是为了这些事儿吗?"

"我也在想呢。你觉得是为了什么呢?"

"你问我吗?我还以为你比我知道呢。"韩知自嘲道,"我能知道什么?我现在天天也就去去实验室,然后回家就被老婆念叨。……每天就是孩子、孩子,我有时候忍不住想,她还记得我这个人吗,是不是都不认识了?一生了孩子就变个人。我真是纳了闷了。唉。陆星,今天也正好跟你说说,这些东西我平时也没人可说。你应该比谁都明白。起码咱当年一块儿做了那么些年的题。你说……人为什么要生孩子呢?"

"为什么?"

"我也想不明白。人本来挺自由的,爱做什么就做什么。可这一生孩子,立马就不一样了。为了养孩子,你得有钱、有房子,再想干什么都不自由了。你说为什么要跟自己过不去呢?……进化心理学说,人全是为了传宗接代,我特别讨厌这种说法。可是又不知道怎么反驳。我就觉得,你说人要是全为传宗接代活着,那还学知识干什么?咱们原先学那么多数学宇宙学,还有什么意义?他们就说了,学知识都是为了出人头地,以便娶媳妇传统接代。我去……那你说为什么牛顿不结婚,不生孩子?"

"好多人都不理解。"

"没错！简直是了！我都不知道怎么跟这些人说。我不爱听，但也想不出什么好的理论。你说人除了繁衍还有什么追求？进化到人类这一步，就没有一点跟动物不一样的追求？知识在宇宙里到底有什么意义？"韩知悲凉地看着陆星。

陆星的眼睛透露出一种同感的戚然："你情绪有点激动。"

"嗯，可能吧。我挺烦的。"

"你有不满想发泄。"

"想，当然想！"韩知说，"可是能向哪儿发泄呢？哪儿都不行。在家里谁都比我地位高，我能跟我老丈人发泄吗？我能跟马路上的人发泄吗？上学校去，我能跟我们系主任发泄吗？我能跟他说，你当年把我忽悠回来，现在能兑现多少吗？我能问他发这么几千块钱让人怎么活吗？我能去找学校骂教师公寓房租太高吗？我能吗？"

"你没试过怎么知道？"

"试什么？试试发泄？开什么玩笑？咱们好歹也是上过这么多年学的人了，能像没文化的人那么大吵大闹吗？根本不可能的。好多东西已经根深蒂固到骨子里了。别人说你什么，哪怕你听了不乐意，又能说什么，还不就是'嗯，我理解'。我有时候自己在没人的地方想大喊两声都喊不出来。真挺可悲的。"

"能发泄出来可能就好了。"

"我试过去健身房打拳，人家都说打拳就发泄了。可是我没劲儿，打沙袋不够带劲，还被沙袋撞来撞去。也是小时候就不怎么太运动了。我打枪也打不准。我就希望吧，有个什么东西，让我一下子就把所有东西都放倒，就那种轰一下的感觉，'老子什么都不要了'的感觉。"

"把所有都炸掉的感觉。"

"嗯,差不多吧。其实也就是什么都不顾的感觉。"

"那我给你个东西。"陆星说着,从身边的小抽屉里拿出一个黑黑的长方体,"这是一个炸弹,中子炸弹,你按这个,把束缚的场去了,就能炸。你找你不喜欢的地方把它引爆了,等那些东西都炸了,你心里的怒气就平息了。一切束缚你的东西你都给它炸了。你相信我,很简单的事儿。你早就想这么干了。"

韩知吓了一大跳:"你怎么会有这种东西?"

"你不知道,"陆星说,"我们这儿是个秘密基地,做好多实验。你别问那么多了,快走吧。我们这儿夜里要锁门,到时候你就出不去了。你从大门出去沿着左边那条路,一直走就能走下山。"

他说着把那个黑色的长方体塞进韩知手里。

韩知有点记不得自己是怎么下山的了。他记得他跌跌撞撞跑出疗养院门,生怕被人拦住,一路跑一路担心有人在后面追,担心疗养院的人发现他知道了他们的秘密,把他扣留起来,也担心一不小心触到什么致命的机关,引爆了什么。他记得他的心狂跳,快要跳到嗓子外,从疗养院大门出来跑了好久才停下来喘气,嗓子生疼,胸口快要炸裂了。他不记得自己走的那条路,只记得一些隐约的画面,转角处阴森的树,吓人的阴影,山下灯光闪闪的居民区,还有自己迫不及待踉踉跄跄的脚步。

他好不容易才打到一辆车,坐在车上手心出汗。他既困顿又焦虑,既想进入睡眠,又警觉紧张以至于无法入眠。他反复对自己说,就要到了,就要到了。

他进了校门,大踏步往前跑。夜深人静,校园里一个人都没有,路灯开着，丛林的暗影更显得鬼影幢幢。不知为什么，他仿佛感觉到远处有一片白光，只要一直跑就能到。头脑中几乎也是一片空白，紧张得无法呼吸，但对路上的细节又似乎出奇的冷静。

他径直跑到系馆，推了推正门，已经锁了。绕到侧门，也已经锁了。他恼怒地摇晃门，铁框发出嘎嘎的碰撞，但是纹丝不动。他恼了，回身在系馆门前的草丛找来找去，终于找到一块大小合适又趁手的石头，使尽全身力气，咣一下把侧门的玻璃砸碎了。玻璃碎裂一地，发出晶莹的哀鸣。他用手把剩余的玻璃也纷纷砸下去，手掌边缘被划出血，沿着小臂流下。最后扒出一个人大小的空间，他钻了进去。

他犹豫了一下要不要去实验室，还是办公室，最后决定还是在大厅动手。他颤颤巍巍地掏出陆星给他的那个黑色长方体，双手发抖，两次几乎把它掉在地上。他一手拿着它，一手在裤子上把汗水抹干。他找按钮，四处乱按。黑盒子上有几个小圆型，他起初以为那些就是按钮，但是按不下去。他把它翻过来，在侧面的一个地方似乎有一个松动的机关，他试了试拉拽，没有效果。

他有一点抓狂，几乎跳着脚蹦起来。他一不小心把它摔到了地上，简直要吓死了，以为它就要爆炸。可是它没有。他捡起来，更加急躁地敲打。见没有反应，他开始把它往楼梯的栏杆上撞，期待撞击能在无意中触碰到开关。起初他还提防自己的安危，但是暴躁到后来，就什么都不顾了。他拿它去砸东西，玻璃、金属、大理石。

最后，忽然有那么一瞬，他似乎砸开了它的开关，眼前一片白光。

他昏过去了。

不知道过了多久,他在医院醒来。

这是一家公立医院的急诊科,走廊里坐满了呻吟哀嚎的人。窗外已经天亮,稀薄的阳光冷漠地照在一个昏睡的人身上。韩知的头脑仍然有点昏昏沉沉,一动就疼起来。他想喝水,只是目光里见不到认识的人。他看到远处安纯向他走来的身影,想跟她打招呼,可是话还没说出口就又昏昏沉沉睡过去。

再后来,他回到家。之后被带到派出所协助调查。

直到到了派出所,他才知道事情的结果和后续。他当天晚上很晚不回家,家里人很着急,就报了警,警察局通知了公交系统媒体发布中心,当天晚上就播放了寻人启事,第二天早上又在播,直到家里人给派出所打电话说人找到了。

他被系馆传达室的老大爷发现,趴在系馆大厅冰冷的瓷砖地面上,不省人事。他脚边扔着一个黑色药剂盒。他相当冲动地毁坏了系馆一系列的东西,展柜、公告栏、饮水机、人物雕塑。最后是人物雕塑倒下来砸了他,把他砸晕在地。所幸的是,砸中却不致命,雕塑倒下来的时候歪到了一边,没有砸在他头上。

他昏昏沉沉做了笔录,由于讲不清太多事,草草结束,造成的破坏也只是一般,拘留了两天就放回家里。学校做了一系列处罚,包括停职、罚款、留校观察。

从那天开始,韩知一直非常呆滞。

他自己心里有迷茫和困惑,不断回忆起那天的事情,从迷失到回归,而同时又非常空虚和幻灭,不愿意回想,失落的感觉阻止他重建记忆。他甚至不确定有没有见过陆星。加之身边家人无休止的探问和责怪,让他始终不愿意回到现实。

他的头脑拒绝现实生活，不断萦绕着这些抽象的问题：人在宇宙中到底有什么位置？人研究智慧知识是为了什么？人的探寻和生理的日常生活到底有什么关系？难道前者只是达到后者的手段？如果二者严重分歧该怎么取舍？

他变得呆滞、寡言、烦躁，不爱说话，对饮食缺乏兴致，作息不规律，对家人问话不加理睬。

过了三个月，家人终于忍无可忍，带他去了医院。而医院做了初步诊疗之后，将他转入深山疗养院，做进一步调理。

当他再次步入这个院子的时候，他的精神突然一震。他恢复了现实感和一定程度的紧张。他发现他的问题源于紧张感的缺失。他挣脱抓紧他手臂的安纯的手，大踏步向大楼深处跑去。前台的小姑娘试图拦住他，他用力推了一把，她向后踉跄了几步。

他跑上二楼，数着门牌，感觉跑了一个世纪才到他想找的数字前。210。

他砰地推开门，期待看到陆星坐在床上的样子。可是他没有。陆星的房间里，只有一个上了年纪的医生，穿着淡绿色的医袍，站在墙边像是在记录什么。

"陆星呢？"韩知立足未稳，就冒失地问。

医生看了他一眼："出去散步了。"

"去哪儿散步了？我要找他。"

"你是？找他什么事？"

"我要找他……问一件事情。"

医生打量了他一会儿，缓缓地问："你是新来的病人吗？我在昨天的新转入档案里好像看见过你的照片。"

"对,是。不过陆星在哪儿?"

"你告诉我你要问他什么,我再告诉你他在哪儿。"

"我要问……"韩知搓了搓手,"我要问他,那天晚上他为什么要怂恿我做那件事。"

"他怂恿你?做什么事了?"

韩知不知道该怎么回答:"就是……就是骗我说给我一颗……一颗……"

医生见他支吾,也不追问,只是和缓地说:"我想,你可能还不太清楚陆星的情况。以他现在的心智状态,是不会主动怂恿你做事的。"

"什么?"韩知吃了一惊。

"陆星还不处于正常人的心智状态,他仍然在接受治疗。事实上,平日里他甚至都不是清醒的。"医生或许看到了韩知脸上难以置信的表情,将手中的治疗本给他看,"那,你看,陆星的病历:轻度自闭+现实感瓦解+沟通障碍。也就是说,他处在人工智能状态,自己不能意识到自己做的事,不能进行面孔和表情的识别,也不能和人有效沟通。"

"不可能。"韩知说,"我前些天还跟他谈了好久。"

"是,那是有可能的。"医生说,"那是陆星进行的治疗……我不知道你跟他认识多久了,这么跟你说吧,陆星其实是一个有一定典型的、大脑出现轻度障碍的病人。他有点自闭,比较难沟通。家里人一直拿他当作害羞对待,也没有处理。实际上,他很难识别人的情绪,看人的面孔表情没有反应。情绪识别的部分脑区发育比较滞后。这部分脑区有问题的人经常有超于常人的数学能力。但是,情绪障碍肯定会导致人际生活遇到困难,跟心理困难叠加在一起,让他有了自杀倾

023

向,后来又进入一种不清醒的状态。"

"可是,他怎么……怎么跟我说话的时候显得好好的?"

"那是我们的实验。其实他是自动应答。我们给他大脑做了一定刺激治疗,又用了程序连接,让程序通过他的脑信号解读对方情绪,做出自动化的应答反应。通过练习,希望固化新的神经通路,最终是让他自己学会识别情绪,正常生活。你知道,识别情绪是一个非常复杂的能力,也是很高级的神经网络过程。"

"什么?"韩知惊道,"你说我是跟程序对话?"

"也不是。程序是一个表情和语言信号综合识别的程序,不负责生成对话,只负责解读信号,输入陆星的大脑,让他理解对方此时表达的意思。应答也不是程序编的,只是让陆星按解读到的东西自动应答。所以某种程度上说,陆星表达的只是解读,实际上都是对方的意思。他只是把你想说的说出来。"

韩知听得目瞪口呆,好一会儿才回过神来:"不可能。陆星骗我说他给我的是炸弹。我自己是不会骗我自己的。我不会……"

"只有自己才能骗自己。"医生说,"你必须要主动相信,才能相信一件事。"

"可是……"

"我知道这不太好接受。人一般都不大愿意了解自己。不过总要经历这个过程。"

韩知觉得有种熟悉的感觉被触动了,又说不清。"大夫,你觉得我是什么问题?"

医生笑了,笑得很和煦:"这我可不好说,得全面检测才知道。不过,认识外界和认识自己,不外乎是其中一个或者两个出问题。陆星很聪明，认识外界没什么问题，他的问题是认识自己。"

"认识外界不能认识自己吗？"

"通常不能。"医生说，"不过反过来倒也许可以。"他说着，似乎想起一件饶有兴趣的事，停了片刻，"这么一说我倒是想起来，陆星原来清醒的时候有一次说过，他说学量子力学到最后发现，想精确搞清楚搞不下去了，一些方程的解和什么'粒子态'，就要模糊的模块解法，就像人的情绪一样。他还说美国有人搞量子直觉，就是用人的情绪直觉去解量子态。那天难得他精神不错，跟我说了好多话，还说圣经里不是有句话吗，神照着自己的样子造了人，了解自己才能认识宇宙神。"

"那后来呢？"

"后来？哪有什么后来？后来就是反复发作越来越多，到最后就不清醒了。"

韩知的头脑像一时短路一样，在短暂的空白中，有无意识的火花跳跃。他似乎顿悟了什么，在宇宙和自己之间建立了某种若有若无的联系，又无法用言语表达。他似乎在一瞬间有一点点了解了心智的意义、智能的推进、宇宙的进化。可是那些感觉太破碎了，像倏忽而逝的蜻蜓点水，抓不住一丝皮毛。对宇宙的理解和对人的理解联系起来了，有某种程度的统一。从自己的身上认识宇宙。这其中有重要的意义。可是他想不明白。他的头脑滞涩，无法把它们拼成完整的图画。他觉得头痛，内心隐隐约约有翻滚的焦灼。他用掌根拼命按压太阳穴。

就在这时，身后的门开了。韩知回头，看到陆星。

陆星用手撑着门，面容平和，见到韩知的时候脸上闪过一丝迷惑。韩知注意到，他没带太阳穴上的小圆片。

韩知刚想开口说话，陆星却开口了。

"你是……"陆星的表情似乎更困惑了一点，"你是韩知吗？是吧？你怎么来了？好久不见了啊。你怎么……好像不高兴？"

花与镜 | 张天翼

那位警员先生要求我讲一下我在过去的24小时做了什么，您开始录音了吗？好，那我开始讲了。

距现在24小时之前是晚上六点半，我刚把我女儿温蒂从社区游泳课上接回来。我开车，她坐后面的儿童座椅（你们要不要查看？座椅完全符合儿童保护法要求的规格）。后座有个微型冰箱，不过是二手的，有时充满电也只能坚持几个小时。每次我来接温蒂的路上，会给她买一支冰淇淋放在里面，她上车第一件事总是去找冰淇淋吃，昨天我选了腰果味的。

她把书包放在一边，就呆呆坐着没动。我说，温蒂，再不吃冰淇淋要化了。她有点恹恹的，我从后视镜里观察她。儿童的苦闷、快乐，所有情绪都纯粹而浓重，因为他们投入整颗心整个身体去苦闷和快乐。

她小声说，爸爸，刚才在游泳池，我的趾甲掉了。

把车停稳当，我转到后车门去迎接她，把她抱出来。我的邻居大胡子男人（他叫乔纳森）牵着他的短毛波音达猎犬，瞪着我，嘴唇里冒出一声不友好的嘁哨。

温蒂在我耳边问，爸爸，那个人为什么每次见到我都会发出奇怪的声音？

我说，因为他没有女儿，他嫉妒我有你。

我先把牛肉从冰箱拿出来，搁进微波炉化冻，然后让温蒂坐在沙发上，我坐她对面，问，哪只脚？

她不出声地把左脚跷到我膝盖上，神色严肃。我给她剥掉粉红小象运动鞋和袜子。她仍然不出声，只是屈伸足趾，几根脚趾一下下弹动，发出唧唧的有节奏的声音，拇趾、第三个和最末一个趾头上的趾甲都不知去向。

她忧愁地说，可能丢在游泳池里了，我想偷偷回到池子去找，可是老师已经让我们排队去洗澡了。

人的趾甲头发都会自己生长，温蒂的不会。她的趾甲脱落之后没有痕迹，不会露出血管断裂、皮肉破损的样子。只像一条小虫掉了脑袋，因此显得更细更短。

我问，有没有别人看见？

她点点头。柯林·斯特朗看见了，他做热身活动的时候排在我旁边。

他怎么说？

他问我，你不疼吗？我说不疼。

温蒂也没有痛感，她只会"感觉"到手指被割破，或指甲掉落了。我说，没关系，我会想办法的，你不用去想它，明天就好了。

饭后照例是吃水果时间，她像所有孩子一样，得追着满屋跑才肯吃一口菠萝。水果吃完，我在茶几旁坐下来，等待温蒂展示她今天的作品。她在幼儿园画画，演舞台剧，捏黏土，学做饭菜。这里的幼儿园是小学的一部分，像预备培养室一样，在器皿里把种子孵出芽，再移到温室去。老师带她们排演简易版莎士比亚戏剧，会用小相机拍照，再把照片交给孩子带回家当纪念。她经常会带回比波提切利和提香的杰作还美的作品，能让罗丹和乌东愧死的泥塑。最近她们在排练《冬天的故事》，她饰演被国王父亲抛弃到荒野等死的公主帕蒂塔。

昨天晚上，她拿出一叠粘贴画给我看，告诉我今天她画的十三张图是一本书，连起来讲述了一个英雄拯救地球的故事。英雄穿着我早晨送她上学时穿的蓝条纹衬衣。

她又从书包底部找到一张卡片，介绍说，爸爸，这是安德森小姐送给我的。

安德森小姐是谁？

她是二年级的，今天下午老师带我们到他们的游戏室和体育场去参观，每个二年级学生负责接待一个幼儿园的学生。安德森小姐是我的向导。

卡片打开，里面贴着一个七八岁小姑娘的照片，她抱着一只烟灰色折耳猫，头上戴一顶小小王冠。下面写着名字：米歇尔·安德森真诚为您解惑。温蒂伸出手指，指点那个王冠，爸爸，安德森小姐是她们年级评选出的"舞会皇后"，将来我也能当"舞会皇后"对吧？

当然。

我也会有 D 罩杯吗？

当然，你会长成所有房间里最性感的女人。

我给温蒂洗澡，抱她上床。睡前照例要读故事。不管先读哪本书，必须由一段《毛毛与时间窃贼》压轴。那是德国人米契尔·恩德写的童话。各位先生,我觉得一个人毕生至少要把那个了不起的故事读三遍。它的主角是一个不知由何处而来的孤女毛毛,和一群"时间窃贼"灰先生。灰先生本身没有生命,不占有"时间",只能靠坑蒙拐骗,窃取人类心中生长的"时间花",把花瓣卷成烟抽才能活下去。当然,最后就像一切好莱坞电影一样,毛毛手执最后一朵时间花,单枪匹马打败窃贼团伙,拯救全世界。

温蒂心爱的一册是配图简写本。她认得的字还不够多,不足以读原本。这本里面"时间花"的图案都是用果子露一样橘绿和粉蓝色绸缎缝上去的,被她的手指摸了太多遍,摸得起了毛。我答应她明年上学认满两百个单词之后,就给她买一本全是字、不带图的《毛毛与时间窃贼》。

我读道:

"有一个巨大但却平常的秘密。大多数人都随随便便地接受了它,丝毫也不感到惊奇。这个秘密就是时间。为了测量时间,人们发明了日历和钟表,但这并不能说明什么,因为谁都知道,一小时可能使人感到漫长无边,也可能使人感到转瞬即逝——就看你在这一个小时里经历的是什么了。这是因为:时间是生命,生命在人心中。"

每到这一段,温蒂就会双手交叠按在胸脯上,面色庄严,表示她的时间收藏在那里。

读到坏人灰先生与毛毛的第一次交锋,我和温蒂会暂时分角色扮演。我来当阴森森的灰先生。我阴森森地念道,不要白费力气了,你根本不是我们的对手!温蒂·毛毛睁大眼睛,柔声说:难道没有人爱过你吗?

在故事中,毛毛说完这句坏蛋就大惊失色地败退了。现实中我每次都会从角色里跳出来说：有！那就是你啊。

晚上九点钟，我把书合起来，表示阅读结束，她满足地叹一口气，滑进被窝里。

爸爸，明天我的趾甲就会长出来，对吧？

当然。

我低头依次吻了她光滑如禽蛋的额头，大溪地珍珠一样柔润的脸颊，又咬了一下羊脂凝成的鼻尖，在她咯咯发笑的时候，我把手伸进被子里，顺着她天鹅绒似的皮肤摸下去，在她肋骨侧面像搔痒一样，拇指一按。

于是，长睫毛啪嗒一声关上了。她的身体极快地冷下去，内核停止运转之后，这具赝品放弃了对真品的模仿。

这便是她的睡眠。

她像一具小小的死尸。作为人她太小，作为玩具她就太大了。我掀起被子，拨开她白棉布睡裙的下摆，再在开关处揿一下，她的肚皮就弹开一个巴掌大的圆形盖子。我从那儿抽出废物储藏槽，这一整天温蒂吃下的三顿饭和下午茶都在那里。我把一次性废物袋扎口，扔掉，把储藏槽刷净，擦干，放回温蒂肚子里，合上盖子，然后给她换外出的衣服。

我得带她去见蒂亚戈。见客要有见客的样子，虽然她自己永不会知道。

温蒂的衣柜比我的衣柜还大，小孩子的衣服总比大人的贵，制造商知道人们给孩子花钱会比给自己慷慨，我的情绪是从人类那里全面复制的，这一点也没落下。温蒂有小号柠檬黄亮片蛋糕裙，小号的巧克力色钟形绸裙，带刺绣背心、马裤与长靴的小号骑装，小号鸽灰色露背晚礼服，小号罗缎洋装……

　　反正她永远不会被惯坏，我可以尽情大手大脚地供养她。她永远不会升入小学，她将一年又一年地在预备幼儿园里度过她的五岁，十个五岁，十五个五岁。她永远不会认得多于两百个单词，她每年都画同样的画，捏同样的黏土绵羊和柯基犬，以同样的盼望度过无数个五岁。

　　她也得不到《毛毛与时间窃贼的故事》。她的父亲不是拯救世界的英雄，与此相反，我才是那个时间窃贼，我偷盗时间花，让它们一年一年为温蒂续命。

　　昨晚我给她换的是翠蓝茶会礼服裙，红铜色头发扎上墨蓝发带，再配上杏色漆皮玛丽珍皮鞋。我知道你们会问我什么问题……不，这并不像小孩子给芭比娃娃换衣服的游戏，一点不像。正相反，我无法形容我每次给温蒂换衣服时的心境。

　　你们不会理解，不会理解这种彩排的甜蜜和痛苦，我忍不住想象她芳龄十八时会多么光彩夺目，然而每次这种想象都刺疼我，我的温蒂不会长到穿足码衣服的年龄。

　　晚上九点三十分，我收拾好东西带足钱，抱起美得像个幻觉的温蒂，把她放进一只像大提琴盒一样的皮面长方箱子里。箱子里有做固定用的大块海绵，剜出一个温蒂的形状，有头有脚，有双臂双手搁在腿边的空当。我握起温蒂的小手，团成半拳，刚好能填充进空白末端的圆洞里。

　　这玩意是蒂亚戈给我订做的，一只巨型玩具盒，一具移动小棺材。有时背着它走在路上，人们会以为我是个街头音乐家。有一回我把它放在餐桌对面，自己坐在这边喝咖啡。另一个背小提琴的家伙过来坐,问我,你这乐器形状真奇怪,是什么?

我笑笑说,是我女儿。

他挑挑眉毛,嘻,我遇到过拿大提琴当老婆、拿单簧管当老公的,当女儿的倒头一次遇见,你"女儿"会唱点儿什么?

我继续诚实地回答,她现在会唱"小星星闪呀闪""伦敦大桥塌下来"。

那个家伙笑得差点呛死自己。

……

总之就是这样,我再一次背着我的乐器、我的女儿在夜晚出门去。我让她躺在后座,开车一个小时,到达城市边缘。那儿另有一番繁华。

诸位都是正派人,大概没去过那个外号"马蜂窝"的地方。它在官方城市地图上是一片暧昧的灰色废墟,因为它脏,乱,淫荡,许多洁身自好与热爱家乡的人士拒绝承认它的存在。它像绅士们私处一块不体面的花柳疮。

不知道的女士们一定也猜到了,那儿有一切臭烘烘但鲜活的买卖:买卖毒品、器官、精子卵子以及非法改装的机械人……政府禁止人与机械人通婚,但是没有立法禁止通性。你们根本猜不到人们多喜欢跟机械人做爱取乐!

你能在"马蜂窝"的四十多个妓院里找到近五十年几乎所有女机械人的型号。还有从日本走私来的"源氏姬",那是几十年前一家大阪工厂研制的一批性爱机器人,以《源氏物语》中的角色命名,空蝉,夕颜,胧月夜,末摘花……每种名字代表一种体貌与个性。可惜只生产过一批五百台就被查封了。那五百台在爱好者中间成了传奇,被称为"源氏姬"。五百台源氏姬,大概有一半在私人收藏家手里,三分之一在博物馆中,有时在拍卖会上能见到一台。即使见识过一次源氏姬都是值得吹嘘的经验,而"马蜂窝"妓院里就有两台。一台紫姬,一台明石姬。

我把车速放慢,慢慢开在马蜂窝的大街上,女机械人们站在街边招揽生意,跟人类妓女一样,挺高胸脯,一腿支地,一腿松弛地伸出去。给妓女写程序的家伙们大多比较懒,输入几种颜面肢体反应、几句对答就完事了,一点创意都没有。

不过,具有"人机性爱"嗜好的男人普遍对机械妓女有种独特的审美,我姑且称之为"破损美"吧:他们喜欢看到它们身上留有一些损害痕迹,比如一边是完整乳房,另一边剩一个露出内部线路板的圆窟窿,又比如脖子上的人造皮肤剥落一块,在做爱时舔舐露出的细铜线,会有微麻的感觉窜过舌尖。我记得很多年前好莱坞拍过一部科幻片,一个脱衣舞美女的腿被僵尸咬了,不得不锯掉,换成一支机关枪。这个造型被很多机械妓女模仿,她们拆掉自己的一条腿,换成高仿真机关枪或狙击枪。

这样描述是为了让诸位看到我所看到的情景:尽力揣摩与迎合人类怪癖的女人们,把自己弄得千奇百怪,像一场大爆炸或大车祸的幸存者们。

我在蒂亚戈的店子门口停车,一个非洲人种型号女机械人面无表情地走过来,每只手牵一个小机械人,两个金发蓝眼的男童,长得一模一样,像布格罗画里跳出来的天使,脸颊粉红鼓胀。左边男童的眼睛少了一只,与另一只长睫毛湛蓝眼珠相对称的是一个乌溜溜的洞,洞里闪着一粒红光。那女人停在一步之外,瞪着眼对我叫道,一对打七折,三人打九折!先生,你跟我玩儿的时候,这小哥俩能用嘴……

每到这种时候,我都错觉温蒂也是其中一分子。幸好她不是。她有父亲,她明天会到幼儿园排演莎翁剧,而不是站在街边打折。幸好每次在我的怜悯心快要按捺不住之前,这种旅程就结束了。我从后座抱起箱子,夹在胳膊底下,一只手推开挂着"close"牌子的玻璃店门,门楣上挂的钉子铁皮"风铃"一阵乱响。

这是个古董店,老式电视机、收音机都能在这儿找得到。坐在杂物中间看店子的还是那个老机械人,深黑色卷发披在肩头,四肢动作支支楞楞地站起来,发出早期仿真水平很低的合成音:晚上,好。

我说,约瑟,你好,你记得我吧?

约瑟双眼发直地瞪着我,那是老式的、先扫描面部再叠加搜索脑内资料的方式。我耐心等待,它终于笑了。哦,彼得,你,好,温蒂,好吗?

我伸手拍拍腋下的箱子。谢谢你,温蒂还不错。带我去见蒂亚戈?

混到今日,蒂亚戈也算是半方霸主,管着马蜂窝十几个店面,但他的爱好仍然是鼓捣改装机械人。地下室里正传出一阵阵怪异的声音,是一个女人的呻吟。约瑟腰板僵硬地欠欠身,离去。我在门口站住,宽大的精钢工作台上仰躺着一个全裸的女机械人,四肢平摊,胸脯处被剖开,一只乳房被掀到一边去。

蒂亚戈半个头和两只手都埋进那女人胸口,犹如一种怪异的性爱体态。那女人仰面看天花板,嘴巴张开,发出断断续续的单音节。

谁看到这一幕还能不笑的,先生们,我愿意给你们一个金币。

我捂着嘴巴倚靠门框站着,直到那女人的哼唧声停止,蒂亚戈抬起头来，长吁一口气，像盖茶壶盖一样把乳房扣上，一面拧紧几处细小螺丝一面嘟囔道，下次有人让你喝乱七八糟的液体，不要真咽下去，记住没有？

那女人答应着从台子上跳下来，左手整掠银色长发，她的右手是一枚航海时代风情的三爪铁钩。

蒂亚戈向我点点头，摘下眼睛上的圆筒式放大镜。亚希暖，这是彼得。彼得，这是亚希暖。有个婊子养的嫖客让她喝了硝酸，发声器差点烧完蛋，居然有人手提箱里装着硝酸瓶子来妓院，这他妈什么世界！

蒂亚戈是个"半人"。他原本是个拆弹兵，运气不好被炸飞了半边身子，运回国内医院，政府出钱把他七拼八凑地组装成一整个，换了半边金属颅骨，半扇金属肋骨，半卷人造大肠，再加仿真左腿左臂……女人们常问他，你哪部分是真的？他会答道，蜜糖，爱你的这颗心和底下那玩意儿，都是真的。

后来他就靠组装改造机械人混江湖了。他像拣旧家具一样，从废机械人回收场拣零件，凡是他救回修好的机械人，都会另取一个《圣经》里的名字：约瑟，亚希暖，路德，耶西……

亚希暖向我眨一眨银色睫毛，非常程序化的一个媚笑，甜得像人造果酱。蒂亚戈走过来拥抱我，连同我腋下的皮箱一起抱住。彼得，哦，我亲爱的小彼得……温蒂又出问题了吗？

我说，这回不是大问题，掉了点零件而已。我把大箱子摆在工作台上，像掀开珠宝箱一样掀开盖。海绵人形里镶嵌着温蒂，完美无瑕的温蒂。一整支象牙雕成的温蒂，华美的裙子布料包围她，她像童话里的一页插图。

先生们，你体验过父亲向别人展示女儿时的自豪吧？那种快乐胜过新婚的王妃展示她的钻冠，胜过冠军展示他们的锦标与奖座，因为有一个呼你为父的女儿，是神的恩宠。即使那"呼唤"是程序……然而，石头缝中生出的花朵岂不也一样香美？

我看到亚希暖脸上出现了真正的笑容——不是她体内程序写定的肌肉和眼珠运动方式，是油然而生的笑。她微笑，跟上来的是感慨，以及真正的羡妒。

我拾起温蒂的足踝，脱掉皮鞋和袜子，给蒂亚戈看丢掉趾甲的小脚。

他眯起眼睛，亚希暖的眉毛挑上了天。我知道，我知道这事摆在破烂残缺的他俩面前有多反讽。是，我就是那种孩子摔下滑梯就会叫救护车的父亲，你们尽管笑好了。

几枚趾甲而已，彼得，我上次跟你说过，她这个型号的配件已经断货了。天哪，不过是几枚趾甲。

不行，趾甲可不是小事，她得上游泳课，她的同学会看出来的。

亚希暖圆睁眼睛，喂，你女儿居然不知道……

我断然道，她为什么必须知道？！

难道你以此为耻？

蒂亚戈骤地举起双手。好啦，你们两个闭嘴，我想想。他伸手拍拍脑壳，发出敲铁盆子的铛铛声。随即像真的敲出什么一样，手在空气中一牵，食指急速点动。蜜糖亚希暖，你记得上上月运来的五台送到哪家店了吗？

亚希暖面无表情地说，街尾 27 号那家"沙堡"。

在跟蒂亚戈步行到"沙堡"的路上，他不回头地问，今年的邻居有没有比往年好一些?

我想想我的邻居看我们的眼神,笑了一声。都差不多,他们的想象力永远停留在"亨伯特和洛丽塔"阶段。

蒂亚戈哼了一声,又哼了第二声。社区圣诞舞会那些烂活动不要参加了,还不如来马蜂窝看艳舞嘉年华。

我们走进"沙堡",门在背后无声关闭。马蜂窝的妓院一律有种特别的非橙非粉的灯光,让我觉得像是处于一只巨大的蛋里。或是子宫,雏鸡和胎儿半梦半醒间,看到的八成就是这样被筛过的、柔和的光色。

地板擦得洁净晶莹,反射走廊天花板上的灯光,令光芒泛滥如溪流,足以泛起十只摩西的藤篮。门口有个人在等待蒂亚戈,两人以老朋友的姿态很随意地握手。那人是人类,他朝我咧嘴一笑,炫耀似的露出断了一半的犬齿,和两颗烟黄门牙中间宽宽的牙缝——只有机械人才是完美的,人类的不完美凌驾于他们那无生命的完美之上。

彼得,早就听说过你。赏脸喝一杯吧,蒂亚戈,我搞来了摩洛哥的仙人掌盐酒。

蒂亚戈说,先干正事。在哪个房间?我们自己过去。

在二楼圣家堂。

到了房间门前,蒂亚戈敲门,过一阵里面才传来一个声音,行了,进来吧。我们推门进去,走进了安东尼·高迪设计的圣家族大教堂。

模拟树干与树叶的粉红石柱高耸,支撑起仿佛在云端的拱顶,光从不可知的地方照进来,从彩色玻璃窗里透进来,穿过大理石雕刻的树荫,五彩斑斓地洒在姜黄内壁、吊灯和布道台上。

光辉闪耀的受难立面,祭坛下边铺着一张巨大的绣花地毯,一个骨架粗大的裸体男人正站在上面,用块毛巾擦拭自己的家什。他体毛很重,满腮蓬乱胡子,胯下也是一堆黑幽幽杂草。云端的圣光照在他毛烘烘的身上,那些毛变成了金色。

他脚边有一堆东西,像只小动物似的蜷曲着。等我们走近时,那堆东西蠕动起来,忽地抬起一张脸。

我骇得屏住呼吸。那是温蒂的脸。

跟温蒂一模一样。甚至连鼻尖的微微翘起、颧骨上几粒椒盐色雀斑都一模一样。

蒂亚戈斜眼看看我,又看看那男人,喃喃道,让人在教堂里干一个小姑娘,操,断牙那家伙还真想得出。

那男人说,我的钟点还差半小时呢,断牙刚说给我打八折。你们两人他收多少钱?

蒂亚戈闭紧嘴唇,理解成懒得开口和不肯透露都行,他翘起拇指往教堂门口戳了戳。那男人心领神会地笑一笑,挪动沉重的盆骨和屁股走出去。

我在那个小女孩面前蹲下来,同时不得不紧一紧手臂,要确认我的温蒂还在箱子里,才能驱散心里错误的怜惜。

她直勾勾地盯着我,用温蒂的大眼睛卷睫毛,同时具备温蒂那张开嘴唇时露出一截白门牙的样子。平时温蒂这么瞪我的时候,多半马上就要问一个我答不上来的问题了。

果然她开口问了。你是来接我回家的吗?

果然,我没法回答。

我回头看着蒂亚戈,蒂亚戈苦笑。别看我,我也不懂,不过大伙糊弄五岁小孩的不都是那些鬼话嘛。

那小女孩显然很失望,眼珠转到我手臂下的箱子上。那么你是不是吹笛子的?那是你的笛子?你能让老鼠跟着走吗?

我开始觉得这件事变得残忍了。我问,你叫什么名字?

黛朵。

那个双音节名字从她樱桃色的嘴唇上掉下来,像一支两个音符的短歌,像两滴露水先后打在鲁特琴弦上。

我点点头。黛朵,我不是笛子手,你看我也没穿花衣服,是吧?……我笑一笑,掀开了箱子。

黛朵的眼睛和嘴巴张圆了,我甚至看得到她喉咙里粉红的小吊钟。随后她欢欣地叫出了声,妹妹!天呀,她是我妹妹,我就知道我肯定有妹妹。

她飞快从围在身上的布料里爬出来,四肢并用,像一只小猫似的敏捷地爬到箱子边,小心翼翼摸了一下温蒂的脸蛋,确定那是真的,不是空气,就大胆地伸手在温蒂的头发里耙梳了,手势里天然有一种长姊和小母亲似的严肃与爱怜。

她又抬头看看我,一种快乐的容光洋溢在脸上。谢谢你把我妹妹送来。我妹妹真漂亮,她的裙子和发带真好看,这裙子是你给她买的吗?

趁她用手指好奇地抠温蒂发带上绣的桔梗花,我朝蒂亚戈比划一下,手在肋部示意,意思是要不要把黛朵关机再办事。蒂亚戈点点头。

于是我坐到她身边,像屠夫一只手把匕首藏在背后,一只手抚慰羔羊,我顺着她的头顶抚下去,手掌缓缓放在红铜色长发里,彩色玻璃窗里滤出的金光照在上面,我的手像在火焰之中烧。

她扭转头,我妹妹叫什么名字?

叫温蒂。

真好。你是从树皮和梧桐叶搭成的小屋里找到她的吧?

这时我的手已经顺着她的肩膀,滑到了她肋侧。

我说,是的。

我的手指揿下。黛朵的眼皮关闭,身子往后倒,软绵绵倒在我手中。

我把温蒂从箱子里抱出来,跟黛朵并排摆在祭坛上。一个裹着重重纱裙,一个寸缕不着,穿戴一身彩色的光。她们显得如此纤小,像刚从云端掉下来的天使,又像先后从子宫里娩出来的双胞胎。

温蒂和黛朵是二十年前原产地法国的儿童机械人,"Toy Kid",她们专门被制造出来陪伴没有兄弟姊妹的同龄孩子,分为三岁款、五岁款、七岁款,智力、体力都采取该年龄孩童的平均值。

由于人类孩子长得太快,生长速度加速了他们对伴侣的更换需求,很快,这些无法学会更复杂的乐高积木搭法的同伴会令他们厌倦。因此 Toy Kid 的内核芯片和处理器普遍使用廉价低等材料,用上十几个月就会报废。

这种替代品风靡一时,很多中产阶级父母们乐于花这个钱,让儿童机械人陪着自己孩子沉浸在那些对成年人的智力来说十分煎熬的游戏里,像找到替代服役的人。

然而就像所有时尚产品一样,Toy Kid 只流行了三四年。美国路易斯安那州某社区发生了一起连环杀人案,连续三个女童被虐杀,破案后人们发现凶手竟然是同社区一个八岁男孩。小凶手家境富裕,父母都是高薪专业人士,警方在他家发现了好几个被肢解得残破不堪的儿童机械人。很多教育学者与未成人犯罪专家纷纷跳出来在访谈节目中说,乖顺服从的 Toy Kid 对孩子的心理健康并无裨益,而且用它来替代父母的陪伴,在得不到重视的情况下反而会激发儿童的破坏欲……

于是那股给家里孩子买机械玩伴的风潮骤然降温,赚够了的公司不再生产 Toy Kid。人们把那些死了一样的男孩女孩扔到垃圾箱里,或者像搬家时丢弃猫狗似的,开车到城市边缘,把它们留在那儿。这种型号的机械人不能做粗重活,维护也太麻烦,身上零部件又无法换给其余成年体态机械人,因此除了熔化炉,人类给它们想到的唯一一种回收身份是:性玩具。

世界各地的二手机械人拍卖网上,Toy Kid 一年比一年更炙手可热,每一发布,几秒内就被抢拍光了。单身汉们买一个像小号睡美人似的废品机械女孩回去,放在床底下,每晚拎出来当泄欲工具。而像马蜂窝的妓院这样的买家,会把她们交由蒂亚戈们修补、改装,加入特定程序。

我得到温蒂的时候,她还不如街面上大腿装仿真枪的妓女。我花了很多钱才从各个城市的旧货店、机械人零件网站凑齐同型号的眼睛、牙齿、膝关节……温蒂像拼图一样一块一块完整起来。我给自己拼回一个女儿。

帮忙的始终是蒂亚戈,因此他这套动作我看了不知多少遍:默不作声地从工具箱往外掏细小得像鸡骨头的工具,一样一样在两个女孩身边摆好。

我把温蒂的鞋子再脱下来,露出她的赤脚,又忍不住低头吻了一下。她足心的纹路跟黛朵的犹如同一种藤蔓刻花,刻在玉祭器上的花纹。

等蒂亚戈戴上他的单眼圆筒放大镜,开始用工具剥除黛朵的趾甲,我就转过身去,在教堂里慢慢踱步。

全息影像如此逼真,光无处不在,犹如置身海底。彩窗边整整一面石壁浸透了翡翠的颜色,下半段又逐渐过渡成橘黄。石头树叶之间,历代主教徽号像星星一样,眨着慈悲的眼珠。

我听见蒂亚戈在后面下令:音乐。

于是,还嫌这一切不够黑色幽默似的,唱诗班女童们的声音在高空中响起来。

几十条银子似的喉管唱道:

> 我的生命伴随着
> 人间无尽的悲恸歌声
> 我真切地听见赞歌
> 呼唤全新的世界
> 尽管如此辽远……

最后我听见蒂亚戈说,好了。

我回到女孩们身边,替换已经完成。温蒂的小脚丫完美无缺地朝天翘着,沐浴在红彤彤的圣光里。空气里有一点融化的化学物质的刺鼻味道。

蒂亚戈略带讽刺地说,放心吧,这下她那些人类同学看不出破绽了,她不会被认出是个机械娃娃的。

并排搁着的脚，黛朵的几根足趾空了。她不配得到完整吗？不，完整是被选中的。就像人类的胎儿有些生来残疾，有些生来美丽。盲目的选择，那不归我选。

音乐忽然停了，断牙的声音从最近的一扇窗那儿传来，就像他站在窗外似的。你们鼓捣完了？真不来喝口酒？

蒂亚戈笑着骂道，每个房间你都监视，当NC-17的活动电影看是吧？

不能看这个我开妓院干吗？少废话，过来陪我喝两杯。

这时是午夜十二点半，我很想带着温蒂回家。但蒂亚戈对我说，陪我喝点酒再走，刚补过的地方也得放置一会儿。我看看那两个女孩。她们头并头躺着，像威廉·沃特豪斯那幅名画《死神与睡神》。

我对断牙说，你得把这房间锁上，不能让人进来。

断牙的声音：知道了，你这爹做得还挺当真的。

我们走进圣家堂通往钟楼的电梯，电梯门打开时，外面是博格塞美术馆的小厅堂。壁上悬挂卡拉瓦乔的年轻酒神图：丰腴青春的少年袒露圆润肩头，手臂里抱着一篮子珠宝似的葡萄。断牙劈开两腿坐在画底下的一张小桌旁边，桌上有酒瓶和杯子。他伸展两条爬绕青黑文身图的手臂，表示欢迎。

蒂亚戈说，老淫棍，还挺懂享受。

我们大概喝了五瓶摩洛哥仙人掌盐酒，作为佐酒菜，我不得不把我的老故事挑着讲了讲。断牙可喜欢听了，瞪圆了眼，时不时嘟囔一句，耶稣。到快三点的时候我才终于摆脱他，从博格塞美术馆回到圣家堂。

一下电梯就听到说话的声音。乍听时还以为是极低的音乐，但往前走几步，我愣住了。

两个小女孩盘膝坐在祭坛上，两个都光着身子，完全赤裸，一个背对另一个，后边那个正把面前的长发编成小辫子。她们向我转过来两张一模一样的小脸，盯着我瞠目结舌的样子，同时咻咻地笑起来，一模一样的音色，一模一样的节奏。

我分辨不出哪个是温蒂，分辨不出满腔焦虑与爱该投射到谁身上，一瞬间我觉得我有两个女儿，我同时爱着她们两个，难分难解。

幸好这时温蒂叫了一声，爸爸。

她转头对背后的黛朵说，我爸爸来了，我得走啦。说完很干脆地跳下地，自己穿鞋穿裙子。我长长地松一口气，心中却十分疑惑，我与蒂亚戈离开时两个女孩都处于关机状态，是谁把她们打开的？

温蒂先把鞋穿好，再把裙子套到头上，小脑袋从领口里钻出来，黛朵跟过来，体贴地伸手替她把辫子掏出来，又帮她揪一揪袖子的肩部，系好背上拉链，俨然是个照料妹妹的姐姐模样。我默默看着她们，心里涌上一种极度不适的温柔。这种照料另一个孩子的本领写在她们的程序里，她们天生是要给别的孩子作伴的。

爸爸，黛朵说她家在海边，是树皮和梧桐叶搭成的小屋，以后我们能去她家玩吗？

我笑一笑，也许可以。

黛朵也开口了，温蒂答应明天来看我的，你们会来的对吧？她像一朵葵花似的转动细嫩的脖颈，向我扬起一张皎洁的脸盘。

这时温蒂正面对我站着，我瞥了一眼，发现我女儿正在朝我挤一只眼睛，那是要我迅速跟她做同谋的意思。

于是我说，当然会来！

045

回程不能再把温蒂装箱，我一只胳膊夹皮箱，一只胳膊抱着她走回车子。她趴在我肩头，双臂搂得奇紧，侧着脑袋，脸颊和嘴唇贴在我脖颈侧面的皮肤上。

她会呼吸，但那种一鼓一瘪的胸腔起伏只是对呼吸的模仿，她的鼻端不会喷出温热的二氧化碳。

我听到她闷闷的声音。爸爸，我们为什么要到这儿来？

我来看望一个老朋友，不放心把你自己留在家里。

她又问，黛朵说我是她妹妹，是真的吗？

这让我怎么答？……我反问，黛朵还说了什么？

她说我的裙子真好看，她也想要一条。

开车回家途中，黛朵的眼睛和表情一直在面前晃动。这导致我没注意到车子的雨刷上夹了一片巴掌大的"棒棒糖屋"粉红广告。是的，棒棒糖屋是马蜂窝的一家妓院。这就是我的邻居乔纳森先生所供述的、我把女儿送到妓院去卖淫的证据的由来——他把它拿走了。那张广告纸完美契合了他们一贯的想象。

温蒂没有问那个大到能把她装进去的盒子是干什么用的。盒子放到后备箱去了，她独自待在后座上，纤细的小腿提起来，鞋子后跟踩着座位边缘，双手抱膝。我从后视镜观察她的表情，问道，温蒂，你是怎么醒过来的？

她说，我也不知道，一睁开眼睛就醒了。

我暗忖道，也许房间没锁好，有嫖客溜了进去？这想法让人不寒而栗。

回家进屋时，时间已过半夜三点，她仍是失魂落魄的样子，伸出手小声要求我抱她上床。这都很反常，我抱起她往卧室走的时候，想,是不是那个雏妓对她说了什么或做了什么?毕竟她每天耳濡目染的是……

黛朵自己也是个孩子,但是先生们,你们可能懂得当自己女儿有受到伤害的危险时,其余一切人无论仙女教母还是美国队长都是面目可憎可疑的嫌疑人那种感觉吧?

被子还摊放着没收拾,保持我带她出门的样子。我把她平放在床上,脱掉鞋子,她立即一翻身钻进被子里。

我说,还没脱衣服呢,温蒂。

我自己脱,爸爸,你去拿书,读一段毛毛的故事再睡行不行?

我转身从书架上找回书,关掉照明灯,打开投影夜灯,房间的天花板和上半部分立即出现了深蓝的夜空和缓缓旋转的星座。她已经在被子里飞快脱掉裙子抛在床边,两条圆滚滚的手臂摆在被子上。人造星辰的光,映在她的人造瞳孔里。

我读了短短的一段,她便眼睛半开半阖作倦怠状。其实她并不会觉得困,这只是一种乖巧地作出的伪装,好让我能结束读书去休息。

她在我不再接续阅读、合起书页时甜甜一笑,睡意充盈的样子。我探身给她额头最后一吻时,她忽然问,爸爸你会唱歌吗?

怎么问这个?咱们又没这个传统。

她显得有点困惑。他们都说爸爸妈妈会给唱歌……

我猜"他们"是幼儿园里的人类孩子。我说,今天就到这里吧,要唱歌也要等明天。

我第二次伸手按下她肋侧的电源开关,接着抬手熄了灯。

这时是凌晨四点,我得赶紧开车到社区电影院去。我在那儿做一份兼职:三点多钟最后一场夜间电影结束后到早晨八点早场电影之间，把十个影厅打扫干净。

这不是难事，机械人生来就是替人类做机械性劳动的——如果我有资格说"生来"的话。我在绒布磨脏了的座椅窄道中间飞快跑动，一只手拖着像尸袋一样的巨大垃圾袋，一只手把座椅扶手杯架上的可乐杯和爆米花桶抓起来丢进去。可我脑子里总是回放温蒂从被子里抽出裙子、抛在床边地毯上的情景。

似乎有些不对劲……到底是哪儿不对劲？

我忽然直起身。她抛出来的只是裙子，翠蓝色的茶会礼服裙，她没有脱掉袜子。该死。

五点四十分，我从电影院开车回家，天空已经变成青灰，路上开始有了晨跑的人类和遛狗的家仆型机械人。我尽量把所有动作的声音减到最低，走进屋里，走到温蒂的卧室前，轻轻推开房门。

有声音，是立体书。一个合成的女人声音在读《猜猜我有多爱你》，那道嗓音如此耐心、柔和，如此像母亲，每次我都被煽动得也想叫一句妈。我甚至怀疑听过了这么完美的假妈妈，小孩子还会喜欢真妈妈敷衍、急躁、时不时交杂一句"小混球你快闭眼我求你了"的睡前故事吗？

屋里像被贼洗劫过一样。跟趁所有爸妈不在家、疯个够本的小鬼一样，黛朵拿温蒂的东西办了狂欢节。书、玩具、衣服被从抽屉和衣柜里翻出来，组合成一层覆盖物，堪称均匀地丢撒在床面地面上。另一小部分延伸到黛朵身上：她穿着带亮片的蛋糕裙，外边加一件巴伐利亚风格的刺绣小背心，下面还穿了一套骑装里的马裤。她就这么坐在地毯上，望着面前打开的那本书。

她的坐姿跟温蒂完全不一样。温蒂喜欢把小腿折叠，脚尖向后贴在臀部侧面。黛朵则是双腿并拢,向身前长长地伸出去,两枚圆润的膝盖骨紧贴,脚踝叠压着,上半身歪向一边,那一边的手臂支在地上撑住。

那是个娇美女人的雏形,除了比例不对,哪哪都对。我曾无数次想象过长大的温蒂这样坐在大学校园的草地上,似笑非笑地看着对面讨好她的男孩子。

黛朵的两个脚尖像字母X一样,柔韧地绞缠成一个锐角。左脚上少两枚趾甲。

书里的假妈妈读道:"小兔子倒立起来,脚爪撑在树干上。他说,我爱你一直到我的脚趾头……"立体影像从书页上投射到空气中,父与子,两只栗色兔子,在不存在的月光和草地上蹦来蹦去。有一次小兔跳到了黛朵膝盖上,她毫不犹豫地伸手去抓摸,预料之中地抓空,然后笑得岔了音儿。

故事结束后,那女声又把故事里的句子唱了一遍。睡前故事附送睡前歌,生产商想得很周到。黛朵跟着那歌摇头晃身子地唱,缺趾甲的脚趾头一边搓动一边打拍子。唱完一遍,她的手指在空中的按钮上划一下,把歌倒回去再放一遍。

温蒂喜欢听故事,她喜欢听歌,昨晚睡前她就让我给她唱歌来着。

屋里充满了她鼓捣出的、很带劲的热闹,所以她一直没知觉有人在后面看。那个人的目光融化了又凝固,心在胸膛里荡秋千。小卧室的窗帘还没拉开,贝壳粉色的旧式棉布帘子厚厚地隔开外面的世界,外面那个明朗真实的世界。

声音和光在不知第几遍循环里停下来,电量耗尽了。假妈妈不会不耐烦，但她会没电。这个早晨这么苦，这么长，我不知道在跟谁耗着、拖拉着，不肯出声打扰那个深深沉浸、乐在其中的小背影。

她把静下来的书合起来推到一边，又去身边的书堆里翻新书，嘴里唱："我爱你直到月亮那里，哦，那真是非常远，非常远的距离……"

一个声音在后面跟她唱出下一句，"而我爱你直到月亮上边，再回到我和你这里。"

她像河边饮水的鹿听到枪栓声一样，扭转头颈。

我唱完那一句，面无表情地站在门口，迎着她仰视的目光。

黛朵像个小俘虏一样双手扶地，上半身和下半身一直拧着，挪动双腿朝我爬了几步。

我说，早上好，黛朵。

她的脸颊是恒定的粉红色，没法变苍白，只有表情是惊慌失色的样子，嘴唇扩成一个边缘不断变形的洞。

最后她带着哭腔说，早上好，爸爸。

我摇摇头，别用那个词，我不是你的爸爸。告诉我，你跟温蒂是怎么说的？

她的五官像融开的蜡，缓缓变形，化成一摊，继而发出嘤嘤呜呜的声音，像一只被踢了一脚的小狗一样呜咽，然而没有眼泪。

你说吧，说完我送你回去。

她哽声答道，我问温蒂想不想装成我，留在沙堡玩玩，反正没人分得出我们俩……

五岁是孩子最好奇的时候，虽说是玩玩，但温蒂还是犹豫了。黛朵以"第二天我会跟你爸爸来接你"说服了她。这就是为什么我带着假温蒂离开妓院的时候，假黛朵不放心地询问，想确认我是否真的会去接她；昨晚黛朵走进家门，没有自己回卧室，要我抱她上床，因为她根本不知道卧室在哪里。她也不知道我跟真温蒂没有睡前唱歌的习惯……剩下的情节我不忍心再复盘，再重筛一遍这个以五岁智商殚精竭虑编织出来的细密骗局，同样是种痛苦。傻孩子黛朵，她怎么会傻到觉得自己能伪装别人的女儿？

然而另有一个问题我不愿去想：在她自己的计划里，她打算伪装多久？打算把温蒂扔在妓院多久？

不愿去想的本身就是想了。因此我的心又硬起来（抱歉这只是个比喻，我只有处理器，没有心），或者说，我摁灭了一些火星似的摇摆犹豫。

黛朵正在慢慢解开刺绣背心的扣子，沮丧悲痛得像四肢出了故障。我想起昨夜的疑问。你能自己控制开关？

黛朵摇摇头，不能。

那你是怎么醒过来的？还唤醒了温蒂？

我的开关总失灵，断牙不愿意给我换零件。

我说不出话了。人类嫖客更喜欢鉴赏机械人的残缺，但我怎么能跟她说这个？

这时她把自己剥得只剩一条吊带衬裙，双手交叉握住下襟的两个角，作势要往上撩起，我说，衬裙别脱，你挑一件正常的衣服穿好，咱们就走，那件就送给你，温蒂不会有意见的。

她放下两条胳膊，窄肩膀跟着那个动作往下塌，手心向上僵硬地支在腿上。那动作不属于五岁的小女孩，那是个心灰意冷的女人的动作。

她带着哭音，拖长了声叫道：爸爸！

那可真是让人心肝俱碎的一声。

但我还是摇了头，我重复说，不，别用那个词，我是温蒂的爸爸，不是你的。

她发出低声的"啊啊"哭叫，每个"啊"中间像抽搐一样"呵"地抽一口气，并耸起肩头笨拙地蹭脸颊，擦拭不存在的眼泪。这个动作也是程序写定的，该型号的机械儿童有四种哭泣模式。在哽咽中间，她挣扎着说，他们告诉我会有人接我回家的，我家是海边一座树皮搭成的小房子，外面还有吊床和狗屋，我不要那个小房子了，我想要你，爸爸。

我的女儿是温蒂，我只有一个女儿。

我跟温蒂是一样的，一模一样！比人类的双胞胎小孩还像。

不，你们当然不一样。

是的，现在也许不一样，但是再过几个月就完全一样了。

我瞪着她说不出话来了。她说得对，再过一个多月，温蒂的芯片会再次报废，需要再次更换、重启，她的记忆数据没法复制出来，那时她会像任何一个刚刚出厂的机械儿童一样，像任何一个没有记忆的人类婴儿一样。

但是怎么会一样呢？不一样的。我不想再解释。我往前走两步，从床上拿起一套衣裤抛到她面前的地毯上，简洁地说，快换，我在外面的车上等你。

等待的时间比预想中短，她从门里走出来，没穿我随手挑的那件，而是换了一套郑重其事的圆领泡泡袖长连衣裙，像是个要跟大人去参加婚礼的乖孩子。

邻居家的乔纳森先生又出来，一只手抽烟，一只手拇指朝前，扶在腰眼上，在烟雾里眯着眼，看着黛朵拉开车门，坐进去。

我调整一下后视镜。儿童座椅你会用吗？

她用骤然淡漠下来的声调说，会用。我从镜子里看着她爬到椅子里，给自己系上安全带。

我启动汽车时，她不客气地打开了那个迷你冰箱，发出一声低呼，哇，冰淇淋！

我也有点诧异，迷你冰箱竟然一直没停电，冰淇淋还没化。她动静很大地关上冰箱盖子，撕掉冰淇淋蛋筒的封纸，咬了一口。儿童机械人没有味觉和冷热感，但黛朵和温蒂吃冰淇淋的表情都相当逼真。

我把车子驶上街道，街上很多无人驾驶的车，保持一模一样的稳定速度，像在生产线上被匀速运送向前的成品。能透过车窗看见后座的人吃盒饭、在电脑上打字、戴着全息头罩玩游戏。开过一辆家庭款轿车，两个人正在后座做爱，女人跨坐在男人髋部，脖子往后仰，得意洋洋地往外看，迎接一切探索的目光——这段时间流行这个，据说在行进的车流中做爱，可以提高性高潮。黛朵一面舔冰淇淋一面盯着那对人的动作，我按了一个钮，后座车窗变得不再透明。

她转回头，冷笑一声。我这才想起她的职业，她不是温蒂那种"真正的"五岁小童。我和她的眼睛在后视镜里相遇，果然，她不肯放过这次嘲讽的机会，眼中闪出恶意的、兴奋的光，下巴往前一挺。嘿，嘿，你不是不肯把我当成温蒂吗？……我见过的可比那个有趣多了。

我不说话。

她把一根手指搭在嘴角，露出那一侧犬齿咬住指尖（去年特别红的性感女影星拍过这种姿势的杂志封面，编程的人应该是把类似图片资料复制到了她的动作模式里）。你也可以用自动驾驶，然后上后座来，我给你……

我说：闭嘴！

但她仍不放松。你知道机械人也会召妓的对吧？

冰淇淋化得很快，有一道奶油汁顺着手腕流到手肘上，她抬起胳膊顺那条杠舔上去，翻起眼睛盯着后视镜里窄窄一条我的脸。我说，黛朵，你这样没有意义，咱们和平地度过这段车程，可以吗？

她沉默了一会儿。嗨，你怎么跟温蒂解释她没有味觉？她肯定会跟同学讨论冰淇淋和点心的味道吧？

我答道，生病，我跟温蒂说她有遗传疾病，她不会去讨论她感觉不到的东西。

黛朵点点头。她说，那你又何必给她买冰淇淋？

跟你非要吃冰淇淋的理由一样。

车程过半的时候，她问我，你是怎么遇到温蒂的？

是这样的：好多年前曾经爆发过一次"毁灭机械人"游行，导火索是新闻报道一个妻子长期跟家中管家机械人偷情，那女人辩解说那并非通奸，因为机械人不过相当于大一点的按摩棒而已。她胜诉了，被判成婚姻官司里的无过错方。其实这事情如果现在发生，至多在新闻网站占个边栏位置，但那几年类似案例太多，很多人把婚姻和职业中的失意归咎于让他们显得笨拙迟钝的机械人。愤怒情绪很快蔓延全国，几个著名品牌机械人的展示体验店被砸被烧，聚众捣毁机械人的集会越来越多。

我所在城市的游行前夜，人们陆续把准备焚烧、捣毁的机械人扔到指定地点，堆成一垛。我是凌晨三点钟被扔到"尸堆"角落的，半个小时之前我的身份还是产科工作的医疗机械人。一旦有的选，有很多准父亲会在"男助产士"与我之间选择我，他们更愿选一双无性别的机械手去缝合他太太的下体。因此那天我从产室里出来，手还没洗干净，就被一群值夜班的男助产士推进急救车，拉出来抛在了大街上。

大部分机械人都拆除了能量芯，处于死亡状态，还有一些过了报废年限的，时而发出不受控制的奇怪声响，吱吱咯咯……我被设置成了静滞待机状态，只能躺着仰望星空，心想这会是我见过的最后一片星空。我一个个回忆我接生过的小婴儿的脸蛋，给每一颗星星取上他们的名：菲欧娜，科斯塔，列奥，塞缪尔，吉娜……

这时我听到旁边有个小女孩的声音：嗨，你好，我叫露西，你叫什么名字？

露西距离我大约两米远，躺在一个搬运机械人的大腿旁边，她有一颗长着红铜色长发的小脑袋，脸蛋精美完整，在黑暗中像自己能发出光一样。我听说过这种儿童机械人，见是第一次见到（我诞生的这个国家经济和观念上都落后一些）。我说，我叫萨姆，你好，露西，是谁送你来的？

露西说，我爸爸。她的语气居然平静而且有一丝愉悦。

他有没有说送你来干什么？

她以笃信的语气说道，来变成真正的露西。

我问，什么叫"变成真正的"？

我跟玛蒂尔达一起读过一本书，书上说有一只玩具兔子经过改造变成了真正的兔子，爸爸说等我改造过后，也会变成真正的小女孩。

055

这鬼话跟大人们骗小孩说你乖上一整年，圣诞老人就会把你放上送礼名单一样。我叹一口气说，是，他说得对。

露西跟我望了一会儿星空，又问，变成真露西之后，我会跟现在有什么区别吗？

有啊，如果你是真的，你爸爸就不会送你到这儿来……改造了。

天亮之后他们就要"改造"了，是不是？

……

是的。

大街上有汽车鸣地开过去，路过街心这堆奇异的金字塔时放慢车速，车窗里有面孔探出来看。在不远处某个机械人单调的"滴、滴"声里，露西要求道，天还不亮，萨姆，你给我唱个歌好不好？

我给她小声唱了《天空中戴着钻石的露西》。我说，你知道你的名字有多棒吗？1974年人们在埃塞俄比亚找到一块320万年前的女性骨骼化石，给她取名叫露西，她被当做人类最早的祖先。

她说，哇哦！

我说，还有更棒的呢，2010年天文学家观测到一颗距地球约17光年的星球，因为大家都很喜欢披头士那支著名的歌《天空中戴着钻石的露西》——就是我刚才唱的那个，所以那颗钻石星星也被取名叫露西。它有多大呢？印度洋的最大宽度是10200公里，那颗钻石直径约4000公里。

露西叹一口气，往天上看。也就是说，现在那儿就有一颗叫露西的星星？

是的。

她转头看着我，微微一笑，我喜欢你，萨姆。

谢谢，我也喜欢你，亲爱的。

我真希望能记住那颗跟我名字一样的星星，也记住你。不过爸爸说再过几天我就会"报废"，会忘掉所有东西，所以得到这个地方来"改造"。萨姆，"报废"是什么意思？

我说，"报废"是一种病，很小很小的病，简简单单就能治好，露西，我不会忘记你，就算你"报废"之后忘记我，我也不会忘记你。

又有人来了，一群少年抬着一个中年男教师模样的机械人过来，把它的身子荡起来扔在"尸堆"上，这造成了一个小规模雪崩，等雪崩结束，我也被埋没得只剩一个脑袋半个胸膛在外面。

清晨六点，天已经亮了。露西爬过来，折叠双腿跪在地上，胸口贴着大腿，像一只困倦的母兔似的缩起身体，红铜色长发垂下来。她的目光跟地面平行，投在我脸上，嘴角和眼睛充满冰糖似的亮晶晶的、甜蜜的光。

她悄声说，嘿，我要吻你一下，萨姆。我吻你一下，你就永远不会忘掉我了。

车窗外的建筑已经变得越来越破败，墙上的涂鸦也越来越多，黛朵听我讲完了上面的故事。

她问，后来你找到她了？你怎么知道你没认错？

汽油、柴油等等助燃的液体喷浇得到处都是，人们还拿来了吱吱作响的电锯，让齿轮在空中飞转，等待把机械人大卸八块。在最后的时刻到来之前，我对露西说，你猜怎么着？如果你闭上眼睛、卷起舌头张开嘴，就听不见声音了。

露西照做了，用牙齿抵着舌尖，亮出了那块人造软体的底部。她把那个动作坚持了一会儿，失望地睁开眼。没有啊，萨姆，你的法子

057

不灵,我还是听得见声音。

那是个小小的骗局,是她第一段"生命"里最后一个谎言。

黛朵盯着后视镜做出那个动作,张开嘴,卷起舌头,露出舌底。机械人舌底都印着一块不显眼的编码,不细看会当成小黑斑。我从后视镜里跟她笑一笑,知道她明白了。我记住了露西的条码,露西自己不知道,那是寻找和相认最牢靠的线索。

黛朵问:后来呢?后来你没有报废?

没有,那场游行结束之后,所有被焚烧、捣毁、肢解的机械残骸被运到废物熔炼厂。我的朋友——我后来的朋友,蒂亚戈——是专门回收修理的工匠,他从尸首堆里挑拣出还,修修补补,给他们再取一个名字,卖掉。我有67%的脸部材料更换了,连眼珠都从蓝色换成了浅灰,重启之后,我发现自己变成了远洋油轮上的工人彼得。船上活儿太苦,居住条件又太差,人类不爱干。夜里我负责值班开船的时候,在黑漆漆的海浪上看到的全是露西的脸。干到第三年,第三次从南极回来,岸上的世界发生剧变,有了"机械人赎买自由"这回事。再过三年,我攒够钱下船了。一年之后靠蒂亚戈的帮忙,我终于在一个流动马戏团找到露西……

车子在距离"沙堡"几米的地方停下。上午八点钟的马蜂窝安静得诡异,今晚的男主角们现在还在公司当小职员,机器妓女们跟白昼也没必要发生关系,街面上几乎没人走动,只有几个流浪汉躺在角落里睡觉,我拔出车钥匙,双手放在腿上不出声,黛朵也不再出声。我忽然觉得跟她有了一种狭小空间里被强迫产生的亲密,好像坐完一程长途飞机,有些邻座男女就成了未婚夫妻。

她脸上没有表情,组成她脸部的仿生材料没接收到任何指令。我下车,拉开车子后门,向她张开手。过来,黛朵。

我的怀抱里迎进来一个绵软得十分熟悉的小身体,属于温蒂的爱自然而然地被召唤起来。我抱着她往沙堡的大门慢慢走,感到她伏在我身上的小胸脯起伏,两个没有温度的身体紧贴着。

她说,萨姆,你也看过我的舌头了,你也不要忘记我,行吗?

好,其实事情到这儿就差不多讲完了。我敲门把断牙叫起来,没有说是黛朵使心机更换了身份,只说是我心急认错了,让他带我去储藏室找温蒂。

储藏室像个巨大的停尸间,靠墙都是刷成青灰色的铁柜子,方格瓷砖地擦得光亮雪白。断牙拿出电子账簿,在页面上划动手指,让我看一个个妓女的头像照片。还没等找到,黛朵自己说话了:我的编号是SS651。断牙盯了她一眼,走到墙边的控制面板去输密码,"滴"的一声,有一个铁格子的门弹开了。

温蒂在里面。已经关机的她像昏死似的靠在壁板上,头歪在一边,身体是赤裸的。我脱下身上衬衣,把温蒂包住、抱起来,黛朵动作干脆地钻进那个空出来的格子里,面朝里蹲坐下来,闭上眼睛。

临走时我问断牙,昨晚我女儿有没有跟你的客人……

断牙举起一根纹着海锚图案的食指晃一晃。我要是你,我就不去想这种事。得啦!我当你没问,带你女儿走吧,我回去补觉去了。

这时是上午八点半,我回到车上,白衬衣里的温蒂像裹在襁褓里,好生生地合着眼睛。很久之前,我曾这么抱过很多刚从母体上摘下来、黏嗒嗒热腾腾的人类婴儿。我把手伸进衬衣底下,从她的耳朵头发检查到手臂胸口,没有,没有丢什么东西,没有人类嫖客的手留下的痕迹。最后我犹豫了一下,还是把手伸到她两腿间摸了摸。

先生们，你们要说这种触摸是猥亵那也随你们。我在马戏团找到露西的时候，她那个女孩的部位是一片无数人类狂欢践踏过的废墟，在后来的重建过程中，我搜罗材料，那一处是最后修补好的地方，因为她散布在世界各地同型号伙伴们磨损得最快的，都是那个部分。蒂亚戈曾提议用别的材料做个替代品，我拒绝了。再后来我们托人买通荷兰一个私人博物馆的管理员，他把博物馆里陈列品"露西"的某部分拆下来，换成蒂亚戈制作的仿造品，把原配件寄给了我。

做博物馆里的木乃伊、睡美人，或是做马蜂窝里的雏妓黛朵，温蒂距离那两种生活只隔着这层白衬衣。现在，她身上也同时有了那两个女孩的一部分。

我的手在衬衣里挪动，滑到她肋骨上，按下去。

小小机械身体内部发出一阵只有我听得到的细微声响，像一切孩童跨越梦与现实界限的一次长长吸气，一次跳跃。我的温蒂睁开眼睛。

她小声说，爸爸。

我开车穿越半个城市，送她去幼儿园，迟到是肯定的了，好在上午头两个小时是自由绘画和泥塑时间，晚一点也不要紧。路上她跟我道了歉，说昨晚不该贪玩跟黛朵交换身份。

后视镜里的脸蛋，跟刚才那段车程里看到的一模一样，有一瞬间我怀疑自己再次抱错了女儿，但那张淡红的嘴角往脸颊上一撇，撇出了微妙独特的差异，我的心又踏实了。她问，黛朵会不会被罚？

我说，应该不会。你昨晚过得怎样？

之后的大半天我和温蒂都过得像平常一样，她去幼儿园，我去上班。除了凌晨打扫社区电影院的兼职，我的正职是在一家手工表作坊铸造零件，虽然现在连快餐店桌上的餐具筒都显示时间，但体面的人类还是认为手工制造的表更有面子。而机械人工匠稳定的手比人更适合干这个活儿。

我下午四点接到温蒂幼儿园老师的电话，告诉我我必须去一趟。温蒂没出事吧？没有，她很好，不过……具体情况等您来了再说吧。

我听出那个人类女教师声音里克制的愤怒。三十五分钟后，那愤怒从她涂着樱桃色唇膏的嘴唇里射出来，像一簇子弹打在我脸上。

她还是个刚从大学毕业没多久的年轻姑娘，让她当众说出这样的话，确实有点为难她了——请您解释一下，一个五岁小女孩为什么会说出"吃我的阳具；舔，不许用牙咬；慢慢地动"这种话？

我慢慢环视左右，办公室墙上挂着上次绘画作品展的优秀作品，很郑重地镶了框，靠墙一圈摆放童书的核桃色书架，幼儿园的负责人、儿童保护委员会、福利局、儿童服务保障处等的人们盯着我沉默，我从他们的目光里看到一个禽兽父亲，还藏匿一点残忍的快感和兴奋，等待我的辩解揭开一个气味荤腥的畸恋故事，满足被那只言片语逗起的猎奇胃口。

以上就是我的辩白。

我要说：法律允许机械人赎买自由，我已经赎清自由了，有权自主求职与生活。你们可以查阅我这儿存储的证明文件。温蒂是废弃物，她的所有者自动放弃了对她的所有权，这个我也有照片和自然人证人签字生效的文件。

我说，法律没有禁止机械儿童接受与自然人儿童相同的教育，所以温蒂可以在任何一个幼儿园入学，为她的心理健康着想，我也有权隐瞒她的身份……是的，我有权认为温蒂具有"心理健康"。

我说，今天下午她在戏剧课上失控说出的话，是系统的一次小小紊乱，修改一下就没事了。当然，如果你们担心温蒂仍会对其余孩子产生伤害或坏影响，必须退学，我完全可以理解。

我说……没问题，我有法子跟温蒂解释，我有经验。至于她的同学们，在那出《冬天的故事》里听到温蒂讲那些话的孩子，得要你们给解释了……帕蒂塔那个角色，也得另找个女孩演了。

我会抱着温蒂离开，不用太多谎言，她有乖顺的天性，如果我说不要问，她就不会问，反正再坚持一个多月，一切记忆都会再次丧失。

温蒂，我会一次一次重新启动你，等待你睁开眼睛那一刻，听你叫：爸爸。然后我将告诉你你的名字。你不是玩具，不是机械儿童，不是露西，你是坠落在我手里萤火一样轻盈的女儿。

原本你会辗转很多双手，从很多人那里得到很多名字，但你用一个吻把我定格在时间的湍流里，我们就不再有别的名字。彼得和温蒂。你是我的温蒂，我是你的彼得。故事里的彼得从人类那儿带走了温蒂，他们飞行在云端，忽高忽低，身上粘着人鱼的鳞片，右手第二条路，一直向前，直到天明，最后抵达永远不会变老的、不存在的岛屿。

你是比正品更美更珍贵的赝品，是奥斯曼大帝的鹦鹉螺杯，装着饮不尽的美酒。你是我五岁的公主，只要你用山莓似的嘴唇吻吻我的盔甲，我就愿意大步走向城门外，战胜三头狗、独眼巨人、喷火的龙，再从一切不可能的地方回来，回到你身边。

不是因为寻找奥兹国的冒险，而是因为要承载你的治疗，我才有了这颗心。人类喜欢说命运，机械人有没有命运？有，懂得悲痛与快乐的都可以叫生命体，都有命运。温蒂，我跟你是命定的父女。

没有时间，我们其实并没有时间。就像你最心爱的毛毛的故事一样，我得从人类那里盗取时间之花，来维持我们的生命。

我不是有血有肉的父亲，你也不是有血有肉的女儿，我们没有真实的呼吸心跳体温，没有真实的泪水。我们的生命是从头至尾的效仿，在一切虚假之中，我对你的爱是真实的，比时间花还真。

附件1：

昨晚发生的事，我答应过我爸爸，不会跟任何人讲，所以跟你们也不能讲。不过，我可以告诉你们，我求爸爸把黛朵带回家，他已经答应了，他说无论如何都会让黛朵变成我们家的一员。他从来都说话算话。

我就要有个姐姐啦，耶！

附件2：程序语言

【声音文件B003转化】

系统音：编号No.5910387 Toy Kid第一次启动，请输入密码与激活词。

启动者：好，听得到吗？听得到就点点头。你好，你的名字是露西，以后你叫我爸爸。你有个姐姐玛蒂尔达，比你大……哦你的年龄设定是五岁对吧？她比你大两个月，你的任务是陪玛蒂尔达一起玩。

No.5910387：好的，爸爸。

启动者：不要提"妈妈"这个词，你们没有妈妈。

【声音文件B007转化】

启动者：露西，把这件裙子换上……好，跪下来，朝镜子这边侧过来一点儿。行了，这次我自己拉开裤子拉链，下次你替我拉开，记住了？

No.5910387：好的，爸爸。

启动者：含住这个，然后我抓住你的头控制节奏，就跟我教你和玛蒂尔达跳舞一样。

No.5910387：好的，爸爸。

启动者：不要跟玛蒂尔达谈论这件事，这是我跟你的秘密，而且干这件事的时候，你不要叫我爸爸，叫安东尼，记住了？

No.5910387：记住了？安东尼。那么我的名字呢？我仍然是露西吗？

启动者：是的，你还是露西，永远是露西。

V代表胜利 ｜ 陈楸帆

引子：第三十四届奥林匹克运动会是人类历史上首届在虚拟现实空间举办的奥运会。为此主办方特地重建了奥林匹斯山作为主会场，当然是以比特和光纤作为砖瓦。

如果按照开幕式当天接入"奥林匹斯山"的最高同时在线数计算，这应该是史上参与人数最多的仪式，无论以何种标准衡量。当然只有部分信用点足够高的用户能够让自己的数字化身出现在现场——尽管那是一个从数学意义上能够无限扩展的虚拟空间。绝大多数免费用户只能以一个拥有六自由度但却不占据任何像素的单维度点存在着。他们能够自由移动视线，看到所有允许他们观看的场景，但是没有身份，无法交流、互动，自然也享受不到额外信道传递的感官体验。

每一个化身背后都有一万个鬼魂，无论他们是以宙斯还是Hello Kitty的形象存在。

Q便是这三十万特权阶级中的一个，他给自己选择的化身糅合了Kraftwerk、明和电机、斯波克大副的特质，一股浓浓的性冷淡加工装宅气息，并深以为傲。化身先是出现在万尺高空，并由彩色光线牵引以抛物线匀速降落，观众可以看到漂浮在空中的巨型奥林匹斯山全貌，它缓慢自转，金光闪亮，融合了佛罗伦萨画派与各种虚拟感官实验，展示着全球数字艺匠的精湛技艺与奇思妙想。

Q感到一阵可控的眩晕，肾上腺素略微抬升，他将保持久违的兴奋直到落入会场，这是精心设计的转场方式用意所在。

在他看来，这种超大尺度的古罗马式圆型场馆显得想象力贫乏，他尤其不习惯这种过分拥挤热烈的氛围，于是他屏蔽了所有其他用户，四周所有的化身变得透明，淡入背景，只剩下孤零零的Q观赏着这场盛大的典礼。巨大虚拟偶像在空中扭曲变形，随着电音节拍解体成无数分形小人，溅射到幸运观众身上，成为一枚虚拟徽章，可换取某种现场特权，比如VIP室的一分钟窥视权。

这场虚拟奥运会成功申办之前经历了漫长的伦理与技术论证。

支持方认为人类历史上从来不存在Fair Play这件事，在基因、金钱与科技面前，所谓公平竞赛只能是一种自欺欺人的道德幻觉。而虚拟现实可能是唯一通往Fair Play的险途。当所有选手都抛弃了肉身及物理世界的所有羁绊，并通过统一标准的脑机接口进入虚拟赛场时，所有艰苦卓绝的重复练习，经年累月的血与汗，都将化为经过转译的神经冲动信号，操控着从绝对意义上与自己毫无二致的数字化身，在无人抵达的空间里竞技拼搏。

他们说，这才是真正的公平。

Q并不这么认为。

他与数量众多的肉身原教旨主义者站在一起，坚持认为正是因为人类肉体的种种瑕疵，才让所有的努力显得真实而有意义，只有真实的才是美的。在虚拟世界里，人们只会关心你的化身，并推断你的阶层、性格、爱好、取向……这甚至比消费主义的标签崇拜还要虚伪，因为在这个空间里，所有一切都是对真实世界的拟象，化身崇拜是对虚伪的虚拟，双重否认却又无法建立任何新的情感链接价值。看一群被阉割掉个性的虚拟选手争夺虚拟金牌是多么无趣而讽刺的行为。

但反对者们并没有改变潮水的方向。

就像那些运动员尽管还保留着现实国籍，但同时更加突出的是他们的虚拟归属地。在这片理论上可以无限分割叠加的比特空间里，用户们自由地聚集部落，建造帝国，甚至由于化身的 AI 托管机制，可以同时拥有多个化身。这让整个运动员入场阵列在 Q 面前仿佛是一团乍聚还散的发光鸟群，不断地幻化出各种排列组合。

在这场由 Q 独享的奥运会开幕式上，他无比焦虑地等待着某一个决定性的瞬间。他的同伙正在现实世界里筹备一次同步袭击，击溃维持这个庞大虚拟王国的重要数据传输节点，没有附带损害，没有现实伤亡，没有政治诉求，只有为了实现真与美的虚拟胜利。他甚至在脑海中想象着媒体如何将他们描绘成一群极端偏激的原教旨主义者，却甚至未曾了解他们的真实生活，了解 Q 是如何在一次炸弹袭击中变成高位截瘫，并在虚拟现实入口前饱受歧视，只因为信用点不足。

人，生而不平等。

Q 眨眨现实中的眼睛。数以十万计的数字化身重新填满了现场。

至少在末日来临之前。

人骨笛｜吴　霜

　　白骨露于野，千里无鸡鸣。

　　　　　　　　　　　——曹操《蒿里行》

　　连日的阴雨，泡得中原大地，日月无光。

　　昨夜，暴雨冲开了地面的浮土，露出累累白骨。

　　提兰的目光竭力避开这一切。她正提着裙子，一步一步走向河边。

　　其他同学其实不是很明白，时间旅行的选择这么多，提兰为什么总要去"五胡乱华"——中国历史上最混乱残酷的时期。

　　但，时间旅行实验期间，除了发起者——量子物理学专家张教授外，志愿者的记忆是严禁交换的，其他同学也只能揣测而已。

　　夜风带来了河水的味道。无月无星的空茫中，提兰止步于窸窣的水声。

　　黑暗尽头，有一盏渔灯，隐隐映着一艘小船。冷风过来，灯光映在淋漓的水面，仿佛星子一样散开。

　　渔灯的分身让提兰想起了平行宇宙。

从很小的时候，提兰就反复梦见一些真实而奇异的场景，仿佛自己在不同的世界中穿梭。醒来后，她往往会用梦里的衣食住行细节来考据，发现那些自己曾经生活过的地方，有西夏的西平府，清代的扬州，甚至江户幕府时期的京都。

人死后会去哪里？她曾这样问过时间机器的发明者——自己的导师张教授。

张教授的回答是，灵魂会在各个平行宇宙之间穿梭。

作为大学教授，张教授发明了时间机器。第一批试用者，是学生志愿者，包括提兰。

应征的原因，是提兰隐隐觉得，那些梦境都曾真实发生，是自己不同前世累叠的记忆。

她争取到了第一批试用的资格。

三个月前，提兰过了十八岁生日。自那天起，她的梦境就只剩下两种："五胡乱华"时期的某个荒野，和一艘巨大莹亮飞船上的羽人——一些长着翅膀的异族人。他们正惊慌失措地用双翅擦拭着脸上的血迹，仿佛刚从某场浩劫中逃脱。一个年轻的男性羽人正驾驶飞船，缓慢而无望地，在星海中一圈圈航行。

提兰仿佛也是这些羽人中的一个。那一世，她似乎爱慕着那个驾驶飞船的羽人——梦中，她的眼睛几乎不能离开他。

他的名字应该是"春阳"——其他羽人称他为族长。

梦境总是这样结束：春阳侧过身来，消瘦的面孔上，目光犹如雪亮的利刃；而他身后，左翅血污淋淋，而右翅，竟被齐根折断，只剩凹凸的骨茬。

找回来。他轻轻地说。

找回什么？

然而，每次提兰还未能开口，梦境就已经消散。

经过一段时间的资料查找，提兰觉得那艘飞船，很像是《拾遗记》中提到的"贯月槎"①。

在前几次的试验里，渔灯每次都会出现。提兰隐隐觉得，那就是自己要"找回来"的东西。

这是最后一次实验，张教授就要关闭时间旅行的通道。下次用，不知要到什么时候。

渔灯和小船仍然没有移动的迹象。

提兰终于下定决心，凫入水中。

水很冷，但并非不能承受。更让人恐惧的，是虚无。

无星无月的黑暗中，提兰渐渐游离了白骨森森的河岸。

微茫的虚空里，渔灯渐渐近了。

提兰爬上晃荡的木船，吱呀的响声顺着河水传得很远。

那盏"渔灯"，竟是一支修长的，泛着莹莹绿光的笛子。

手触到笛子的一瞬，提兰突然明白。

冰冷细润的质感，非金非玉。这是一支骨笛，由春阳被折下的右翅做成。

提兰下意识将骨笛凑到嘴边，想要吹响。周围的时空，却出现了涟漪一般的扰动。

---

① 贯月槎，出自东晋王嘉《拾遗记》：尧登位三十年，有巨槎浮于西海，槎上有光，夜明昼灭，海人望其光，乍大乍小，若星月之出入矣。槎常浮绕四海，十二年一周天，周而复始，名曰贯月槎，亦谓挂星槎。羽人栖息其上，群仙含露以漱，日月之光则如暝矣。虞夏之季，不复记其出没，游海之人，犹传其神伟也。

实验突然提前结束了。

张教授说，实验的异常结束，意味着提兰接触到了某种十分重要的时空"拐点"，可能会对历史进程产生相当巨大的扰动。

事后，张教授给了她一份资料。

西海昆仑山侧，有羽族由异星而来，生双翼，通仙语，千年隐世而居。以族长右翼做骨笛，可召大悲力烈火，焚金裂石。时逢"五胡乱华"，外寇入，烽火连城，羽族大败。族长自折右翼为骨笛，燃烈焰百丈，抵敌寇，率残余羽族，乘贯月槎逃离，下落不明。

"这是传说吗？"提兰沉默了一会，才开口问张教授。

"也可能是某个平行时空流传下来的，真实的历史。毕竟时间机器的原理，就是在不断分叉的旅行过程中，诞生新的宇宙。"张教授狡黠一笑。

提兰望着这段文字，没有开口。

有两件事，张教授错了。

春阳并非"自折"右翼。双翼连心，羽族人是无法折下自己的羽翼的。

提兰触摸到人骨笛的一瞬，仿佛打开了一个奇特的时间缺口，记忆纷至沓来。

羽族那一世，提兰是春阳的祭司。春阳的右翼，是在他的强令下，由提兰亲手折断。

那些外族人以毒浸入水源，再以丝网缠住麻痹的羽族部众。细弱高傲的羽族众人，肉身横遭践踏，直至碾入尘土。

折断春阳羽翼的一瞬，爱慕着他的提兰，心脏几乎碎裂。

笛声响起，春阳召唤了贯月槎——千年以前送他们来到地球的贯月槎,一直以陨石的方式流荡在地球附近。

提兰再没见过那样的烈火。

贯月槎的尾焰,足有百丈,烧得数十里地表赤红,外族人焦黑的皮骨散落其间。

火光映着春阳失血的脸孔,呈现出透明的光色,宛如折翼的鬼神。

还有一件事,张教授没有留心。

有两种情况,实验会强制性中断。张教授以为提兰的实验,是触碰了影响历史走向的重要拐点;其实,是提兰带回了不属于这个时代的物品。

阳春三月,毕业在即。提兰背着书包,向张教授实验室的方向,匆匆走着。

书包里,隐隐有个细长的物品。她要将它亲手交还给春阳。

她已经很久没有做梦了。

笼子里的人 | 贾　煜

一

这是一个宁静的早上,我站在诊所窗前,静候病人,远远看见一对夫妻走过来。

门被推开了,走在前面的男人身体健硕,眼睛深陷,眸子发出冷酷的光;身后的女人身材修长,体态轻盈,淡雅如仙。我的视线越过男人,情不自禁地落在了女人身上,一阵心旌荡漾。

在他们进门之前,我随手翻阅了男人的资料。一个星期前,我的助手接待了他。按病人顺序,我们应在两周后才约见,但因他强烈要求,加上预付了高额的报酬,我不得不牺牲周末时间,提前和他见面。

我是一名心理医生,从医十多年有了一点名气后,在郊区开起了这家私人诊所。这里的环境虽然说不上依山傍水、清风雅静,但被一条绿色骑行道所环绕,绿树成荫,满目翠绿,给人一种自然清新的感觉,再加上绿色本是稳定情绪的沉静色,实乃治疗心理疾病的好地方。

我的病人，因为一些难言之隐，通常都是独自一人前来，像今日夫妻二人同来的，倒是第一次。

我盯着他们看了两分钟，没有说话，李金科忍不住问："宋医生，有什么问题吗？"

我扬了扬下巴说："我治疗病人，一般都是一对一，你们二位……"

女人听出了我的话中话，莞尔一笑："我俩感情好，什么都不隐瞒，如果宋医生没有特殊要求，我希望能够陪着他。"

我在心里暗自叹息一声，脸上却是礼节性的笑容："只要李先生没问题，我当然ok。"说完，按下了茶几上的录音笔，"那我们就开始吧。"在诊治过程中，我习惯了将病人的谈话内容录制下来。

李金科躺上沙发，我开始静静观察他，只花了十五分钟时间，便从与他的交谈中，判定他是一个有妄想症的病人。

女人坐在他身后不远处，并没有听我们谈话，而是撇过脸，专注于咕咕作响的烧水壶。她侧脸的线条很柔美，恍眼一看，犹若芙蓉出水。

我第一次在工作时无法集中精力，那女人身上的某种气质，无形中牵制着我，我竟然在极短的时间内对她产生了一种强烈的感情，这不应该是一个训练有素的心理医生所为。

李金科闭着眼睛，在他回答我问题的空隙，我时不时偷瞄他的女人。尽管我也见过不少美女，但这个女人浑身透露出一股超越了美貌的魔力，以一种难以言喻的力量把我的目光吸引了过去。

二

李金科完全沉浸在自我的世界中，一个小时后，我见他状态不太好，示意他休息片刻。他恍恍惚惚地站起来，似乎还没有脱离幻想中的恐惧。

今天我的助手不在，整个诊所只有我们三人，女人充当了助手的角色，替我们沏好了茶。这时，我感觉房间的光线逐渐暗淡下去。

我看了看手表，走到窗前仰望天空说："新闻里说，今天有日全食，现在开始了。你们都在原地别动，我去开灯。"

在天空全黑之前，我走到门边，按下电灯的开光。诊所瞬间亮如白昼，忽然，所有灯光又全部熄灭了，我眼睛所及的范围一片漆黑。

"啊！"我听见女人慌乱的一声尖叫，李金科似乎循声而去撞在了茶几上，茶几发出被猛烈碰击的声音。

"别急，日全食很快就会过去。"我对着眼前的黑暗大喊道，突然感觉有什么东西游入口中，闭上嘴巴，咽了咽口水，口里却空无一物。但在吞咽之时，喉咙中发出了奇怪的声音，仿若往深幽的井洞里扔下一粒石子发出的回响，我下意识地摸了摸喉结。随后，好像迎面吹来了一股风，似乎还夹杂着细微的沙尘，扑打在我脸上，我闭上眼甩了甩头，本能地去躲避。

没来得及细想哪里不对劲，房间已经慢慢明亮起来，诊所的灯光又通通亮了。

李金科果然和茶几撞在了一起，他摔倒在地，茶几则四脚朝天。女人见状，急忙过去扶起他，并仔细检查他的腿部是否被撞伤。我没由来地感觉到嫉妒，为了掩饰心里的情绪，俯身去收拾被撞落的东西，当我捡起录音笔时，才发现刚才忘了按停止键，顺手关掉了它。

我对夫妻二人不好意思地笑笑，说道："刚才可能是电路出了问题，让你们受惊了。"

李金科紧张地四处张望，嘴里说着"没事、没事"，眼神中却流露出精神病人的那种焦虑。趁着女人返身送茶，他凑近我的耳朵，诡秘地说："宋医生，我们今天成为朋友后，你可得小心了，他们肯定也会对你下毒手的……"看见女人走过来，他立即闭了嘴，装作若无其事的样子将双手插进裤兜里，努力笑了笑。

女人把茶递给他，也递给我一杯，在接茶杯的刹那间，我的手指触碰到她的指尖，只觉得一股电流掠过全身，茶杯一个晃动，杯里的水全洒在了我衣服上。

"对不起，对不起。"女人急切地道歉，从提包里掏出一条丝巾，帮我擦身上的茶水。

"没关系的。"我不经心地说道，心里却已波涛汹涌，倘若不是李金科在一旁，我肯定会抓住她的双手，表露爱意。

就诊结束，夫妻二人告别。临走前，女人支开李金科，问我："宋医生，他病情如何？"

我谨慎地回答："是妄想症，医治的话需要一些时间。"

女人有些踌躇地说："不瞒您说，我劝了他很久，他才愿意来您这里试试，他总觉得有人想谋害他。"

我想起李金科偷偷对我说的话，凝视着女人的脸说："你放心，他现在只是轻微的病症，我会治好他的。"

女人用信任的眼光看了我一眼，塞给我一张名片："宋医生，有事需要我协助的，尽管打电话给我。"

我站在窗前，看着这对夫妻的背影消失在一片绿荫中，心里空落落。一回头，看见女人的丝巾遗落在茶几上，顿时更觉遗憾和落寞，哎！她终归是别人之妻。

三

做了一晚上的噩梦，第二天起床，我发现衣襟都被冷汗浸透了，到衣柜找衣服，看见几件陌生的外套。这是什么时候买的，怎么一点不记得了？我揉了揉太阳穴，估计是最近经常熬夜，睡眠不好造成了记忆力衰退吧。

门铃急促地响起，我听见了吴瑜的声音："宋明，赶快出来，要去接新娘了！"

我一懵，记忆像一堆碎片，在脑子里翻转、盘旋、拼接，理了一会头绪，才想起今天是吴瑜的大喜日子，我要去给他当伴郎的。

上了吴瑜的婚车，一路上，新郎都表现得异常兴奋，而我则坐在后座发呆，好像有什么地方不对劲，但又说不上来是哪里出了问题，周围的人和事都仿佛是假象，自己还在睡梦里。

"呆子，又在想什么？"吴瑜用胳膊肘蹭了我一下，嬉皮笑脸地说，"今天是哥们儿的好事，你可要集中精力当好伴郎，说不定还能被哪位姑娘看上。"

我打起精神，理了理衣领。

吴瑜举办的是草坪婚礼，我尽量配合他完成婚礼仪式，心里却一直惴惴不安。饭后，我帮吴瑜招呼着几位老熟人，正在寒暄，看见草坪对面的走廊上,匆匆走过去一个人。我心跳加速,是昨天那个叫严妮的女人!

没经过任何思考,我丢下客人径直奔向走廊,心里好奇她为什么会出现在这里,难不成也是来参加吴瑜的婚礼的?但不大可能,嘉宾的名单我事先都确认过,并没看见她的名字。

我跑到走廊尽头,朝着她可能走向的地方继续朝前走,来到了一个池塘边。此时正值午时,池塘周围空无一人,我四下搜寻,再也不见她的身影。魂不附体的我找到一块大石头坐下,点上一支烟,惆怅地望着眼前的池塘,手里紧紧捏着那张写着女人名字的名片。

就在我准备起身离开时,背后一股强劲的力量将我向前一推,我来不及做出任何反应,就硬生生地跌落到池里,接着有人跟着跳了进来,把我的头死死按入水中。我身子背对着他,双手反向与他抗衡,却怎么也用不上劲,而且越反抗,他就把我的头压得越低。我喘不过气来,渐渐感觉窒息,求生的欲望让我拼命地挣扎,却丝毫摆脱不了那人。

我耗尽力气,不再动弹,那人却松开了手,从我身后跑开了。我被人拖出池塘,挤压胸口,缓过气来时,睁眼看见的是吴瑜。

"宋明,你再不醒过来,我就要做人工呼吸了。"吴瑜喘着粗气说,一脸惨白。

我用手撑起身体,坐了起来:"幸好我醒过来了,否则就吃了大亏。"

"没跟你开玩笑。"吴瑜说道,"刚才真的吓死我了。"

我问他:"你怎么在这?刚才是怎么回事?"

他白了我一眼说:"我还没问你怎么回事呢,今天一见你,就觉得你整个人不在状态,要你帮我接待客人,结果说着几句话就跑掉了,幸亏我跟着你跑过来,看见有人把你推入池塘,救起了你,你才死里逃生。"

"那人长什么样子?"

"没看清楚,他看见我过来,就立即逃走了。"吴瑜摇摇我的肩说,"喂,你最近是不是得罪了什么人?"

我茫然地摇头,心里也纳闷着什么人会置我于死地。当我摊开手时,发现手中除了被浸透的名片外,还有一颗纽扣,那应该是我挣扎时无意中从对方衣服上抓扯下来的。

四

李金科预约的看病时间是一周两次,这天我没等到他,问助手,助手查看了预约记录,说没有这个人,我不信,凭着莫名的感觉,让助手再搜查一下近两年来的病人信息,最终他找到了李金科的记录,但却是一年多前的。记录显示,李金科在我这里只就诊过半年,病情未愈,之后就再也没来过。

为什么记录会是一年多前的?分明两天前他才来过我这里,难道是我记忆出了问题?我望着天花板理着头绪,想起治疗病人时有过录音,便从电脑里调出所有的录音资料,按照李金科的记录时间查找,可是什么也没找到。我再点开两天前的录音资料,里面传出了奇怪的声音,我闭上双眼,只感觉脑袋轰隆隆作响。

这时严妮的形象又浮现在我脑海里,我找出那张发白的名片,拨通了她的电话,没人接听,我决定按名片上的地址找过去。因为李金科没有留下联系方式，只有找到严妮才能找到他。

在路上，我又给吴瑜打了个电话，他也没接听，估计正在授课，不方便接我电话，我就发了条短信过去："有急事，看到短信后速来找我。地址是××××××。"

吴瑜是一位物理学教授，直觉告诉我，这件事只有他能帮我。

我坐出租车来到地址上的工业园区，步行前往一座叫新光的大楼。此刻正是上班时间，偌大的工业园区内冷冷清清，只见远处一前一后走着两个人。后面那人缓缓靠近前面的人，突然掏出一把利刀，狠狠捅向前面那人，那人身体一软，扑通一声跪倒在地。

"喂！你干什么！"我大声呵斥道。拿刀的人看了我一眼，放开倒下的人，飞速跑开。

我赶到倒下的人身边，准备打电话报警并呼叫救护车，却被他一手拦住。他一抬头，我傻了眼，这人居然是李金科！

"别报警，我没事。"他对我说。

我扶起他，眼睁睁看着鲜血从他体内流出，染红了他的外衣。

"你怎么在这里？"我们异口同声地问对方。

他声音颤抖地说："先带我离开，他们还会回来。"

我机警地看了看四周，没见一个人，这片区域被阴沉的雾霾所笼罩，空旷得令人心里发毛。

我搀扶着李金科没走多远，不知从哪里冒出来一辆越野车，笔直朝我俩冲过来。我控制住自己的恐慌，拖着李金科一路小跑，眼看车头就要撞上我们了，我使出全身力气，把李金科推进了路边的花坛里，自己则摔在地上，借机翻滚几圈，正好避开了车头。

越野车撞在了花台上，车头的大灯瞬间震得粉碎，前方保险杠也

"哐"地掉下来,但它并不罢休,倒退了几米,又要往前冲来。我以为它会冲向李金科,但这次车头却直直对准了我,一阵恐怖的黑浪向我袭来。

我爬起来拼命朝花坛后的大楼跑去。那是一座残旧的大楼,砖壁脱落,窗沿上堆积着灰尘,挂着蛛网,毫无生气。我找到一处破损的窗口,用石头砸碎玻璃,迅速翻了进去。

我藏在一个废旧的办公桌下面,稍微稳定情绪后,立刻拨打了110。这时楼外响起几个人的脚步声,我听见他们逐一踢开房门,声音步步逼近,我心中顿生寒意。

在这段束手无策的时间里,我凝神屏息,好像度过了漫长的几个世纪,就在我感到绝望之时,远处忽然响起了警笛声。门外的人似乎疾步而退,我得救了。

警车停在了大楼前,惊魂未定的我确定安全后才走出来,正好看见吴瑜也赶到了。

五

警察退出房间,吴瑜递给我一罐啤酒。我喝了一口,压压惊,努力使自己平静下来。

李金科躺在床上,瞟了我一眼。我从椅子上撑起身子,走到病床前说:"李金科,你老实回答我,那些追杀我们的到底是什么人?"

李金科无奈地说道:"刚才对警察也说过,你也听见了,我真不知道。我一直说有人想谋杀我,可没人信。你应该记得我的警告吧,一旦我们成为朋友,你也难逃杀身之祸的。"

我掏出衣兜里的纽扣，把纽扣摊在手心里说道："如果我们是朋友，这个怎么解释？"

李金科的眼神忽闪了一下，他怯怯地说："这个的确是我的。"

我问他："你为什么要杀我，你和今天那些杀我的人是什么关系？"

他沉默了片刻，说："你勾引我老婆，我咽不下那口气，才想除掉你。但今天遇到的那些人，我和他们没关系。"

我不由想笑，虽然我对严妮有特别的感觉，但都藏在心里，从来没有表露出来，他竟然说我勾引她，太可笑了。我讥讽地说："请问李先生，你哪只眼睛看见我勾引你老婆了，居然编出这样一个荒唐的理由。"

"我……"李金科闭上眼睛，深吸一口气说，"我没看见，但是不知道为什么，就有一个声音在我脑子里说，是宋明让我和严妮感情破裂的。我觉得似乎有那么一回事，便跟踪严妮，到了那个池塘，看见你以后，就突然有股冲动要把你推下水去……当时好像有一种力量，指引着我那样去做，我的行为已经不受思想的控制了。"

听了李金科的一席话，我回头和吴瑜对望一眼，似乎都在心里暗叹，这不是精神病人是什么。

房门被人打开，严妮的面孔出现了，她跑到病床前，关切地询问李金科的伤情，那双忧伤的大眼睛，尽显柔情。这时，她看见了站在一旁的我，先是一愣，然后若幽似怨地凝视我，轻轻喊了一声："宋医生……"

看着她那美丽多情的面容，再看看李金科，我心生一股妒意，但尽力克制自己说："嗨，严妮，好久不见。"

当我说"好久不见"时，突然全身一颤，感觉这话并不妥当，好像自己一直和严妮保持着密切关系,刚才似在说谎。我看见严妮的眼中也闪过一丝暗光,一瞬间,我俩似乎在想起了一些事情,我清楚地感觉到,自己的记忆被一堆莫名其妙的影像所覆盖,脑子里倏忽冒出一个事实:我确实勾引了严妮,并导致他们夫妻感情破裂。

我被突生的念头吓住了,直愣愣地望着严妮。吴瑜推了推我:"宋明,你没事吧?"

我从神志恍惚的状态清醒过来,沉默了半天后,又警觉地看了看这对夫妻,然后拉着吴瑜往外走,并对他说道:"如果李金科说的都是真的,你要帮我证明一些事情,否则的话,我怀疑自己也和他一样,患上了妄想症。"

六

在去诊所的路上,我向吴瑜讲述了自己这几天的感受,套用李金科的一句话就是"好像有一种力量,指引着我那样去做"。就像那天在他的婚礼上看见严妮的身影,至今回想起来,好像并不那么真切,当时就是凭着一股莫名的力量,朝那个方向跑去,直到在池塘边停下。有那么一瞬间,我感觉自己是故意走到池塘边,等待李金科下手的。

我把日全食发生那天的录音放给吴瑜听,开始一段是前一个病人的声音,等到了李金科的录音时,里面只发出滋滋的电流声。我欲将录音关掉,吴瑜挡住了我的手:"等等,再仔细听听后面。"

我以为录音中的电流声没什么特别,所以只听了开头,经吴瑜提醒,我才听出这段电流声断断续续,时而像鬼魂从远处传来的低嚎,时而又像子弹发出的尖锐呼啸……我和吴瑜面面相觑,半晌说不出话来。

吴瑜眉头紧蹙,在我的诊所转溜了半天,他抬起手腕,让我看他的表。他的手表很独特,是一个正三角形,里面有一个弹簧似的时针,正在按逆时针方向转动。

对于吴瑜随时携带的奇形怪状的东西,我不以为奇,但还是忍不住问道:"这又是你发明的什么东西?"

"这是一个测量电波的仪器,从目前的显示来看,我无法解释你这间诊所出现的奇怪现象。按常理,手表里的时针应该是顺时针转动,而且弹簧片不会出现伸缩。"吴瑜煞有介事地说道。

"你意思是,我的诊所真的有问题?"

吴瑜肯定地点点头:"应该是大问题。"

我又问:"会不会是日全食那天,在我诊所里发生了什么事情?"

"不排除这个可能。"吴瑜低头沉思着说,"日全食过程中,太阳暂时被月球遮挡,电离层确实会发生微妙的变化,引发中波和短波的反常,但是对超短波没有任何影响,所以你录下的电流声音不应该是受电离层影响后的声音,倒是有点像……"

"像什么?"我煞是紧张地问。

吴瑜又看了看手腕上的测量仪,慢吞吞地说道:"倒像是有人在用电波信号进行交流。"

我闷住了,他的这句话彻底超出我能理解的范畴。

"这么说吧,我举个简单的例子。人与人说话,是用人类语言来交流,人与动物说话,用人类语言就没法交流,必须得用其他的方式,而这电流声,就是指的这其他方式。"

我大笑起来："吴教授，你的意思是，有外星人在用奇特的电波跟我交流？"

吴瑜不改严肃的表情说："是不是外星人我不敢肯定，现在只是猜测而已。你说这事只能我帮上忙，说明你已经觉得它超出了自然现象的范围。"

吴瑜这么一说，正好戳中了我内心的想法，我不得不严肃起来。吴瑜又说："这样吧，你把严妮叫到诊所来，李金科受伤在医院先不用找他，我现在回实验室拿一些仪器，一个小时后我们在这里集合。"

七

我拨通严妮的电话，电话立刻被接了起来，但电话里的人不是严妮，而是李金科。他压低声音说："谢天谢地，她的电话竟然落在了这里。喂，是谁？"

"我，宋明。"我惊愕地回答。

"宋医生啊，太好了，你快来病房，我知道是谁要杀害我们了……"我听见他的声音戛然而止，手机似乎被什么东西盖住，话筒里远远传来一个模糊的声音。随后，我又听见了嘈杂而尖锐的撞击声，似乎还听见了李金科含糊不清地喊着"救命"，直至后来电话被挂断了。

我的心揪了一下像被什么东西抓紧，我迅速坐车奔向医院。在医院大门，我正巧看见严妮从里面出来，发现她已经换了衣装。一开始她穿着红色连衣裙，现在换成了海蓝色的套装，看似楚楚动人，我却不再有心情欣赏，而是思忖着，去医院看望老公的女子怎会随身带着更换的衣服，除非是……

我不敢往下想，不愿意破坏严妮在我心中美好的形象，可李金科的电话已经无法接通，眼下又看见她匆忙离开医院，我不得不联想到一些事情。

顾不上李金科的安危，我决定先跟踪严妮，随她来到了山顶公园。

下车后，我尾随她一路上了观景台。这时天色渐暗，天空下起了蒙蒙细雨，公园里的游人都往山下走，只有我俩逆流而上。我心里渐渐明朗，严妮早已知道我在跟踪她，故意将我带到了这里。

到了观景台，她停下脚步，转身面对我："宋明，你能不能不纠缠我，我就要离开这个城市了。"

我有些不解，想问何时纠缠过她，但说出的话却是："我那么爱你，你就不能再给我一次机会？"这太诡异了。

严妮一反常态，像在自言自语地说："李金科是这样，你也是这样，你们以为说爱我，我就会上当？你们不过都是为了贪图我的钱财！我雇人杀你们，结果你俩都福大命大，逃过一次又一次，今天，李金科终于还是死在了我手上，现在就剩下你，我不想对你下手的，你自己从这里跳下去做个了结吧。"

严妮的这一席话，听得我毛骨悚然，原来想杀害我的，是她！从她失神的眼光中，我凭着职业的本能，断定她才是那个真正的妄想型精神病患者。

"严妮，请你冷静。"我思绪翻滚，试图说服她，"我是真心对你，从来没有想过害你，我们可不可以找个地方慢慢谈？"

"宋明，自从你拒绝帮我干掉李金科后，我就不再信任你。当我发现你俩竟然在一起,你还救了他时,我更不相信你了。"严妮的情绪越来越激动,她说着,"我的第一位老公在我面前被车撞死,第二位老公因家中失火,又被活生生烧死,认识李金科后,我以为幸福生活就要来临了,可发现他有了外遇,如果我不自保先干掉他,他一定会联合他的情妇除掉我。"

"可是我对你很好呀,我真心喜欢你,绝对不会害你。"我缓缓走向严妮,并从怀里掏出一条丝巾,"你看,你的丝巾我随身带在身上的,我对你很专一。"

"不、不。"严妮的眼珠里迸发出一股悲伤和绝望的神色,"你们男人都是一样的,要不就想方设法抛弃我,要不就想在我身上打主意,根本没有什么真心,你去死吧!"

严妮发疯似的哭嚎一声,直直地扑向我,将我逼迫到观景台的边缘。我不想伤害她,但也不能让她得逞,只是稍微用力阻止她继续把我推向前。我两手钳住她的手腕,使她的手臂用不上劲,哪知她顺势一缩手,嘴巴死命咬在我的手背上。我疼得龇牙咧嘴,重重地将她推开,她一个踉跄摔倒在地上。

我的手背被她咬下了一块肉,鲜血顺着五指一滴滴往下淌,将我身下的地面染得一片血红。我用丝巾把整只手缠绕了一圈,再借助牙齿打了个结,尽力去止住血。

"严妮,我不想和你疯,你自己玩去吧!"我痛得喘不过气来,只感到怒气冲上脑门,大声对她喝道,转身便往山下走。

严妮从身后抱住我,不让我离开半步。她用一种带着满足感和快意的语气对我说:"今天你别想走,要不我们就同归于尽!"

这个女人使出我无法想象的力气,拖着我又向后靠近观景台边缘。求生的本能让我清醒起来，就在她将我身体推向悬崖的那一刹那间，我把头往后猛地一磕，撞上她的鼻子。她痛得惨叫一声，松开手把我丢下，捂住鼻子。我无意识地继续向后狠撞，她猝不及防，等我转身以为已将她撞跌在地时，却见她连退几步，重心不稳地向后倒去。我见势不妙，伸手去抓她，眨眼间，她已经仰面掉下了观景台。

八

我失魂落魄地赶往诊所，此时雨越下越大，隔着衣服打在身上，砭人肌肤。狂风骤起，卷着雨点像细长的鞭子，无情地抽打着街道两旁的树，树木就在这风雨中颤颤巍巍地摇晃，在夜色里变成一个个凄厉的幽灵，从四面八方追逐我而来。

我关严诊所的所有门窗，打开所有的电灯。屋子中央放着一样球状的仪器，顶端伸出一根天线，直通天花板。我想这肯定是吴瑜带来的东西，叫唤了他一声，发现他并不在这里。

一个暴雷在窗外炸开，电灯忽闪了两下，全部熄灭了。我瘫软地坐在地上，两眼发直，清楚地知道这已不是电路的问题，像所有电影里常见的情景一样，这应该是某个重要人物出现或灵异事件发生的前兆。

一道电光闪过，我听见球状的仪器开始"咔嚓咔嚓"作响，球体中好像释放出什么物质，紫蓝色的电火光像小蛇一样慢慢沿着天线往上爬，接触到天花板时，火光急速向四周扩散，顷刻间，诊所被蓝光笼罩，室内的每一件物品，包括我在内，都被蓝光勾勒出了奇异的线条。

我抬起带着蓝光的手看了看,发觉伤口没有再流血,反而像在长肉,有点发痒。我取下丝巾,轻轻触碰伤口,没有一丝疼痛,再小心地拧了拧,手背完好无缺,除了血迹,只有一圈浅淡的疤痕,我顿时被震惊了。

又一声轰隆隆的雷鸣,蓝色电光瞬间全部消失,屋子里恢复一片黑暗。我听见书桌方向有电脑启动的声音,循声望去,只见电脑屏幕的光照亮了正对着的壁画。

电脑自动开启时,一股寒意从我背上升起,当听见电脑中传来熟悉的电流声时,我更是惊恐得冷汗淋漓。

我用发颤的手掏出手机,想给吴瑜拨电话,却发现手机屏幕泛白,已经失灵。我明白自己处于了孤立无援的绝境,与其坐以待毙,不如先发制人,于是突生一股力量,艰难地走向书桌。

看到电脑屏幕的时候,我的心脏似乎要蹦出胸膛了。电脑不仅自动开启了日全食那日的录音,而且还弹出了一个音译软件,正把电流声音转化为文字。

我憋住呼吸,凝神地看着屏幕上自动显现的文字:

您好,不知道对于生活在三维空间的你们,该如何称呼自己。我们是来自高于三维空间的种族,和你们同样生活在地球上,不过你们肉眼看不见我们,就像你们看不见空气中的很多物质一样,但我们能清楚地看见你们,甚至能控制你们。

一直以来,我们都在寻找能与你们沟通交流的方式,但频频失败,直到日全食那天,我们无意中获得突破。太阳被月球遮挡时,紫外线骤降,地球上空的电离层释放的离子和电子数量也骤然减少，我们借助电离层密度发生改变的时机，发出信号，正好被你所在的区域接收，也就在日全食发生的短短三分钟里，我们圈下了这片区域作为我们的实验室，而你们当时在场的三人，很荣幸成为我们首次交流的对象。

对于我们来说，你们生活在三维空间里的人是低等的，但我们又有着极大的兴趣与你们交流，正如你们急切地想与身边的宠物交流一样。在我们看来，你们的生命在时间的维度上早已设定好，你们就是沿着时间轴缓慢蠕动的虫子。如今我们还没办法做到直接与你们对话，但通过这个实验室，我们扭转了这里的空间，能够直接控制你们三人在时间轴上的进度了。所以我们的第一个实验是，加快你们行进的速度，看最后你们是否还会回到时间轴设定的终点上。如果是，那么说明我们无法改变你们的走向，做什么都是徒劳；如果不是，说明我们可以主宰你们，成为你伟大的上帝。

这是一个相当有趣的实验，让我们静待结果。

录音播放完毕时，文字也刚好完结。我脑子里一团乱麻，不敢相信这段文字的真实性，唯恐有黑客入侵了电脑。我对着空荡荡的房间尖吼了一声，确定自己不是在做梦，我从喉咙里发出痛苦的声音："有没有人在？这到底是个什么实验？有没有人能再说清楚一点？"

我本是叫嚷着发泄，哪知电脑中的文本框里又显示出几行字，明显是对我刚才问话的回答，我又愣住了。那几行字写着：

我们一直都在。夜间电离层的密度也会变弱，加上房间里接收信号的能力增强,现在我们可以暂用这样的方式来沟通。以你们计算的时间来看,已经过了三天,但因为我们把你们三人的时间进度调快了,你们度过的这三天实际上是度过了三年。在三维空间里,你们都是按着时间轴发展着,也就是必须要先有因,才能有果,但在我们的空间里,没有时间流的限制,因果关系并不成立。所以当我们把你们分别推进到了三个时间点上时,你们在三维空间所经历的,就只有结果,跳过了原因。

我倒吸一口气,抬起头,又试着对空气说道:"我大概懂了你的意思,你们想通过推进发生在我们身上的时间点,试验能不能就此改变我们的命运,对吧?"我竭力让自己冷静下来,接着问道:"这么说来,今天发生的事,实际是三年以后才会发生的?你加快了我们三人的时间,难道不怕影响到我们身边的人,然后发生什么连锁反应?"

对方回答我:你终于明白了,这三天发生在你身上的事情,实际就是你三年来一些事情的结果,所以你会对发生的事情感觉莫名其妙,但实际那都是即将会发生的,这就是你们三人的宿命。至于你的疑虑,纯粹就是多余,在这个实验里面的人,始终只是你们三人,我们无法操控别人。你这样来想,我们有意推进你们生命的时间点,都不能改变你们命运的走向,那被你们无意中影响到的人,相对你们的改变更是微乎其微,就更谈不上发生连锁反应了。就像你们在一条时间的大河里,自始至终都会朝着固定的方向流动,任何力量都改变不了它,改变不了你们的历史和未来。所以第一个实验我们失败了。

我心里暗叹,终于知道了为什么身边会无缘无故多出来或者丢失一些东西,知道了为什么我和李金科会被严妮追杀,这里面一定有一段很长的故事,按照我对整个事件的推测,故事情节应该是这样的:严妮有妄想症,以为李金科会祸害她,便暗中派人杀他,同时还说他患上了妄想症,试图将人们的视线从她身上引开,所以逼迫他到了我的诊所。而我第一次见到严妮,就深深爱上她,之后一直与她保持联系,李金科发现后大怒,便有了在池塘想杀我的举动。随着时间推移,我发现严妮越来越不对劲,想找李金科进一步了解,谁知被严妮误会我俩同谋要害她,又派人追杀我们两人,于是又有了我在工业园区遇险的一幕,再后来就是李金科在医院被严妮杀害,而我意外推严妮到山崖下……

想到这一长串事情,我闭上眼睛,眼角微微颤抖,原来我们三人的命运如此多舛,虽然中间省略掉了很多过程,但事情一目了然,我的内心此刻被震撼到难以承受。

我哀叹一声,睁开眼,眼睛有些模糊。我看着面前的文字,想了想,试探着问道:"这么说来,你们还有第二个实验、第三个实验……"

如果对方是人类,一定咧着嘴在冷笑,因为屏幕显示着:是的,虽然另外两个人已经死掉,现在不是还有你吗,今天我们的对话,其实就是第二个实验的成功。我们改变不了你们的命运,但通过交流,也许可以取得一些进展,说不定哪一天,我们还可能亲自面谈……

看到这里,我陡然生起另一种恐惧,那是只有被当作实验品才能感受到的恐惧。我慌了神,大叫一声"不",力图关掉电脑,可怎么按开关,电脑都没反应。我凭着微弱的屏幕淡光,跌撞着冲向门外。

九

一出门,我和吴瑜对撞了个四脚朝天。这时大雨已停,四周一片静谧,屋里的灯光又重新亮起来。

吴瑜揉了揉撞疼的肩膀,一脸责怪地说:"宋明,你一个大男人,大呼小叫的干什么!"

我用手指了指书桌方向,六神无主地说:"你去看看那电脑!"

吴瑜带着复杂的眼神看了我一眼,走到书桌前,又看我一眼,说道:"你电脑关着机,我启动了一下,开不了,你是想让我看什么?"

我大骇,跑过去一看,发现电脑已经烧坏。

吴瑜见我神色异常,问道:"是不是又发生了什么事情?"

我茫然若失地点头。他一拍大腿说:"哎,都怪我,来迟一步。本来我已经把接收电波的球体仪搬过来,后来想起忘了拿驱动器,又返回实验室。临走前,我怕其他人起疑心,就说了个谎,让你的助手和值班医生都提前回家了。没想到一个小时不到,你这里又发生了事情。"说完,他掏出一支烟,为我点上,以稳定我的情绪。

我狂吸了一大口烟,心跳慢慢恢复正常频率,感觉众多头绪也逐渐清晰起来。

我沉闷地说:"吴瑜,我们这么多年的朋友,相信你是最了解我的,我也相信自己作为一名心理医生,具备了应有的素质,所以下面我所说的话,都是真实的,并不是我的精神出现了问题。"我又指了指屋子中央的球体仪,"你是物理教授,相信科学是第一位,否则我也不会求助于你,我相信你的仪器也能为我证明,我说的话都是事实。"

在吴瑜半信半疑的眼神中,我为他从头到尾地讲述了三天来的经历,还有我自己的一些猜测和想法,并将半个小时内就自愈的伤口拿给他看。吴瑜静默地听着,在房间来回踱步,香烟抽了一支又一支。

待我讲完整件事情后,他蹲在球体仪旁边,查看了很久。最后他站起身,直勾勾地看着我说:"球体仪没有启动键,根本运作不了,所以我没找到任何有用的数据,但我选择相信你,因为你所说的,正好也能解释我的测量表为什么会逆时针转动。"

我把没有抽完的烟扔进烟灰缸里,"吴瑜,我现在的问题不是从物理角度研究这个,而是我杀了严妮,不知道下一秒会不会就被警察抓住,你得帮我想个办法。"

吴瑜坐到我身边,沉思着说:"你有没有想过,为什么那些自称来自高维空间的人,想要在我们身上做实验?"

"他们说过,是想通过快进我们的生命,看能否达到控制我们命运的目的。"

吴瑜摇摇头:"如果他们真和我们一样生活在地球上,自然逃脱不了作为科研者的心态。他们不是想单纯地做一个实验,应该是有更大的野心,没有猜错的话,他们是想控制我们,让三维空间的人类成为他们的傀儡。"

"都不在同一个空间,我们对于他们,能有什么用处?"

吴瑜又点燃一支烟,抽了一口说道:"打个比方,石头是有生命的,但是它们的运动相当缓慢,缓慢到我们以为它们没有生命,实际只因为我们和它们生活在不同的空间,无法感知它们的运动而已。那么石头对于我们就没用了吗，肯定不是。同理，对于高维空间的人来说，我们就是石头。"

"那他们是如何控制我们的？"我无厘头地问了一句，没指望吴瑜能回答，可他却推了推眼镜，淡定地说道："按他们的说法，我们在时间轴上是缓慢蠕动的虫子，那么对于你们三人，就是被他们抓住放进笼子里的虫子。在这个笼子里，他们用一根无形的引线推动你们向前，或许这推进的方向已经偏离了你们原有的方向，但最终你们像蚂蚁一样，还是找回了原本的路，走上自己的命运终点。这期间，他们试图和你们对话，就像我们经常对着自己宠物说话，但双方并不能深入交流，这就使得他们的实验无法进展。你想想，人类为什么要孜孜不倦地研究其他动物的行为，要不断训练它们，让它们看似能听懂人类的话，那还不是因为想控制它们，在没有暴力的情况下，让他们自然而然地受我们指使，所以在众多的物种中，人类最终统治了它们。"

"真是这样的话，那我现在怎么办？"我又回到了最开始提到的问题上，这才是我目前最关心的。

吴瑜振振有词地说出四个字："逃出笼子！"

"怎么逃？"我眼神直逼他。

他悠悠地吐出一个烟圈，哀声地又说出四个字："我不知道。"

我瞬时崩溃了，急得跳起来："吴教授，我知道你一定有办法，平时你鬼点子那么多，这次的事不会摆不平。"

吴瑜竖起一根食指说："给我一个月的时间，我和我的团队来研究这个问题。"

"不行，我等不了那么久。"我反对道。

"一个星期?"

我按下他的手指说:"我过一天,就相当于你过一年,明早醒来,还不知道会发生什么衰事儿,你就这么见死不救?"我狠狠拔掉他嘴上的烟说,"我只能给你一个晚上的时间,就今晚,在这里!"

十

吴瑜招来他团队里的所有人,也喊来一些能用得上的朋友。深更半夜,我的诊所出现了从未有过的壮观景象,二十余人挤在房间里静悄悄地工作着,只听见噼里啪啦的打字声,和几十台不知名的仪器运作的嗡嗡声。

我纵观房间埋头苦干的学者,心里暗叹吴瑜的好人缘。

第一阶段的计算结果完毕后,学者们打破沉默,开始进行思想的碰撞,他们叠加数据,讨论方程式……我被挤到了一个角落,顿觉万分疲乏,困意来袭。

这是我三天来睡得最实沉的一觉,没有做任何奇怪的梦。醒来时,天已微亮,屋子里只剩下七八个人。我看见沙发被缠上了无数的电线,还用铁丝支撑起一个圆弧形的顶,顶棚也全是由电线组成。

吴瑜叫我躺上沙发,并让我做好心理准备,他说:"兄弟,我不能保证我的方法奏效,我们尽力了,要不你再多给我一些时间。"

我坚定地摇摇头:"我的时间等不了。"突然想起一个问题,问他道,"如果你的方法成功了,我这几天的记忆会不会被删除?"

吴瑜轻轻叹息着说:"这个就只有你自己才知道了。我们开始吧。"

我被电流穿透全身,似乎被一股强力控制了身体,眼睛也无法眨动。我直视顶棚的线圈，回想吴瑜解释他们的工作原理。他说无论何事，都符合天时地利人和这个命理，我之所以被关进隐形的"笼子"里，无非也是被对方抓住了这三个条件，所以要从根本破坏掉"笼子"，就必须一一解除它们。

首先是天时，对方是趁日全食电离层发生变动时建立起一条通道的，所以诊所上空要加强电离层中离子和电子数量，把这条通道堵死。

其次是地利，对方之所以恰好选中我诊所的这块区域作为实验室，主要在于诊所下的地层含有丰富的水源，据吴瑜搜到的资料，这里曾经是一户农家，有一口深井在此，所以比起其他地区更易导电，更易接收外来空间的电波。因此学者们想办法把木质膨胀颗粒种植入诊所的地层，颗粒两个小时后会自动膨胀，自然就把地层和电波隔离开。

最后的关键人和，就是我。根据日全食发生那天我的描述，吴瑜断定当时我们三人都吸入了不明的物质，所以只有我能看见奇特的现象，而其他人无法遇见，就像吴瑜一出现，电脑就被烧掉了一样，这绝对不是巧合。至于如何去除我体内的物质，吴瑜说了一句不太符合他身份的话。他说，一切只能看天意。

我发誓我的眼睛一直睁开着，但我确实是什么都看不见了。

我的身体轻飘飘的，好像腾空飞了起来，我耳边有液体轻流的声音，当水声停止时，有一双温暖的大手，捧住了我的脸，但它只停留了片刻，便离我而去，我贪图那股暖气，闻着它的气息，在黑暗里摸索向前，向前……

十一

电话骤响,我惊地从沙发上跳起来,拿起书桌上的听筒,里面是我助手的声音:"宋医生,李先生他们来了。"

我怔了一下,看看记录表上的日期,距离日全食只过了三天,上面显示的预约病人是李金科,诊病次数为第二次。我轻声说道:"请他们进来。"

助手打开门,李金科和严妮走了进来,我无法形容再次看到他们时的激动心情。

我没有失忆,记忆在我脑袋里不断翻腾,看来吴瑜成功了,他把我们三人的时空扭转了回来,顺利拯救了我们。

严妮向我缓缓走来,我只觉一股热浪直扑心底,但我立刻转过身去,避开她,因为我知道,不掐断有关她的所有念想,后果很严重。

我对李金科说:"李先生,你的精神状况很好,没有任何问题,你以后不用再过来了。"

他和严妮对看了一眼,都露出了不解的神情。我从桌上拿起一张其他心理医生的名片,转而对严妮说:"李太太,你和李先生的感情真好,但也不要过于关心,聪明反被聪明误啊。我为你介绍一位朋友,有空的话,你可以和他聊聊天。"

这回两人都鼓大了眼睛,甚是惊讶,似乎听不懂我在说些什么。在他们没反应过来之前,我已经将他们往门外请去。趁李金科先转身,我凑近严妮的耳朵,快速说道:"李金科没有外遇,他是真心爱你。"随后,我把兜里的丝巾还到她手上,又提高嗓门说,"如果两位今后还有什么需要,请与我的朋友联系,不送了。"

李金科和严妮就这样莫名其妙地被我拒于门外。我想,不再与他们发生交集的话,或许三年后我们都能躲过一劫。

我的生活似乎恢复了常态,至少衣柜里来历不明的几件外套消失了,但有些事似乎又背离了常态,比如吴瑜。他可能从我的事件中得到了某种启发,凭借几篇论文,在物理学界一夜成名,开始混得风生水起。没多久,我就听说他从高校辞了职,被请进一家物理研究院,而他研究的课题,据外媒传说,属于国家机密,可能与武器有关。我很少再能见到他,偶尔一次在电视中看到他的采访,却已感觉他不再是从前的吴瑜。

我诊所的生意每况愈下,我变得抑郁不乐,愁闷万分,作为心理医生,我羞耻于开导不了自己。每天,我要么到以前常和吴瑜去的小酒馆喝酒,要么就漫无目的地开车疾驶,直到筋疲力尽,才拐弯回家。

春节前夕的一天,夜晚下起了大雪,购物的人们把脑袋缩进衣领里,纷纷赶往家里。我在街上无聊地转了几圈,通过马路时,一个步履匆忙的人冲过红灯,我差点撞上他。

我下车扶起那人,对方认出了我,惊喜地喊道:"宋医生!"

我一看,竟然是严妮,虽然相隔半年,但再次见到她,她眼里期盼的柔光还是拨动了我的情弦。我们四目相对的刹那间,似乎都不忍再分开。

我再也无法控制自己的感情了,不顾礼节地抓住她的手,问道:"严妮,愿意陪我喝杯酒吗?"

她发出一声暖人心扉的轻笑:"愿意。"

于是,在飘飞的雪花中,严妮上了我的车……

龙鸢｜后岁余

序

父亲将被带走的时候，他对叶晋说："不准哭。"

叶晋止住哭声，妈妈坐在一旁，从前生动的笑容再也不复，脸上只有被打败后的疲惫和颓然。舅舅则不声不响，像坏掉的高音喇叭。

"权力的游戏，向来你死我活。既然选择了，就要做好出局的准备。别哭，又不是枪毙。"父亲声音平静，像在说别人的故事。

舅舅低着头："我已经尽力了，你知道的，我虽然能插手这事儿，但毕竟和军队是两个系统。"

父亲点头："不怪你。"

沉重的敲门声响起，叶晋知道到了离别的时刻。

进来的中年人穿着军装，脸上布满阴鸷的笑容，他对父亲说："叶军长，走吧，时候到了。我送送你。"

"叶晋，你记住，他叫张志，我的仇人，也是你的仇人。"父亲指着进来的中年人对叶晋说。

叶晋点点头,将张志的脸烙印进脑海,试图记住每一个细节。张志不以为忤,似笑非笑地看着他。张志甚至走过来摸摸叶晋的头,笑容和蔼。

但叶晋不会忘记,是张志毁灭了这个家庭,使儿子失去父亲,妻子失去丈夫。

1. 风筝皇帝

2034年,中国,潍坊。

这个城市古称"鸢都",每年四月,一年一度的国际风筝节在这里举办。来自意大利、美国、法国等16个国家和地区的风筝爱好者在这里进行风筝展示交流。

寒亭区的老刘作为一个普通的"风友",自然没有机会参加这样的盛会。但他也不甘寂寞,呼朋唤友,在网上大发英雄帖,要办一个"斗筝会",约集各路民间风筝高手切磋。

"斗筝会"地点定在小区附近的一块空场,开发商圈了地,还没盖。老刘一大早就来了,上午时分,在论坛看见帖子的风友也陆陆续续赶来。说是斗筝,也没有什么明显的比赛规则,带上自己拿手的风筝放一放,都是明眼人,立马就分了高下。

老刘打量来的风友,基本都是三四十岁的老玩家,其中两个还有些眼熟。但有个小孩子引起了老刘的注意,这个小孩儿大概十五六岁,白白净净看上去很羸弱。他一直低着头,并不和周围的人交流,也不观察环境。

"你叫什么名字?"老刘问。

那小孩儿仿佛知道老刘是在叫他,抬起头。老刘一惊,这孩子的眸子很深，像一个黑洞，要把一切都吸进去。

"我叫叶晋。"他答道。

"虽然斗筝会是人人都可以参加的，但你也看到了，来的都是些大叔级别的人，没有水平是会被嘲笑的哦。"老刘善意地提醒，也是试探。

"我练过几年盘鹰轮。"小孩说。这话让老刘更摸不清这孩子的深浅，盘鹰轮是新手用来练控线的，哪里需要花几年来练？老刘突然想到达·芬奇画鸡蛋的那个故事。

这时，一个二十多岁的小伙子耐不住性子，已经拿出他的"均隆W5"。这类风筝就是俩字，有劲。风大的时候能把一个瘦子拽走。老刘年轻的时候很爱玩，现在不敢碰了。

仿佛就是专门来砸场子一样，一阵拖拉机般刺耳的轰鸣声响起，又一只风筝飞上天。老刘认出那是一只"信天翁暴龙"，这种特技风筝声音巨大，号称噪音制造者。它的主人居然是个长相姣好的姑娘，一副都市丽人打扮。老刘纳闷，如此水灵的姑娘怎么会喜欢这么有暴力感的风筝？

"均隆"和"信天翁暴龙"在天上斗得不相上下，持线的姑娘和小伙也开始眉来眼去，老刘感叹，年轻真好。

忽然，"信天翁暴龙"发出一阵异常尖厉的呼啸。变风了，老刘提前看过气象预报，今天风大。但是那小伙子似乎并没有预料到这样的情况，他的技术还不足以驾驭这样烈性的风筝，起先微风的时候，他尚且只能勉力操控，现在变风了，W5像得了癫痫一样，在空中胡乱翻飞，完全不受他控制。

老刘暗道不好，W5头往一边扎，然后又猛地偏向另一边，这种情况持续下去，风筝就会一头栽下来，到时候想救也来不及了，那可是一只价值不菲的W5。

小伙子也不想失去这只风筝，他已经把线轮刹车调到最紧，可是无济于事，线还是一直往外出，嗡嗡响。想抓轮子也没地抓，想抓线也抓不住。他没戴手套，盲目用手的话，失去风筝事小，人还得受伤。小伙子已经急得头上冒汗了。

"割线。"一个冷静的声音响起，正是那个十五六岁的小孩叶晋。小伙子脸色犹疑，看来他不是很信任叶晋。

"如果你还想要你的风筝的话，就按我说的做。"小伙子情急之下也没有更好的办法，咬牙把线割了。线割断的一瞬间，叶晋冲过来将线头攥在自己手里。

徒手放"均隆"！

老刘放风筝这么多年还没遇到过这样的事。这点常识都没有？他大喊："放开！手不要了？"

然而叶晋并没有放手，狂兽一般的"均隆"在他手里变得像温顺的猫。叶晋整个身躯灵活地扭动着，像是打太极，又像某种神秘的巫舞，他利用身体动作抵消了"均隆"巨大的拉力。风筝在他的操控下慢慢回到地面，一点也没受损。众人看得呆了，就冲刚才这一手，今天不用比了。

老刘带头鼓了个掌，说："小朋友，你很厉害，你自己带来的什么风筝？我想开开眼。"

"不是什么珍品，自己做的。"叶晋拿出他带来的风筝，小小的，比巴掌大不了多少，造型四四方方，也没什么特色。老刘有些失望，这可不像高手的手笔。

叶晋不说什么，长线一撩，小风筝就飞起来，有两三层楼高。继而他手臂一震，那小风筝分裂了，变成了几十只小风筝，像鸟群一样散开。叶晋单手持线，五根手指将那些线快速拨弄着，三十二只小风筝排成整齐的队形开始编队飞行，随着叶晋手指的拨动，小风筝竟然做出了很多特技飞行动作，在空中翻飞，不断改变编队形状。老刘呆住了，这个小小的少年手持风筝的时候，身上蒙上了一层神秘的威仪，就像古代指挥万马千军的将领。

突然，大家出神的观赏被一种巨大的声音打断了。那声音凄惶尖厉，突如其来，充满了整个天地。老刘毕竟参加过对越反击战，反应比其他人快多了，吼道："防空警报！趴下！"

话音刚落，一阵巨大的爆炸声响起，前一瞬间还好好的小区，一秒之后就变成了一片火海。这时大家才意识到——刚刚发生了一次空袭。

这个国家近七十年的和平，被打破了。

大家都趴下了，只有叶晋怔怔地站着，老刘吼："你他妈的在干吗？趴下！"叶晋没动，他的瞳孔像是空了，痴痴看着已经变成废墟的居民楼，嘴里呢喃着什么，因为爆炸的声音太大，老刘没听清。

老刘抬头，看到了穿梭在云层中的那架纯黑的战机，它发出刺耳的音爆，迅驰而过，转瞬千里，如一只苍鹰。天空上那些参加国际风筝节的巨型风筝，和它比起来就如雏鸟。

那架战机以极高的速度穿越潍坊城区，发动了这次空袭。当它飞出城区时，它又以一个极小的角度机动，调转方向，再度向城区飞来。

老刘一跃而起，将叶晋扑倒，几乎就在这一瞬间，又一次爆炸发生在空场不远处。叶晋像丢了魂一样,盯着那被彻底炸毁的居民楼不放。这一次老刘终于听清他说的什么。

他说:"妈妈。"

2. 红男爵与上帝之心

2034年,中国,山东半岛。

"大海给了我们渺渺无限的观念;人类在大海的无限里感到他自己的无限的时候,他们就被激起了勇气,要去超越那有限的一切。大海邀请人类从事征服,从事掠夺。"

这段话出自黑格尔的《历史哲学》。每次执行飞行任务之前,西泽广义中尉都会默默背诵这段话。如果不是在日本出生成长的话,是没有办法真正理解这段话的。

他生在航空世家,父亲是三菱重工的设计师,爷爷曾经追随过崛越二郎,亲自参与了零式战斗机的研发。那个时代,几乎是日本航空工业唯一的黄金岁月。

战后的日本,迫切希望形成独立的航空工业,研制FS-X战机是实现这个梦想的唯一道路。但日本的梦想在美国的强大压力下破灭了。FS-X的竞标刚结束,美国和欧洲就表示强烈抗议,认为日本政府人为操纵了竞标规则。

20世纪90年代初正好是美日、欧日贸易严重不平衡的时候。在政治上,苏联在东欧剧变的冲击下轰然瓦解,美国挟第一次伊拉克战争辉煌胜利的余威震慑四方,作为世界第二大经济体的日本意外地发现自己成为美国的"头号潜在敌人","敲打日本"成为美国朝野的热门话题。

放弃了FS-X就等于放弃了自己的航空工业，日本没有自己的风洞群，做实验需要到别的国家去吹风。西泽广义的父亲说，每次带着团队去美国和法国吹风的时候，都感觉自己像个乞丐，捧着从别人那里乞讨的数据复印件像捧着珍宝。一边默默忍受着嘲笑，一边暗暗下定决心，一定要振兴自己的民族航空工业。

然而不管怎么努力，总是慢人一步，因为别人也在不断进步，难道日本要永远活在阴影之下吗？在无数个长夜，父亲沉痛地发问。

而现在，一切的屈辱都将终结——因为日本防卫研究所在濑户内海的那个重大发现。

西泽广义驾驶的这架"心神改"式战机就是那个发现的直接受益者。"心神"，意为"上帝之心"，原本的设计目标是一款操控性能极佳、具有空中优势的隐形战机。该机作为实验机，不会装备部队，而是用来研制之后一款集"i3"（信息化、智能化与迅捷度）概念和反隐形能力于一体的"第六代"战机。

由于那个意外的发现，"心神改"战机比原先设计的要走得更远。第一次试飞的时候，"心神改"就震惊了西泽广义，它就像苏-35那样飘逸，采用推力矢量技术，做"过失速机动"如家常便饭一样简单，同时它又具备不逊于F-22战机的隐形性。在雷达画面上只比飞虫大一点。

然而，这一切都不是"心神改"战机最强大的地方，它真正厉害之处在于近身格斗。曾经的航空界，一度鄙视空中格斗，他们认为超视距空战才是未来空战的主流。西泽广义拒绝追逐潮流，他不想让自己身上仅存的一点浪漫主义精神被所谓的先进技术消磨一空。

他喜欢古典空战，放弃超视距导弹，大大方方出现在对手视野中，堂堂正正地决斗，像古代的骑士。所以他一直把德国飞行员曼弗雷德·冯·里希特霍芬视为偶像，那是在第一次世界大战期间击落最多敌机的王牌飞行员，绰号"红男爵"。西泽广义想在未来的空中战场上，成为新的红男爵。

因为这不合潮流的情怀，西泽广义没少被同僚嘲笑。但时间证明了他是对的，随着电子战软杀伤环境的变化和被动雷达的出现，超视距空战的作用被抑制。用大雷达发现对手之前可能会首先暴露自己，这迫使战斗双方都采取放弃超视距空战的策略——空战又回到了近距离格斗的古典时代。

而一旦进入近身格斗领域，"心神改"天下无敌。

一个小时前，西泽广义接到了战斗通知，尽管他早就做好心理准备，还是没想到一切发生得那么快。"心神改"刚刚研发成功，敌人对其性能还没有任何了解，就是发动战争的最佳时机。

任务指示很简单，他和另外十一名精心挑选的飞行员将驾驶"心神改"，对敌国东部沿海区域进行无差别攻击。这是一次示威式的攻击行动。

行动很顺利，敌人的探测雷达没有发现领空被入侵，因为"心神改"的隐身性能实在是太出色了。直到对山东半岛发起第一次攻击，敌人才意识到战争爆发了。所有的陆基防卫系统对于"心神改"来说都不奏效，利用"普加侨夫眼镜蛇机动"，"心神改"在空中诡异地改变姿态，轻松躲开了陆基导弹的攻击。"眼镜蛇机动"以前是苏 27 的专利，但现在，"心神改"比它做得更好。

导弹攻击失效约十分钟，敌军空军部队抵达战场，这个时间在西泽广义的估计之内。正如西泽广义所料，中国人有着他们特有的谨慎。他们敏锐地意识到来者不善，采用了狼群战术——大约五架歼20将"心神改"包围了。这是一场一对五的较量，在以往的空中格斗中，这个敌我数量比，基本不会有任何生还可能。但西泽广义不但不感到恐惧，反而露出了兴奋的笑容，那是猎手在面对猎物时才会有的笑。

他在心里说道："你们不知恐惧，是因为不明白，'心神改'拥有的是多么恐怖的力量！"

3. 幻影之矛

2034年，中国，沈阳。

高云涛上尉永远不会忘记他人生的第一次实战。他本以为自己这一代参军的人是不会有机会踏入真正的战场的。

敌机只有一架，来得又快又诡异。

命令来自沈阳，中国人民解放军北部战区空军司令部，五架歼20从济南起飞，对敌机实施截击。以五对一，司令部相当谨慎。

由于对敌机的电子战能力尚不明了，高云涛和僚机一致决定，采取电磁静默接敌，也就是说，敌人将直接出现在他的视野里，当然，在绝对数量优势的情况下，空中格斗也是最保险的，但不知道为什么，他心里还是有隐隐的不安。

云层深处，他看见了敌机的身影。红白色机身，流逸的造型。"心神"！他脑海里突然冒出这两个字，日本人最终还是把幻想中的战斗机变成了现实吗？

没有必要进行任何警告了，敌机的攻击行为已经给这次事件定了性，这是一场战争。歼20挂载的霹雳-10近程空对空导弹发射，拖着明黄色的尾焰刺向心神。空对空导弹的机动过载远远超过战斗机,在其不可逃逸射程内,单纯靠机动,战斗机几乎没有摆脱导弹的可能。一般只能通过电磁波干扰来对付空对空导弹。

但是,心神战机一个诡异的大角度转弯,轻松地避开了带GPS制导的霹雳-10。

这是纯粹的炫技,高云涛想道,刚才敌方展示出的恐怖的机动能力,没有任何已知的战斗机能够做到。其余四架歼20也发射了同样的导弹,都被心神轻描淡写地避开了。

避开导弹之后,心神利用一个标准的"英曼期回旋"改变了自己的战斗位置。英曼期回旋是一个短时间内调头的方式。这一瞬间,心神和歼20错身而过,到了歼20后方。

"幽燕一号,危险!敌人到了你身后,这是它攻击的最佳方向。"僚机提醒道。

"收到。"高云涛简单答道。在心神回旋的瞬间他已经预判到了敌机的动作,迅速做出防卫机动。但想象中的攻击并没有发生,心神放弃了这一绝佳的进攻机会。

"他在戏耍我们。"僚机幽燕二号的声音带上了怒意。

"狂妄之徒!幽燕二号,攻击。"高云涛命令道。

僚机收到指令,从侧上方发射了雷石-6精确制导滑翔炸弹。心神气定神闲,以同样的机动动作避开了滑翔炸弹。"好滑的泥鳅。"高云涛骂道。

就是高云涛再镇定,也有些忍不住了。对手的行动带有明显的侮辱性质,就像一个老拳师对小屁孩说:"我让你打,我只躲,不还手。"

"幽燕一号,有情况。敌机进行了高低强势机动。"高低强势机动

109

是用于追击作战的机动动作。明明是猎物，现在却张开獠牙，要反过来捕捉猎人。

高云涛用低沉的声音下达命令："全组抛副油箱，机炮预热，准备格斗。"23毫米双管航空机炮露了出来，这是空战中的匕首，意味着要开始白刃战了。

五架歼20以雷霆万钧之势冲向心神，机炮火力喷泻而出。但下一瞬间，五门机炮同时停止了发射。

"什么情况……消失了……?"高云涛张开的嘴已经合不上了——偌大的一架心神战斗机，凭空从他们眼前消失了。这个过程发生在半秒钟的时间内。

高云涛的冷静帮了他人生最大的一个忙，他忽然明白了心神为什么转换成追击姿态——心神和歼20的技术差距，已经不是数量优势能够弥补的了。

"逃!"他只来得及说这一个字。歼20的双发引擎以最大功率运行，瞬间进入负过载逃逸状态。

然而还是晚了一步，心神瞬间出现在视野前方，像一把来自虚空中的矛，发出它唯一的一次刺击。航空机炮子弹的洪流以每分钟几千发的射速涌出。

在按下逃逸弹射按钮的一瞬间，高云涛看见五朵钢铁之花在空中盛放。

4. 异乡异客

2035年，埃及，亚历山大大学。

亚历山大城不似非洲其他地方气候恶劣，典型的亚热带地中海式气候,冬季凉爽潮湿,夏季气候温和。波光掩映的迈尔尤特湖畔,纸莎草生长得很繁盛。

叶晋喜欢这个地方。有句话说的是,到不了的叫远方,回不去的叫家乡,可是在这个很遥远的远方,他反而找到了一种家一样的宁静。

战争爆发以后,妈妈死了,爸爸遭人陷害入狱,叶晋一下失了倚靠。舅舅说:"你这么恨我,肯定不想和我住一起,这样,我送你出国留学,地方你选。国内不安全,你是你们家唯一的后代,香火不能断了。"

叶晋没有拒绝。母亲死后,他也的确不想留在故乡了。全球那么多好大学,为什么选择去埃及?其中的原因,舅舅没问,叶晋也没说。

一个阳光明媚的午后,叶晋去听一节选修课,东亚文学这种课程,本来叶晋是一点兴趣没有的,但是听说这节课教授会讲渡边淳一,叶晋就去了。

去了之后很失望,教授是个日本人,讲的内容并没有什么创见,而且日本人说英语听着有点难受。下课叶晋准备离去的时候,一个女孩突然拦住他。女孩是东方人,皮肤很白,眼神里有着东方人特有的神韵。她先用英语问叶晋:"请问您是中国人吗?"

叶晋点点头,女孩子面露喜色,改用略微生疏的中文自我介绍道:"您好,我是星野纪香,来自日本长野县,请多多指教。"

叶晋面无表情,他礼貌地提醒她:"你的国家和我的国家正处于战争状态,我的母亲死于日军的空袭。"

星野纪香鞠了一个九十度的躬:"我很抱歉,不过,正是因为这

111

样，我才想要认识您。"

"为什么?"叶晋问。

"我是一个和平主义者，越是敌对国家的人，我就越想和他成为朋友，这是我的修行。"星野纪香一脸认真的神色。

"和平主义者?"叶晋沉吟，玩味着这个词，他说:"看样子你对中国很了解。"

星野纪香说:"我是一个中国迷，如果不是战争爆发的话，说不定我还会去中国工作呢。"

叶晋开始仔细打量这个日本女孩儿，说实话她长得很美，两颊处的绯红如落樱。她认真说话的时候，鼓着腮帮子，眼睛里有一种天真但可喜的固执，像一只小老虎。直觉上，叶晋觉得她并不令人讨厌。

星野纪香被看得有点尴尬，岔开话题道:"还没请教您的名字?"

"我叫叶晋，'三家分晋'的晋。"他故意说了个历史典故，星野纪香却没有露出任何疑惑的神色，看来她确实是个中国通。

"叶晋先生也喜欢渡边淳一吗?"说着她在叶晋旁边的座位坐下了。

"你也喜欢?"

"当然，不然为什么过来选修这节课，我可是学基础数学的哦。我觉得渡边先生很厉害，日本虽然性文化发达，但是像渡边先生这样公开谈论性，并且谈论得很透彻的人还是很少。"星野纪香说。

"等等，你刚才说你来自长野？是那个长野吗?"叶晋问。

星野纪香点点头:"是的，就是渡边的《失乐园》中松原檩子和久木祥一郎情死的那个长野，现在轻井泽因为这本书已经成为很多情侣必去的地方了。不知道是否因为我来自长野的缘故，朋友总觉得我和檩子很像。"

"和檩子那样的女人像不知道是好事还是坏事啊。"叶晋承认，至少在长相上，星野纪香很接近书中檩子的形象，气质高洁又不失烟火。

"如果大家都像檩子和久木一样，把爱和性作为生活的全部的话，是不是就没空去发动战争了？战争这种事有什么意思呢，一批令人怀念的恋人杀死另一批令人怀念的恋人。"星野纪香有些忧伤地说。

一批令人怀念的恋人杀死另一批令人怀念的恋人。叶晋默念这句话，是个特别的女孩儿啊，他想。

5. 挑战马纬度

五月的一个下午，天气晴好。星野纪香要到叶晋的寝室来玩，叶晋不同意，但他显然低估了这个姑娘死皮赖脸的能力。

这一个月来，在纪香的软磨硬泡之下，叶晋这样冷淡的人也开始和她熟络起来。这个姑娘真的是把接近叶晋当做一种修行，有着坚韧不拔的精神。但凡她没有课又不用做研究的时候，总要来骚扰叶晋。

"我不是愤青，也不是狭隘的民族主义者，我已经知道日本不全是坏人，日本小姑娘还是很美好的，你还成天缠着我干吗？"叶晋不耐烦道，他没有意识到，这种不耐烦其实只有在面对他相当信任的人时才会展露出来。

"一开始接近你就是为了修行咯，但是后来发现叶君是个很有意思的人，就停不下来啦。总觉得叶君虽然看起来呆呆傻傻的，其实很有故事。"纪香吐吐舌头，一脸无辜。

"我要把这些故事都挖出来。"她恶狠狠地点头，一副踌躇满志的

113

样子。

"我能有什么故事。"叶晋摇摇头,声音低得只有他自己能听清。

"诺,比如这个。"纪香将一只被叶晋藏到桌子背后的风筝拿了出来。动作稍微有点大,叶晋忙抢过来,生怕弄坏了。那是一只样式古老的雷达风筝,上面遍布岁月的斑痕。

"这个,对你来说很重要吧?"纪香问。

叶晋没有说话,思绪仿佛飘飞到很远的地方。

"硬要说起来,风筝几乎是我之前人生的全部。"叶晋说。

"是吗?"纪香十分惊讶。

"我的家乡在一个以风筝闻名于世的城市。从我能走路起,我就开始接触风筝,一开始是纸糊的,把用过的教材撕了自己做。后来去公园买那种很廉价的竹骨风筝来玩,几乎所有的业余时间都花在风筝上面。读初中的时候,我妈妈送了我这个雷达,在当时很贵的。之后每年生日都能收到各种很名贵的风筝,但是只有这一个雷达我一直珍藏着,去读寄宿制高中的时候都会带着它。

"一开始家里很支持我有这个小爱好,但随着我年龄的增长,家里人发现,风筝对于我来说,不只是爱好那么简单。它成了我的生活必需品,一有空就去放,收集最新的风筝款式,睡觉之前想的都是如何将风筝改进得更好。小时候是这样,长大了还是这样,家里人开始担心,觉得我不务正业。尤其是舅舅反对得最激烈,他把我所有的风筝都烧了,只有那只雷达留着,因为那只对我太重要,他不敢。"

"舅舅这么极端?"纪香问。

"舅舅是当官的,而且官很大,他为人严苛,不希望看到我玩物丧志。但是我的人生已经和风筝分不开了……"

"如果你真的这么热爱风筝,为什么要来这个离风筝最远的地方读书呢?这里可是马纬度。"叶晋愣了一下,这个姑娘的观察力和逻辑分析能力确实不一般,这么快就抓住要害。

亚历山大城位于赤道无风带,在南北纬 30°附近的海面上,风不经常来做客,古代的帆船除了装载货物外,还装运许多马匹,随着时间的流逝,等不来风,马匹会因为缺少草料而死去,而马肉又吃不掉,没有别的办法,只好把马抛入大海给鱼吃。因此,人们把这个无风带,起了一个非常古怪的名字——"马纬度"。马纬度没有风,显然是地球上离风筝最远的地方。

"你在逃离你挚爱的风筝。"纪香说。

"是的。战争前夕,我父亲因为政治斗争入狱,母亲也在不久后的空袭中去世。那时,我觉得我之前的人生一片空虚。我喜欢的风筝,投入了所有精力的东西,在厄运面前太无力,所以我决定逃离风筝,重新开始人生,来了这个几乎没有风的地方。"

"舅舅不是高官吗?你父亲入狱他不管?"

"我曾经因为这件事很恨他,但是慢慢理解了。政治太复杂,他不想站错队吧。如果不是他,我已经露宿街头了。"

"叶君放风筝真的很厉害吧,可惜这里是马纬度,看不到你的绝技了。"纪香看出叶晋有些黯然,岔开了话题。

"其实是可以的。"叶晋说。

"我没听错?你能在无风带把风筝放起来?"

"没试过,但并非完全不可能。"

说不好是耐不住纪香的央求,还是叶晋自己手痒,在马纬度,他重新放起风筝。他完全不像一般放风筝的人那样闲散,手上进行着频繁而精细的操作，风筝在他的牵动下，竟然在空中缓缓上升了。

"世界上没有绝对的无风带，空气中永远充满着细微的气流，足以让风筝飞起来。一般人不具备寻找这种极其细微的气流的能力。但我可以。"叶晋说。

在赤道无风带，叶晋成功地将风筝放到了云层深处，几乎看不见的高度。纪香在一旁欢呼雀跃。

但叶晋眼里只有无垠的空旷。

6. 大败局

2035年，中国，沈阳，解放军北部战区空军司令部。

和心神发生正面战斗归来，高云涛上尉接到通知，参加了一个军事会议。高云涛扫视整个会议室，两名上将，一名中将，他一个小小的尉官，按理来说是没有资格参加这个级别的军事会议的。

他是作为第一批亲历战争的军人列席，五名歼20飞行员最终只有他一个活着回来。

"高云涛上尉，简单介绍一下情况吧。"一名上将说道。

"它消失了。"高云涛的介绍倒是足够简单，他已然说不出更多。

"清楚点，怎么消失的？"上将问。

"就那么消失的，一下子从肉眼的视野里丢失。之后突然出现我们正前方，用机炮和导弹进攻我们。"

上将点点头，指着电子大屏幕上的军事地图上的几个红叉说："各地的情况一致。近一个月，日军出动多架战斗机对我国东部沿海地区进行了多次空袭活动，从东三省到海南岛，无一省份幸免，解放军空军，火箭军多方力量对其实施打击，但毫无效果，并且损失惨重。这是一款超时代技术的战机,具有远超目前已知所有战机的机动能力和极强的隐形性,它的隐形能力不仅限于雷达,还能作用于肉眼。金大校,分析一下此武器的战略意义。"

那名校官扶了扶眼睛说:"很显然,目前对日军的秘密武器没有任何有效的反制手段。从发生的多次战斗情况来看,火箭军的高炮,防空导弹系统都对它不起作用。只能出动歼击机与其进行近程拦截,但是,它又具备肉眼隐形的能力,所以出动再多的飞机也不是它的对手。总之,对于日本的这款秘密武器来说,中国的领空对它是不设防的,想来就来,想走就走。"

"请你来不是讲这些屁话的!"另一名上将骂道。

大校立正,继续说道:"但是,从侥幸逃回来的截击机战斗录像看来,我推测这种高技术飞机日军并没有能力制造太多数量。"

"怎么讲?"上将问。

"首先,这种技术是突然出现的,之前并没有相关的研究基础的情报。再者,日本只发动空袭,不进行登陆作战,海上自卫队虽然已经陈兵第一岛链附近,但没有任何登陆意向。说明日军对自己的军力并没有绝对的自信,只想利用这种飞机进行先期袭扰。而且,每次这种飞机出动都不超过12架,且编号是先前出现过的标号,这说明很有可能日军总共只有12架这种高技术战机,如果他们有很多的话,就会直接大举进攻了。"

"日军的绝对军事实力不一定超过了我们,是偶然的技术突破让他们有了信心。因为某种限制,他们并不能大批量地制造这种飞机,只是想借助这种来去无踪的飞机来打开战局,击垮我们的心理防线。这种飞机虽然数量有限,但是也可以对我们的军用民用设施造成巨大的破坏,如果不幸被破坏了军队的信息系统设施,将导致我军的指挥系统直接崩溃。俄罗斯和格鲁吉亚的战争就是个很好的例子。"

"也就是说,如果我们能找到方法摧毁日军的这种数量有限的战机,那么日本很可能不会发动地面战争。但如果我们找不到方法,就面临必败之局。"大校以一种沉重的语气总结道。

"目前有哪些反制思路?"将军问。

"思路有很多,不过都更像是科幻。比如全频段电磁屏障,或者制造出足以与之媲美的隐形战机之类的……好吧,我承认,并没有任何可靠的方向。"大校的眉毛快拧到一堆了。

"不管有没有方向,全力进行研究。"将军说。

大校说:"是。"

"另外先把歼击机拦截行动停下来吧,不要再肉包子打狗了。"将军一边说一边坐了下来,眼里是抹不去的疲惫。

7. 风神算法

叶晋这几天闷闷不乐,虽然他一直都是闷闷不乐的样子,但这几天这种情绪明显加重了。不用猜星野纪香也知道为什么。虽然远在异国,他们也一直关注着战争的情况。

日本官方已经发布了公开的宣言,勒令中国投降,否则将继续空袭行动,并且不日将发起地面战争。

中国大部分国土已经在心神的空袭下满目疮痍,丹拉高速,京昆高速,铁路的京沪线,湘黔线等交通要道受到严重毁坏,上海,广州等特大城市出现大量平民伤亡和基础设施毁损。而这巨大的破坏,仅仅是几架小小的战斗机造成的。

被空袭摧残了一个月的中国人民,已经养成这样的微妙的心态:每天坐在家里等袭击到来,巨大的爆炸声响起的时候,反而心头一松——谢天谢地,终于发生了。《华盛顿邮报》发表了一篇著名的社论,分析指出,中国永远不会投降,但是当战争全面爆发的时候,获胜的希望很渺茫。因为日本军人踏上中国土地的时候,将面对的是一个疲惫不堪,强弩之末的国家。

这样的形势下,星野纪香很自觉地没有去找叶晋。她自己最近也很忙,导师带着他们在做一个混沌数学方面的问题研究,这个研究已经开始半年了,最近导师说他们有很大希望解决这个重要的问题,所以时间抓得很紧。除了吃饭睡觉,纪香都待在研究室里。

最终导师带领研究组成员果然解决了那个问题,纪香终于放松下来。一空下来她还是忍不住想找叶晋玩,于是偷偷摸到了叶晋的寝室。

"叶君,最近在忙什么呀?"纪香抵靠着寝室门说。

"在做一个研究。"叶晋头也不回。

"什么研究?"纪香兴奋地跑过来。

叶晋没有回答她,自顾自地对着电脑。纪香并不生气,看见桌上有一沓资料就拿起来看,资料很厚,前面是材料科学的东西,这是叶晋的专业,她不太懂。但是后面是大量的数学推导,她对这些很敏感,一下就看进去了。

"叶君,没想到你数学功底这么好,这些推导很简洁,好漂亮。你在私下做数学研究吗?"纪香说。

叶晋的声音有点慵懒:"数学只是工具,我最终要研究的不是这个。"

"那叶君要研究的是什么呢？"

叶晋迟疑了一下，说："我们专业的东西，你不懂的。"

"哦哦。"纪香乖巧地点头。"推导到这里就断了……哎，等等，这是……"

"最关键的地方一个数学问题没有解决，所以我研究的那个东西终究不可能实现。这之前的数学推导我没来亚历山大之前就已经做出来了。但是到这个地方卡住，再也不能进一步了，也许在本质上就是不可解的吧。"叶晋好像叹息了一声，又好像没有。

纪香没有回答叶晋，只是盯着那叠资料看，陷入一种出神的状态中，她只是觉得那个数学问题无比熟悉。

"你的方向是对的，但是运用的数学工具还是二十世纪的，太落后了。庞加莱虚拟相空间的数学混合，选用了正确的数学工具，就变成了一个单纯的计算问题，只是计算量很庞大罢了。"

"你好像很了解。"叶晋转过身来。

"事实上，我的导师刚刚找到了这个问题的稳定解。"这句话说出的时候，她注意到叶晋颤抖了一下。

"告诉我答案，告诉我答案！"叶晋突然站起来抓住了纪香的肩膀，用很大很粗暴的声音说道。他的脸上写满疯狂。

"没问题啊叶君，你弄疼我了。"纪香很委屈。

"抱歉。我失态了。"叶晋说。他逐渐冷静下来。

星野纪香觉得有些困惑，什么研究对于叶晋来说如此重要？她还是第一次看到这个男人露出狮子般的眼神。

"叶君，你能把你研究的资料给我看看吗？我很好奇，那个问题的特定解我回去整理之后就发给你。"星野纪香也说不准自己为什么要看叶晋的研究资料，她自己也知道自己不只是好奇那么简单。

很多年以后回忆起这件事，纪香都会苦笑，女人的直觉是一种微妙的东西，也许那时她已经模糊地预料到了什么吧。

叶晋将资料交给了纪香，纪香发现他在研究一套关于混沌系统的算法，那个特解就是这个算法中最核心的一环，得到了那个特解，算法也就成型了。在去叶晋寝室给他送整理的资料的时候，纪香一直在思考一个问题。这个算法有什么作用？在叶晋的研究当中扮演什么角色？纪香百思不得其解。

直到去到叶晋寝室，她再一次看见了那只雷达风筝，一个想法像闪电一样击中了她！她忽然有些犹豫，真的要把那个特解交给叶晋吗？也许她将成为大和民族的罪人。

"你是罪人，你是罪人，你是罪人。"这个声音不断地在纪香心中回荡。

叶晋忽然转过身来直视着她："你知道我要研究的是什么东西了。对吗？"

纪香点点头，她觉得自己肩头像压了两座山，她想就这么倒下去。

叶晋说："很抱歉，让你陷入这么艰难的抉择。一切都太巧合，我都快开始相信宿命这种东西了。"

纪香："你说的对，我遇到的事情，真有点宿命的味道。叶君，可以告诉我，你是什么时候有这想法的？"

叶晋说："我妈妈死的时候。"

"从你来学校开始就已经在做了吗？"纪香问。

"是的。你接近我之后研究进行得比较慢，因为我要防着你。"

"你真是个可怕的人。"纪香不满地说道,"我接近你又不是为了打听秘密。"

"我很抱歉。"叶晋说。

"虽然知道这个问题很幼稚,但是还是忍不住问叶君——你为什么要做那个研究呢?"

"纪香,你读过中国的《史记》吗?《史记》里面讲过一个人,恩仇必报。有人杀害了他的父兄。他说,如果他的仇人是乡野伧夫,他就杀了那个伧夫。如果他的仇人是三军之帅,他就歼灭他的军队。如果他的仇人是一国之君,他就毁灭那个国家。他的仇人是楚国国君,于是他毁灭了楚国。他用一生去完成了这件事。"

"叶君其实也是那种人吧,表面像冰山一样,仇恨的火焰藏在心里永不熄灭。"

"如果有一天我忘记仇恨,那就说明我老了。"叶晋平静说出这些话,就像一个武士轻轻拔出了刀。

8. 我将归来,万马千军

"你是说,你找到了克制心神的方法?"舅舅把一块回锅肉送到嘴边,却迟迟没有吃下去。

"是的。"叶晋说。

"那么多科学家都没解决的事儿,你告诉我你出国几个月就解决了。"舅舅冷笑一声,把那块肉吞了。

"他们没解决,可能是因为没有我天真吧。直到我回国来制造出第一台真正的模型,我才敢相信我真的成功了。"

"你想用什么办法对付心神改?"舅舅说话做事雷厉风行,立马就切到重点上。如果叶晋没有说出令他信服的东西，他可能连陪叶晋吃完这顿饭的耐心都会没有，他不喜欢在无意义的事情上耗费时间，大人物都这样。

叶晋拿出了那只随他漂流异国的雷达风筝，说："用这个。"

舅舅起身准备结账。叶晋拉住他，"听我说完——我说的不是普通的风筝。"

舅舅嗤笑道："这么多年了，还是像个小孩子一样。你什么时候能真正做点有用的事情！"

"这是一个无动力飞行系统。覆盖从低空到一万八千米高的战斗机实用升限的全空域空中长城。"叶晋尽量简明扼要。舅舅似乎听懂了，重新坐了下来。

"给你三分钟。"

"心神改的能力在于超高的机动性以及针对肉眼和雷达的隐形能力，传统武器对于心神改起不到任何作用。我们的祖先其实也面临过这样的情况，北方的蛮族就像现在的心神改一样，异常灵活，体量小，破坏力强。既然没办法预知他们要进攻何处，那就把整个国土用一道墙围起来，这是大智如愚的战略构想。只有造这样一座覆盖整个领空的空中长城，才可以抵挡心神改无孔不入的进攻。"

"那样的长城将耗费巨大的投资，而且我们也没有相匹配的工程技术。"舅舅说。

"现在有了——我带回来的'龙鸢'战略防御系统。由八万只风筝组成，永不坠落的风筝！风筝上携带高爆炸药和石墨烯，心神飞过的时候利用传感器触发引爆，石墨烯可以侵蚀心神的电子芯片。"

"永不坠落？"舅舅玩味着这个词，"以什么作为动力可以永不坠落？"

"如果是人造动力源，就不叫风筝了。它们就是依靠风的力量飞起来，空中的风是万世不竭的，虽然有些时候会很微弱，但是微弱的风也足够了。真正厉害的人可以在赤道无风带让风筝飞起来。"

"比如说你？"舅舅依旧不改讥嘲的口吻，"那也得找八万个和你技术一样好的放风筝的人才行，还得让他们二十四小时不吃不喝守着线。"

"不用八万人，用一套算法。风是一个混沌系统，这套算法会自动寻找混沌系统的特解，也就是说，它总能找到风，无论多么微弱的风。然后利用自动化装置自行调整风筝的姿态，让它保持固定的飞行高度。"

"要搭载高爆炸药和传感器，这种风筝肯定不是普通风筝吧。"

叶晋拿出一组照片，说："这是云南安宁放过的一种龙形风筝。一百六十米长，不要说装炸药和传感器，载人都没问题。龙鸢系统用的风筝可以做得更长，因为采用的是一种已经具有初步量产能力的新材料——虾丝。这种材料的轻盈和坚固程度和纳米材料差不多，但是成本更低。两百米长的龙形风筝可以控制在三公斤左右的重量。"

"你自己说的不算，方案要接受军事科学院的检验。"舅舅的语气和缓下来，也许是叶晋的方案真的打动了他，也许只是死马当活马医。

"我可以提供龙鸢系统的全部资料包括其中核心的风神算法，但我有条件。"叶晋说。

"还谈什么条件？等你真的拯救了这个国家，钱，名声，女人，什么都会有的。"

"那些我都不要。我的条件是，第一，放出父亲，判决书上的那些罪状他都没干过。第二，制裁张志。"

"战争期间处置一个空军上将，你的要求还真不低。"

"这些事本来应该你做，以前你没有足够的筹码，现在有了，有人欠了债，就要让他偿还。"叶晋说。

"我也想为你父亲报仇，但你的做法在我看起来很傻。把龙鸢的设计资料交给国家，赢得了战争之后什么要求都会很容易得到满足，而你现在却拿民族大义要挟政府以公报私仇，愚蠢。"

"我不懂政治，等到战争结束我就没筹码了。不能给张志喘息的机会。"叶晋说。

"你父亲算是英雄，但你不是。"舅舅的语气中透露出难以抑制的失望，这个他寄予厚望的侄儿，有着和他父亲完全不同的价值观，却又固执而狠厉，不给你留下任何影响他的机会。

"我说了，我回来不是为了当英雄的。张志陷害我的父亲，我就毁灭张志。心神杀死我的母亲，我就毁灭心神。至于当英雄什么的，不是我的兴趣。"叶晋将面前的啤酒一饮而尽，摊靠在椅子上。

叶晋拿出一个文件袋，说："里面是心神的设计图纸，但关键的风神算法还在我这儿。张志倒台之后，我会交出风神算法。你要是同意做这件事，就可以把图纸拿走。"

他直勾勾地看着他的舅舅，眼神仿佛在说："拿吧，我知道你会拿的。这件事对你来说一本万利。"

舅舅避开他那令人厌恶的目光，拿起那个袋子准备离开。

"你说话的语气真是让我讨厌啊……不过你确实长大了。"

舅舅轻轻地掩门而去。

9. 龙鸢

2035年，中国，台湾海峡。

不出意外的话，这是西泽广义在中日战场上的最后一次任务了。

中国人有着他们特有的顽强或者说固执。空袭进行已快一个月了，他们仍死不投降。军部失去了耐心，命令十二架心神战斗机集体出动，对中国发起一次沉重的打击。不出意外的话，这一次打击将彻底击垮中国人的信心，迫使他们投降。

目标，是长江中下游的那座旷古绝今的水利工程。这座大坝被称为中国的"百年大计"，是整个长江中下游经济带的引擎。设计之初在选址上经过深入的考虑，它远在中国腹地，依靠一千公里以上的战略纵深，除了美国的B2轰炸机，没有任何其他战机能在没有空中加油的情况下进行这样的长程作战。

但心神改可以。

凭借国土上的地面大型相控阵雷达、超大型超远程雷达、架设在高桅杆上的低空雷达，中国拥有强大的火力防空体系。而异常厚实的坝体，常规导弹对它不起任何作用。所以在中国人看来，这个举世无双的超级工程如花岗岩一般稳固安全。

它的设计者没有想到，心神改这样划时代的战机这么快就能出现。和心神改相比，三峡大坝的防御能力，已经跟不上时代了。

一旦对三峡大坝实施核打击成功，百余亿立方米库水短时间内下泄，坝址至沙市沿岸，将受洪水波直接冲击，遭受巨大破坏。葛洲坝水利枢纽将严重受损，宜昌市铁路线以下地区受淹，枝城、上下百里洲和荆江分洪区以西洲滩围垸将溃堤受淹。洪水损坏葛洲坝大坝后进入宜昌市区，在宜昌城内的流速仍然有每小时六十五公里，溃坝五小时后，宜昌城的水位将高达海拔七十一米。华南大部分地区，将成为一片汪洋。中日之间的千年死局，是时候了断了。

西泽广义按下了座舱左侧的那个红色按钮，心神进入"负折射"模式。

濑户内海海底发掘出的那种奇特金属，是一种负折射材料，可在正常尺度内让可见光和近红外光弯曲。心神改就是涂装了这种负折射材料制作的涂层，过电之后，可以做到对肉眼的隐形。十二架心神改从台湾海峡上的"日向级"航空母舰出发，进入负折射模式下，悄无声息地起飞，准备终结这一场战争。

"爸爸，爷爷，我要去完成你们未竟的事业了。"西泽广义轻声说。十二架挂载战略核武器的心神战机，十二只无形的矛，将以雷霆万钧之势，刺进中国的心脏。即便是在黑夜中，他依然确定自己看到了那美丽妖娆的海岸线。海洋民族对于土地的渴望，在他的血液里缓缓发酵，开始燃烧。

这时，刺眼的闪光打断了他的思绪。他的位置位于编队飞行的最末尾，他忽然听到了某种声音，从正前方传来，那是——爆炸。

他不愿意相信眼前看到的，飞在最前面的那架心神，在一次爆炸中变成火球。中国人反击了？怎么可能，短时间内怎么可能突破足以与心神抗衡的技术？心神的降临是天照大神的恩赐，愚蠢而不自知的中国人，怎么也会得到神的眷顾？

接二连三的爆炸声将他硬生生拉回现实。他明白，一切都完了，不在于心神编队被摧毁，而是中国掌握了对付心神的方法，如果这次空袭成功的话，日本本可以赢得这场战争的，可是现在，再也没有机会了。

此时的西泽广义，如果选择理性的抉择的话，他应该马上倒飞回去，或许可以给日本自卫队保存一丝骨血。但是，从西泽广义承袭父亲的衣钵进入航空学院的那一刻起，他的选择就已经注定了。

他将心神的双发引擎开到最大，像一支愤怒而绝望的投枪，狠狠地砸进中国的领空。

在坠毁之前，西泽广义看到了神话之中才会存在的东西——龙。数千条身躯颀长的巨龙夭矫在墨云深处，鳞爪张扬，愤怒狰狞。

尾声

发生于二十一世纪上半叶的那场中日战争，被后世历史学家称为一场"非理性战争"。是日本依靠偶然的技术突变，贸然发动的一场战争。

中国研制出了名为"龙鸢"的防空系统来针对心神，八万只巨龙形状的风筝，在三万公里长的海岸线上冉冉升起。日军辉煌一时的心神战机中队，在"龙鸢"系统的绝对防御前全军覆没。这样的情况下，日本又很快选择了投降，承担巨额的战争赔款。整场战争只持续了一个月时间，且全部以空战形式进行，这在世界战争史上，是一个特例。

而发明了龙鸢系统的叶晋本人，并没有亲眼见证这场战争。将龙鸢系统安装完成后，他就返回埃及亚历山大城了。

战争结束后，叶晋也没有回过中国，和其日本妻子常年旅居海外。政府没有对叶晋进行表彰，甚至在公开的新闻发布会上他的名字都很少被提及。

冰封的岛屿｜喵掌柜

1. 独立个体

天寒地冻。

江垣裹紧了大衣，身体还是不由自主地跟着哆嗦了一下。并没有风，寒气像是从四面八方溢出来，由外至内，让人无处可藏。

路面刚被清除过碎冰，转眼又结了薄薄一层。天色始终是阴郁的灰蓝色，像是下一秒就会降下大雨，然而这场雨让人等了太久，仿佛被冻在某个层面，再也下不来。

时间像是被定格，天气预报里永远是固定的数字。

江恒叹了口气，几辆车擦身而过，人行道的红灯还在闪烁，一排带着黄帽子的小学生排着整齐的队伍，顾卫拿着记录板站在旁边，抬头招了招手："江垣，这边！"

绿灯亮起来，小学生有条不紊地过马路，先是左脚，然后右脚，手臂也跟着摆动，整齐划一如同经过严格的训练。顾卫在记录板上打了几个勾，对江垣笑了笑："虽然死板了些，但遵守交通规则是个好习惯。"

十几顶黄色的帽子,像是一颗颗小小的蘑菇,就这么整齐地,诡异地走在斑马线上。

走在末尾的小蘑菇,因为地面的薄冰,不慎滑倒摔了一跤。顾卫忙拉着江垣跑过去,那张苍白的小脸上,眉头皱在一起,却不知道要表达什么情绪。

太阳穴发出轻微的火花声,江垣敲了一下孩子的后颈,取出一颗芯片:"程序出错了。"

顾卫忙脱了大衣罩在孩子身上,将他抱起来:"最近总是这样,总之先回研究所吧。"

江垣帮忙掖了一下衣角,远远看去顾卫像是抱着一个巨大的包裹,然而还是有人看了出来。

戴着眼镜的男人冷漠地扫了一眼顾卫,转而对身边的女人说:"我就说了,宁愿两个人孤独终老,也不要做什么孩子的复制品。"

女人一脸失望,男人冷笑着:"假的就是假的,早晚会出事的。"

江垣想要说什么,被顾卫拉住,他低声道:"先回去再说。"

顾卫苦笑了一下:"毕竟是程序问题,我们有错在先,他说的也没错。"

两人走去研究所,取出芯片的孩子像是一具玩偶,安静地躺在椅子上。

顾卫将芯片插入电脑,一连串乱码蹦出来。江垣皱了皱眉,刚想说什么,顾卫突然问:"你毕业后打算留在研究所?"

江垣点点头,顾卫叹了口气:"这样的研究项目我是厌倦了,难道你是因为小沅……"

他说到一半,见江垣的脸色变得愈发难看,突然有些不忍心:"江垣，其实如果你愿意，可以申请……"

"不必了。"江垣打断这些话，表情有些僵硬，"我会找到她的。"

顾卫苦笑一声："没错，虽然身为制造者，我也讨厌代替品。"他顿了顿，拍了拍他的肩膀，"你先回去休息吧，这里我来就行了。"

江垣犹豫了一下，被顾卫推到门外："一提起小沅你就这没出息的样子，我怕你把程序搞坏。"

外面的气温随着变暗的天光在逐渐下降，江垣深吸一口气，鼻腔似乎有细碎的冰碴，带来凛冽的刺痛。

整个世界像是一个冻僵的冰柜，为了抵御温暖气候带来的灾难。沙尘、洪水、瘟疫、病毒……温暖意味着不幸和灾难，人为制造的极寒反而成了人类的保护伞。

保护着这些寿命急剧缩短，出生率越来越低的脆弱生命。而更为讽刺的是，这些灾难的源头是曾经无休止的破坏和索取。

江垣觉得小沅的面孔已经变得越来越模糊，记忆只停留在她穿着碎花短裙的夏日午后，阳光扑面而来，带着甜腻的气息。那个漫长的季节，一场高浓度酸雾造成了毁灭性的灾难。残喘活下来的人，大多数被迫成为孤独的个体。

这个孤独世界上的独立个体，所有美梦在四年前被戳破。

2. 志愿者

喷泉广场的表演刚刚开始，预示着一天的结束。

人们聚集在一起发出惊叹，地表温度在逐步降低，喷射出来的水花在下一秒结成冰，变成瑰丽的冰雕。依靠严寒活着的人们，只能通过这样的方式娱乐自己。

江垣裹紧衣领，身后突然发出一阵惊叫，两盏刺眼的灯光扫射过来，一辆飞驰的汽车突然冲进人群里。

众人惊呼躲闪，推搡中一个人钻出人群，直直面对着驶来的汽车，像是在确认什么。

有人低呼了一声："糟糕，要撞上了。"

眼看着躲避不及，江垣咬咬牙，突然伸手拉了一把。汽车擦着两人手臂呼啸而过，"轰"的一声撞向了附近的路灯。

他松了口气，这才发现对方穿着研究所的制服，长长的头发扫过肩膀，被风带起又落下。汽车擦过的手臂被划开了一道，纤细的血迹留下来。

江垣有些担心："你没事吧？"

她仿佛没有察觉到，径直朝汽车走去。

车里的人满脸鲜血，后颈却发出轻微的频率声。江垣暗道了声糟糕，刚想阻止人们的围观，女生熟练地从包里掏出一张报纸贴在车窗上，挡住了大部分人的视线。

司机的脸上闪过几星火花，神智有些游离。

"没事了。"她伸手盖住他的眼睛，像是在说悄悄话，"很快就会好的。"

她说着，手指向下移动，敲开了司机后颈的芯片。车里的人顿时变成了一具空壳，她的眉头皱在一起，"又是程序问题……"

警察很快赶来，女生用纸巾擦了擦沾了血的手指，抬眼看江垣："你也是研究所的？"

江垣点点头，对方伸出手，露出一个友好的笑容："白葵，我是志愿者。"

她手臂上的伤口暴露在空气里已经被冻住,江垣好意提醒了一下,白葵仿佛刚刚意识到,立刻倒吸一口冷气:"好疼!"

现场被封锁,人们只能远远围观。白葵边走边松了口气:"保护他们的身份是我们的责任。"

江垣了然,"他们"指的是"代替品"。

早在几十年前,克隆人的计划曾经引起了强烈的反对,人们无法接受拥有同样基因的"人造人"出现,而这一次,大多数人已经没有力气争论道德人伦了。

比起失去的痛苦,这些拙劣的弥补方式也是一种安慰,他们甚至为此取了一个直白而刻薄的名字——替代品。

代替失去的孩子、父母和兄弟姐妹。像是人工制造的玩偶,为了适应恶劣的环境被制作出来,改变了人类脆弱的命运。他们和失去的亲人拥有相同的外表和年龄,人们最终没有打破最后一条道德底线做基因提取,而是用一颗小小的芯片代替。像是一个存储读取装置,灌输代替者的性格言行以及记忆,以便他们伪装成真正的人类。

他们的设计程序里,最重要的一条就是认为自己是同类。生活于人类的社会并融入其中,除非是家人,没人知道谁是代替品,包括他们自己。

没有异类的意识,才能更好地扮演自己的角色。

白葵突然看着他:"你要不要加入我们?"

"代替品的最后交接,把他们送到需要的人手里……"她顿了顿,笑容一派天真无邪,"我们的申请人,大多是失去亲人的孤独人群……"

强烈的归属感让人们习惯了这种自欺欺人的方式,谁都不想成为被遗弃的那一个。

江垣低头看了看冻僵的手指,如果没有魔怔一般念着小沅,他应该也被这个世界遗弃了吧。

江垣的脚步顿住。

——如果小沅侥幸活了下来,孤身一人的她,会不会来寻找代替品?

3. 自爆

研究所的大厅里,日复一日重复着煽情的宣传片,字幕打出一行字——

任何出生的方式都应被接纳。

如此隐晦地表达"代替品"和人类的关系,开发者也是煞费苦心。

江垣带上志愿者的帽子,这里是研究所唯一对外"输出"的窗口,志愿者是来自不同部门的工作人员在义务帮忙。

白葵在大厅里跟一对夫妇交接,有人领来一个怯生生的小女孩儿,夫妇两人突然扑上去抱住孩子,男人眼泪纵横:"竟然跟小千一模一样。"

"这就是小千。"白葵纠正他,指着表格,"签字之后,就可以把女儿带走了。"

她将资料带回办公室,江垣帮忙的途中留心多看了几眼。

记录上没有关于小沅的任何信息,他从来到这里的第一天就开始寻找她的蛛丝马迹,她似乎还没有找来。

正想着,大厅里突然传出一声剧烈的声响。

砰——

爆炸声震耳欲聋，夹杂着几声尖叫。整个大厅混乱不堪，江垣的脚边是一只炸飞的鞋子，刚完成交接的女孩倒在地上，小小的身体不受控制地痉挛，有电流从身上闪过。

她在交接的那一刻自爆了。

旁边年轻的夫妇呆呆地站在原地，女人蹲在地上看着满地鲜血："我女儿……又不见了吗？"

她的问题让所有人都沉默下来，第二次失去亲人，痛苦变成了双份。

白葵不停地道歉："对不起，我们一定会再给你们……"

"没关系。"女人慢慢站起来，像是在安慰自己，"还好是假的，还好是代替品。"

白葵脸上僵了一瞬，墙上的广告突然变得刺耳。

江垣若有所思地看着工作人员清理现场，突然最近这样的程序事故频繁得有些离奇。

4. 捍卫者

新闻很快播报了这一事件，这之后又有人曝出，作为餐厅服务生的"代替品"，突然将叉子对准了自己的脑袋捅了进去，吓坏了周围的客人。餐厅老板严重声讨，并决意拒绝聘用"代替品"为员工。

这引起了人们巨大的恐慌，因为程序的错误导致危险的后果，这些险恶环境里生存下来的脆弱生命承受不住再一次的安全隐患。有人提出了致命的疑问："如果他们的程序出错之后没有自爆，而是不受控制地伤害人类该怎么办？"

蓄谋已久的人联合起来，自称"捍卫者"，反对"代替品"的产生。

江垣赶到程序部时，一场会议刚刚结束。顾卫拉长了脸："大家都很受打击，人们认为一切都是研究所的过错。"

江垣想了想，敲了敲实验室的门，里面没有人回应，门是虚掩的，里面漆黑一片。他迟疑了一下，伸手推开，对面的墙壁上投射着影像，穿着碎花连衣裙的女生笑容灿烂，有着和他相似的眉眼。

心里像是被闷击了一下，他站在门口有些茫然，屏幕瞬间暗了下去，头顶灯光"砰"地全部亮起来。

他在某个瞬间觉得教授的表情有些僵硬，那些所谓的"捍卫者"的确带来了不小的冲击。下一刻教授恢复了平静："抱歉，我重新整理了你母亲留下的资料，刚好看到……"

江垣摇了摇头，教授叹了口气："听说你去当了志愿者？"

他似乎欲言又止，轻轻叹了一口气："江垣，其实有时候把过去放下，未必不是一种圆满。虽然我与你母亲曾是同事，但我相信，她也不希望你被过去困在这里。"

"更何况那些反对者越来越疯狂，你们作为研究人员，会有很大的风险。"他顿了顿，"所以，我希望你毕业后离开这里，去做正常的工作。"

江垣沉默地看着暗淡的屏幕，头顶的灯光太过刺眼，屏幕变成浅色。小沅的笑容模糊不清，眼前似乎重现了那场暗红色的大雾，大雾预警来得很早，母亲却在研究所回家的路上，身为同胞胎的姐弟，只因为小沅是姐姐，就必须推开那扇紧闭的门。

她说："我去把妈妈找回来。"

母亲倒在研究所不远的地方,她却消失得无影无踪。

江垣现在想起这些,仍能闻到空气里那股酸涩的气息。刺鼻,呛得喉咙发紧,心脏也跟着皱在一起。

低着头往大厅走,休息室里空空荡荡,白葵的书包丢在桌子上,手机在里面发出"嗡嗡"的声响。

江垣迟疑了一下,伸手拉开书包,书本杂物哗啦啦掉了一地。脚边清脆的一声响,他俯身去捡,是一颗小小的芯片,沾着一丝血迹。

他愣了一瞬,想起那个出事的司机,在他没注意的时候,白葵竟然将芯片偷了回来。

江垣想了想,拿起电脑插入芯片,代码在某一行突然卡住,一连串乱码发出"嘀嘀"的警告声。

他心下一顿,回想起顾卫实验的那群小学生和大厅里自爆的女孩,同样是程序错误。

手心冒出冷汗,这样简单的乱码只有一个可能——程序从内部被人为地破坏了。

身后的门突然打开,白葵轻快的声音冒出来:"大家去吃饭,就差你啦。"

江垣转过头,白葵的笑容单纯而甜美,一切像是一个诡异的圈套,等着他主动跳下去。

5. 小沅

研究所附近的饭店,白葵的手机突然响起来,江垣瞥了一眼,亮起的屏幕上是之前打来的电话。

白葵脸色顿了顿,突然站起来道:"抱歉,今天我要先走啦!"

众人道了声"没劲"，江垣多灌了几杯啤酒，摇摇晃晃站起来："有点儿头晕，我去透透气。"

他跟跟跄跄走到餐厅外面，看到白葵朝着旁边的巷子里跑去。他屏住呼吸跟上去，看到巷子的转弯处，一个人影刚好经过。

白葵远远跟着，那人带着帽子，裹得严严实实。

路口的红灯亮起来，两人被挡在人行道的另一边，眼看着那人过了马路渐渐走远，白葵面前突然停下一辆车。

她似乎跟车上的人说了什么，车门拉开，里面伸出一双手将她拉了进去。

江垣心下一顿，慌忙追出去，车子已经走远。身后突然被人拍了一下，他下意识回击，却听到一声哀嚎："疼死老子啦！"

顾卫揉着手臂龇牙咧嘴，江垣回过神："抱歉，我以为……"

"什么？"顾卫一脸疑惑。江垣却望着白葵消失的方向摆摆手："没什么。"

白葵的失踪并没有持续太久，第二天江垣赶到研究所，她已经坐在休息室里。

仍是那副笑眯眯的模样，马尾在脑后跳来跳去，活泼而灵动。她晃了晃手里的记录仪："今天做回访。"

屏幕上写满需要回访的地址，每到一处，资料自动删除。白葵走出最后一家，记录仪完全透明，她收回包里："这是为了保护隐私。"

江垣突然想起被破坏的芯片，只有知道对方是代替品才能有目的地破坏，而知道他们身份的，除了家人，只剩下研究所的数据库。

那么——

江垣看了一眼白葵……能够破坏程序的，只有研究所的内部人员。

她一切反常的举动似乎都有了答案。

白葵似乎没有察觉到江垣的异样，路过的广场正在举行音乐会，周围人潮拥挤，白葵往舞台方向挤了挤。

江垣站在外围，灯光五彩缤纷，一道光柱擦过肩膀，江垣下意识伸手挡开，却见不远处的人群里，一个瘦小的影子若隐若现。

短款的大衣，下面露出碎花裙子的下摆，及肩长发，发梢带着微微的弧度。他只觉得心脏猛地一震，便不顾一切地朝前面走去。

人群推推搡搡，像是有一万只蚂蚁黑压压一片。江垣着魔似的追过去，舞台上刚好一曲结束，光线恢复了正常。

他看了看四周，什么也没有，那个影子像是幻觉，很快消失在人群里。

江垣松开握紧的手指，觉得胸腔里空空荡荡，像是不会间断的回声。

——小沅啊。

6. 失踪

"捍卫者"的活动愈发激烈，他们带着黑色面罩出现在集会和网络上，警察赶到时又迅速融入人群里。

关于自然至上的口号越来越广泛，他们认为人类应该遵循灭亡的法则，而不是人为地破坏自然的平衡，而代替品，就是对自然和宇宙最大的破坏。

街角高楼的巨屏显示器上，新闻报道着被抓到的"捍卫者"，打着马赛克的男人声嘶力竭："不承认失去还要制造一个假的，这是贪婪，是罪过……"

江垣皱了皱眉，加快了脚步。鼻尖蓦地一凉，一滴水珠落下来。他抬起头，天色依旧暗沉，头顶黑压压的树杈上结满透明的冰凌。

捍卫者并没有打算满足于言论的宣传，研究所的宿舍很快成为他们的第一个目标。

整个宿舍楼下到处都是鸣笛，有人在凌晨放了一把火，呛人的烟雾直冲上天。墙上用黑色喷漆写着"始作俑者""帮凶"，教授的担心并不是没有道理，很显然他们把研究所当做所有问题的源头。

江垣冲出宿舍楼时消防已经赶到，顾卫站在楼下，看样子完全避开了这场混乱。

被解救出来的学生聚集在楼下，无一不对这次事故感到恐慌。人群里挤挤攘攘，有胆小的女生失声痛哭。江垣帮忙发放毛毯，却看到人群里一个瘦瘦小小的影子，留着齐肩长发，看起来似曾相识。

对方接过毛毯道了声谢谢，是一张陌生的面孔。江垣想起了什么，突然问："你有没有去过前几天的音乐节？"

女生惊讶了一瞬，江垣的眉头皱起来："你穿了一件碎花裙子？"

女生点点头："没错，是朋友送的，还差点感冒了。"

"你的朋友……"江垣觉得说话变得很吃力，"是不是叫白葵？"

女生睁大眼睛："你怎么知道？"

江垣胸口一紧，突然朝研究所走去："抱歉，我要去个地方。"

志愿者办公室里空无一人，江垣熟练地找到白葵的桌子，一切看起来很正常，他拉开最后一层抽屉，厚厚的交接材料里，一张照片掉了下来。

小沅的十三岁生日，母亲和研究所的同事为她庆生，最右边站着教授。小沅的脸被红笔圈住，再往下看，是一叠资料，全是关于他的情况。

所有的事情处处透着诡异，他几乎可以确认白葵就是"捍卫者"，但为什么她会热衷于调查他的过去……

然而这之后接连两天，白葵都没有出现，第三天她失踪的消息传来。

她的桌子被翻得乱七八糟，除了随身携带的书包不见了，其余的东西没有留下任何线索。

江垣心里一动，想起她的书包里藏着损坏的芯片，曾在他的电脑上打开过，顺着芯片的定位，也许可以找到白葵。

7. 风暴

城郊的废弃工厂，江垣看着手机上闪烁的红点，推开了陈旧的大门。

一股铁锈的腐蚀味迎面扑来，穿过长长的回廊，尽头处透着微弱的光，地上横七竖八放着什么东西。

江垣打开手机，微弱的灯光刚好照到脚下一张惊恐的脸。他吓了一跳，往后退了一步，踩到了一只软绵绵的手掌。手掌似乎还有意识，轻轻握住他的脚踝，又滑了下去。

像是一个凶杀案的现场，只是诡异得没有一丝血迹。江垣深吸一口气，凝神听到周围"嘀嘀"的声响，黑暗中闪了几星火花。他蹲下来看了看，地上代替品的芯片全部遭到严重的破坏。

角落里发出几声呜咽，他举起手机，看到白葵被绑住了手脚，披头散发如同一只女鬼。

江垣急忙松了绑，白葵深深出了一口气："他们……"

她拉着他朝外面走去，还未到门口就听到几声剧烈的声响，沉重的铁门"吱呀"作响，白葵突然面如死灰："已经晚了……"

江垣眉头皱起来："你到底在说什么？"

白葵推开大门，一股剧烈的风吹过来，天空闪过几道闪电，那场酝酿太久的大雨，像是终于找到了突破口，突然倾盆而下。

江垣想到鼻尖上落下的那滴水，像是一个提前的预告。一直以来被人为控制，始终如一的天气，突然冲破了冰封的束缚，变得无常而剧烈。

白葵在大雨中转过身，眼泪落下来："一切都完了……"

这场大雨一直没有停下。

像是蓄力已久，人为控制的保护层一点一点被侵蚀，气温在逐渐回升，世界冰雪消融。

江垣将白葵送回住处，许多问题埋在心里，却不知道如何开口。

白葵丢给他一条毛巾，叹了口气："你知道捍卫者组织吧？"

"反对人工智能，号召遵循自然灭亡的法则。"她深吸一口气，"我一直在寻找这个组织，他们行事诡秘，每次都带着伪装，我虽然不知道他们的身份，但可以确定研究所里有他们的人。"

"可是我也被发现了，之前有人给我提供了线索，我跟踪时被带走了一次，虽然最终装疯卖傻跑掉了，这次就……"

江垣有些怀疑："你为什么独自做这么危险的事？"

"你知道志愿者都是研究所里各个部门的工作人员吧，就像你是程序部，志愿者只是义务劳动。"白葵顿了顿，"而我所属的部门，是数据库。"

"代替品的所有资料都由我保管,却开始频频出现事故,我必须为此负责。"

"我偷来司机的芯片,程序果然被人为地破坏了。"她突然看着江垣,"所以,你是我怀疑的对象。"

江垣不可思议地睁大眼睛,白葵坐在地上,一脸无辜:"能够破坏芯片程序的人本来就没有几个,你是其中之一,你们都是嫌疑人。而我花了好久才查出来,数据库的侵入程序的确是从程序部发出的。并且你的孪生姐姐在四年前失踪,你却拒绝申请代替品,捍卫者首先也是拒绝代替品的人群,所以……"

江垣的眉头越蹙越深,白葵还在喃喃自语:"能够拿到代替品的资料,并且破坏天气保护层,应该是权限很大的人……"

江垣闭上眼睛,所有的线索突然凝结为一体。

程序部的内鬼,程序天才,马路上出错的小学生。

"我好像知道了。"江垣突然叹了口气。

8. 代替品

暴雨如注,整个世界像是一个崩塌的泳池,混沌不堪。

大风吹倒了枯败的树木,积水越来越深,夜晚并没有往日的寒冷,反而越发温暖。

因为这突如其来的风暴,全城大面积停电。街上时不时传来行人的尖叫,有些人行动迟缓得诡异,太阳穴发出轻微的火花声。如同末日般的光景,江垣只觉得头脑发胀,想来是一天之中淋了太多的雨。

研究所在风雨中发出微弱的光,里面已经空无一人,几千台机器发出"嗡嗡"的声音。

白葵推开大门:"气象中心在顶楼。"

因为地势高,风雨显得尤其猛烈。白葵抱住身旁的栏杆以防吹倒,江垣抹了把脸,看到顾卫站在气象中心的门口。

他曾说过厌倦了这样的研究,他讨厌代替品,他曾出现在白葵跟踪的路线上。

一切昭然若揭,顾卫抬头看了一眼天色,黑夜像是凝固的墨水,一层一层压下来。

"江垣,你也讨厌代替品不是吗?"他带着一脸疯狂的神色,"你也不想小沅被一堆机器取代吧?"

他指着头顶:"你看看这里的天空,被冰冻了四年啊!你难道希望自己的余生都活在冰封的假象里?为什么家人不在了我却要小心翼翼地活着?为什么不能坦然接受上天的安排呢?"

风雨越来越大,江垣拉住顾卫:"别人要怎样生活是他们的自由……"

他顿了顿,恍然发现顾卫手里有一个闪烁的红点。

"呵呵……"顾卫甩开他,"你们太懦弱了,这才叫最大的自私,妄图改变自然规律。"

他突然掏出一个控制器,江垣惊道:"等等,那是……"

话音刚落,顾卫微笑着朝他挥了挥手,他身后的气象中心轰然倒塌。

周围剧烈地晃动,地面朝一边倒去。江垣被巨大的冲力推出去,耳边轰鸣,眼前变得不真切。

他在黑暗中摸索着,不知道等了多久,头顶的石块被人撬开。白葵咬着牙，满脸是血，看到他终于哭出来："知道为什么我确定你不是捍卫者吗？"

她徒手扒开尖利的碎片，外面是一场灭世的大雨，她的声音断断续续："因为你……本身就是某个人的替身啊……"

大雨倾盆，顾卫和气象中心一起倒在千万碎片里。

江垣愣愣地看着她，像是一直以来的谜题被揭开，只剩下空虚的回音。

江垣，江沅，有着同样的名字，他本身就是小沅。

9. 真相

"你还记得音乐节吗？"白葵叹了口气，"我用小沅试探你，你果然并不知道自己的身份，以为小沅是存在的。"

"可实际上，你就是小沅。"

楼下传来熟悉的巨响，白葵一脸绝望："研究所的捍卫者不止顾卫一个人。"

江垣踉踉跄跄站起来，两人顺着倾斜的栏杆朝楼下跑去，呛人的烟雾扑面而来，程序部被破坏，一个人影站在控制室的浓烟中，像是在欣赏一幅美好的作品。

所有的芯片数据都显示在屏幕里，只等着一个毁灭的口令。

江垣身体突然怔住，脊背发凉，头脑昏昏沉沉。那人回过头，一副轻描淡写的笑容，江垣觉得喉咙发紧："教授……"

"对不起孩子，我一直不希望你留在研究所，我告诉过你，再这样继续下去是有危险的。"教授微笑着，"身为开发者，我只想为我犯下的错误赎罪。"

"这样是不对的。"他指着闪烁的屏幕,"他们,人造人的存在,本身就是有悖伦理的。"

"可是……"江垣的声音有些喑哑,"他们已经失去亲人,不能因为你的一念之想,让他们失去第二次。"

"正是因为这样。"教授摇了摇头,"失去了一次,他们并不会难过,还可以制造出同样的人……情感变得廉价,家人像是救助中心的流浪猫,只要你想,随时都可以领走一只。"

"这个世界到了一定的寿命,本不该如此的。"他看着江垣,有些意味深长,"你母亲也错了。"

屏幕上显示出母亲的资料,像是翻开一部遗忘的断代史。

四年前的那场灾难,他作为小沅的替身被制造出来。只是不同于普通的"代替品",他是拥有小沅基因的克隆体。

小沅13岁的生日,研究所里母亲送给她的礼物。复制小沅的基因胚胎,这个世界太残忍,儿童的成活率太低,她无法改变世界,只能试着改变小沅。

她为小沅准备了复制版,无论发生多少次灾难,小沅都会永远活在这个世界上,这么自私而深刻的母爱。

——小沅太脆弱了,在这样的世界里是生存不下去的吧。

——那么,作为男孩子,应该可以更坚强地活着吧,只需要稍微改变一下胚胎基因的序列……

这么来说,小沅的确可以称为我的孪生姐姐吧。

江垣想起白葵抽屉里的照片,他早该发现的,小沅的13岁生日,明明也是他的生日,照片里却没有他。

一切都是虚构的假象。

曾被强烈反对的，人类妄图改变世界秩序的技术，比"代替品"更为过分的是，克隆的本身就是取代，而不是单纯的代替。

因为拥有的同样的基因，有真实的身体，不需要芯片进行行为操作，所以我即是你，本身就是人类，成为这个世界独立的个体。

"是曾经的我们打破了平衡，又是我们刻意维持了安逸的假象。人类向自然的索取已经贪得无厌，是该为此付出代价了。就算没有被人为地破坏，你以为这个脆弱的天气保护层还能维持多久……"

江垣的声音有些干涩："可无论是灭亡还是生存，都不该由你们来决定。"

头顶发出剧烈的声响，大雨越来越大，渗透了被爆炸破坏的楼体。教授的眼里有疯狂的神色："你并不是人们的同类，活在这样的世界上有什么眷恋，跟我们一起消失吧。"

江垣刚想说什么，耳边突然一声巨响，坍塌的房顶迎面砸下。石块和碎片倾泻而下，烟雾弥漫，又被雨水打压在地上。

教授突然走向控制器，江垣冲过去将他扑倒，头顶裂开的墙壁落下石子，教授突然拿出和顾卫同样的控制器。

江垣心里一惊，想起之前的爆炸声，教授已经按下了按钮。

"已经晚了……"他的嘴角带着扭曲的微笑，"我的计划是，毁掉这个罪恶的根源地。"

头顶轰然炸裂，还有一颗炸弹隐藏在控制器的正上方，眼看着房顶轰然倒塌，若是砸向控制器，所有的"代替品"程序都将遭到破坏。

白葵在身后尖叫，江垣不知道哪里来的力气，在电光火石的瞬间，扑向了控制器。

10. 黎明

耳边的声音渐渐退去,整个世界都安静下来,身体像是被千万只针扎入骨髓。眼前出现了幻觉,四年前的小沅,或者是他虚假记忆里的小沅,穿着碎花裙子,站在夏日的日光里冲他微笑。

外面暴雨如注,到处都是轰然倒塌的声响。

"要结束了。"白葵在黑暗中叹息,"控制器没有损坏,但人类却在走向灭亡。"

江垣只觉得身体越来越沉,白葵的头靠在他的肩上。他想说什么,却没有力气张开口。大雨冲刷着罪恶和善良,天边隐隐泛出灰白色。

那个未知的黎明里,是否有一个崭新的世界。

可无论是被创造的虚假还是感受到的真实,我都那么渴望存在于这个世界上。

至少还有你,温暖的笑容。

孤独的 8HZ ｜ 林　潇

一

　　2036 年，第三次世界大战爆发，A 国因一贯的"和平"理念而受迫于国际恶势力，在十国联军的联手之下败下阵来。曾经大陆上最荣耀的民族变成一片废墟，空气中全是核武器的辐射与各种致命病毒，死里逃生的 A 国人都被迫迁移地下，住在一个个牢不可破的"蚁巢"里。由于在战争中，A 国人因"诚信"理念而受制于人，一些人甚至被亲人出卖，因此，剩下的人与人之间充斥着不信任。故人们都独自居住着，彼此之间的关系冷漠又紧张，如无生死攸关的问题则互不往来。

　　如此，倒也安然度过了十余年。

　　2050 年的某一天，十九岁的小伊打开一台比她还年长的液晶电视观看。九号可以发射信号，所以液晶电视可以在这个闭塞的地下世界得以保存，并起到了给小伊解闷的作用。

　　对了，九号是一台机器人，是小伊妈妈留给她的，而小伊的妈妈是一个科学家。

九号取出一个盒子,用它有些锈迹斑斑的手递给小伊一枚胶囊,小伊正在看电视,那是一部几十年前的电视剧。剧里的主人公恰好过生日,全家正在围着他切蛋糕。小伊舔了舔有些干的嘴唇,接过胶囊,皱了皱眉,还是咽了下去。那颗小胶囊沿着她的喉咙一路往下,然后在胃液中化为乌有,原本有些饥饿的小伊浑身再次充满了能量。

"小伊,生日快乐。"九号有些机械的声音响起。每到这一天,九号总是习惯性地跟她说生日快乐,没有任何感情,它的一切都是机械性的。小伊听完之后没别的感觉,除了觉得时间过得很快之外。

今天,她有些闷,想打开"蚁巢"去外面走走,九号止住她按向开关的手,冲她摇了摇头,小伊摸了摸它有些冰冷的铁脑袋,那脑袋已经被她摸得有些滑了,"放心吧,没事。"

"蚁巢"打开的时候眼前一排泥土顺势分裂开,像东非大裂谷般震撼,不过因为见得多的,看在小伊眼里也再平常不过。她沿着辟开的缝隙走着,头顶依旧是一片黑暗,因为最顶层覆盖了一层土用以掩人耳目,所以她并不能见到外面的世界。不过小伊知道,即便她拨开那层土,她也看不到传说中的蓝天白云,外面的世界,是一片混沌的,好像突然回到了大地混沌未开的时候,空气中全是有害气体跟各种探测线。现在的地面,根本无法生存。

小伊叹了口气,地底的世界到底没什么可看的,她转了一圈打算回去,却发现有另外一片裂开的土地。这么说,就是有另外的人打开了"蚁巢"?

小伊对人类有一种很强的戒备,她难以不戒备,因为,她的妈妈是被自己的爸爸出卖的。

那一年，小伊刚刚五岁，妈妈是国际著名科学家，因为手头握着重要的研究资料，被国际组织觊觎，妈妈在科学院的保护下逃往地底世界，最后却被自己的丈夫出卖。妈妈为了保护年幼的小伊自动现身，而小伊的爸爸也在那次事件之后消失了，谁也不知道他去了哪里。那段记忆深深地留在小伊的记忆里，以至于她对任何生物都保留着浓重的戒备。

此番，那条黑洞洞的通道像是打开了一个危险的大门，她在地底世界这么多年不是没见过人，甚至包括一些因为顽皮而走失的孩子，但无一不被她忽视。小伊从来不觉得自己的所作所为有什么错，在这个草木皆兵的世界，不管闲事是他们唯一的共识。

通道尽头传来一阵痛苦的呻吟声，应该是病痛交加或者用尽"胶囊"的人，胶囊不能自制，小伊见过太多用尽胶囊而痛苦死去的人，她打算视而不见。她孤独地走在狭长的通道里，九号安静地跟在她身后，空气里除了那渐渐微弱的呻吟，连一丝杂音都不曾有。

"来，快把胶囊吃了吧。"一个少年的声音响起，像旧节目里曾经有过的泉水叮咚，又像这沉闷的地底世界偶然飘来的一阵清风。

小伊震惊地站定，透过"蚁巢"大开的门看过去，一个穿着格子衬衫的少年正小心翼翼地把一个垂暮的老人扶到自己的肩上，然后把手中的胶囊喂到老人嘴里。

居然是他？

小伊认识他，他就住在小伊隔壁的"蚁巢"里，曾经有一次，小伊打开蚁巢的门，发现少年正呆呆地看着自己，他手里拿着一枚颜色鲜艳的东西，做着递给自己的姿势。想到那枚鲜艳的果子，小伊升起一种特别的情绪，跟在后面的九号有些冰冷的声音响起，"小伊，你在吃惊。"

原来，这种情绪叫吃惊，小伊暗忖。

她目不转睛地走过少年，然后关上机器门，关门前少年依旧保持着给她递东西的姿势。九号告诉她，那个东西，叫苹果。

苹果这种东西已经消失了很多年了，这个少年怎么会有苹果呢，小伊到那之后一直在想这个问题，后来，她又见过少年几次，但依旧没有讲过话。少年只是有一次又把那个苹果给她，并且怕她觉得有毒，告诉她，那是自己保存在冷冻容器里的。小伊没有接苹果，虽然她很想接过来，并尝尝。再后来，就不见少年拿了，估摸着还是没保存多久，烂了。

老人吃完胶囊好些了，少年又掏出几粒胶囊放在老人床头，小伊有些吃惊地张大了嘴巴，这种颜色的胶囊一颗可以补给一年的能量，少年怎么舍得掏出这么多，而且每个人的胶囊都只嫌少，哪里会嫌多呢。这少年可真大方，小伊暗暗下结论。

少年回过头来，看到小伊，他眼里的笑意一闪而过。小伊照例抬脚想走，走了一段距离之后发现九号没跟上。"九号？"小伊叫了声，九号依旧没有声音，它抬着大大的金属脑袋，原本闪着红光的眼睛渐渐变幻出绿色的光芒，小伊从没见过这样的九号，有些害怕。

"九号，你怎么了？"她走上前去，想碰碰它。

"别动，你的机器人正在接收信号。"少年一把抓住小伊伸向九号的手，"你这时候碰它会干扰到信号的正常接收。"

信号？小伊多年平静的心突然间起了波澜。

自从那次之后妈妈就再也没出现过，但她从不觉得妈妈已经凶多吉少，她的妈妈一定还活着，正在某个地方等她去解救。

时间宛若静止一般,少年认真地看着眼前的姑娘,机器人的眼睛渐渐恢复正常,它张开嘴,"频率:8赫兹;内容:小伊,救我;接收情况:清楚。"

"妈妈,是妈妈。"小伊小声地呢喃着,最后竟然呜咽出声。

少年手足无措地看着女孩脸上的泪水,他有些笨拙地伸出手,使劲搓了搓,然后给女孩擦眼泪。

九号机械的声音在一边响起,"小伊,你居然哭了。"

是啊,她居然哭了,她怎么能不哭呢,妈妈啊,这是自己的妈妈啊,虽然妈妈五岁就消失了,可是妈妈的音容笑貌一直留在自己的脑海,她怎么会忘掉呢。

"九号,信号源在哪里,我要去救妈妈。"她坚定地说。

"小伊,不能,你都不确定这是不是你妈妈发的,也许,这是联军的奸计,他们诱导你出去的。"少年有些急地组织语言。小伊疑惑地看了他一眼,这个少年,怎么好像对自己很熟的样子?不过,现在她可管不了那么多了,只要是妈妈,哪怕只有一线希望她也要去。

小伊不理少年,径自准备爬出地底世界。少年叹了口气,这小姑娘,还是这么执着啊,算了,便依了她吧,万一真的是阿姨呢。他默默地想着。

二

地面的世界果然如预想中一片混沌,目之所及能见度极低,只隐约看到一片坍塌的旧建筑。

小伊跟诚都穿着一身防护衣,防护衣把空气中难闻刺鼻的气味都摒除在体外了,小伊对于外面的世界有所耳闻,甚至见过一次,并没有过深的感触。但是诚的反应却有些奇怪,他伸出被特殊材质包裹的手碰了碰已经枯死几十年的一棵老树,神情看上去有些忧郁。

少年叫诚,二十岁,也是第三次世界大战之后躲入地底世界的一员。不知为何,听到小伊要去寻找妈妈之后,他也跟了上来。小伊对他有一种说不出的亲近,所以也就默许了他的这一行为。

经过九号的分析,信号源的归属地在H市,小伊、诚还有九号便走上了去往H市的路程。这里是北方的一个小城,当年的第三次世界大战已经逐渐被一些小辈忘怀,但那噩梦般的经历在经历过当年那场战争的老人心里仍旧历历在目。

那时候,A国以令世界恐慌的速度发展着,并很快在国际舞台上赢得了话语权。秉承"和平"理念的A国时时干扰B国对于弱国的欺凌,破坏着B国联盟瓜分世界的野心。所以,B国便联合了众多强国对A国实施了围剿,也因此,A国成了世界上第一个因为核武器而消失的大国。

"你知道吗,其实A国的核力量非十国可比,可A国到最后都没有动用这个毁灭性的力量。"诚轻轻地放下一根枯木,整个人陷入了一种空前的思绪中。

"那为什么A国没有拿出核武器与之对阵呢?"小伊有些愤愤,这段历史她没有经历,可作为一个后人,她更信奉的理念是漠不关心,是人若犯我,我必犯人,对于这些强国的阴谋,她难以想象当初那么强大的A国为何要这般忍让,以致最后被灭国。

诚沉默良久,直到天边泛起些微的鱼肚白,他深深叹了口气,"冤冤相报何时了,如果A国当年也拿出核武器对抗,那最后覆灭的就不是A国，而是整个地球了。"

天边一抹霞光乍现，那抹霞光刺透了浓重的雾霾，最后艰难地抵达小伊的手心，因为被层层反射，最后，只剩薄薄一缕。但即便隔着厚厚的防护服，她好像也能感觉到那抹薄薄的霞光带给她的温度，那是希望，那是光明，那是大爱无言的力量。

小伊的胸中有某种情绪在激荡，这就是她的祖国啊，是她的妈妈拼死也要保护的国家，一种自豪感在胸中油然而生。

诚拍拍小伊的肩膀，"小伊，我们走吧。"小伊点点头，踏上了前往H市的征程。

一路上，他们遇到了挥着钳子的小机器人，等在废墟，等待主人归来；他们遇到了空中落下的"灰尘雨"，还在雨中发现一片久远泛黄的明信片，明信片上是一个男子给她心爱的姑娘写的告白。

小伊从来不知道，原来这个世界除了黑暗还有光明，除了胶囊还有美食，除了机器人还有一种叫做感情的东西。

九号一开始还会提醒小伊，"小伊，你感动了"，"小伊，你开心了"……后来，九号见得多了，也就不再提醒了。

诚看着身边的小姑娘，担心之余又有些庆幸，虽然不知道带她出来是对还是错，也不确定自己是否能保护好她，但看着原先宛若机器人般没有感情的小姑娘变得越来越鲜活，他还是庆幸居多。

"诚，你看，有一片树叶。"小伊有些惊喜的声音突然响起，诚随着小伊的指向看过去，居然真的在一个太空防护罩下看到一株翠绿的根芽。这抹翠绿魂牵梦萦在他的脑海，已经许多年不曾见过了啊。诚还来不及感叹，强烈的警号灯突然闪起，随之而来的是刺耳的警报声。

"不好，被发现了。"他拉起小伊就往一丛废墟后躲，小伊惊恐地看着巨大锃亮的怪兽形机器人从海底钻出,来回巡视着,小伊害怕地不敢讲话,突然,怪兽发着绿光的眼睛直直对向了这边,小伊紧张得汗都出来了,她紧紧拉着诚的手,诚的手上一片干燥,不冷不热,恰好是人体最适宜的温度,他看着小伊,眼中是泰山崩于前而不动声色的镇定,小伊突然间就冷静下来了。

怪兽巡视了一圈看没什么就走了,小伊从废墟后出来,看着眼前的一片狼藉,还有到处都暗藏的危机,她的心里有悲伤升起,这片土地,即便已经这般百孔千疮,可她还是能想象到它曾经的美好,她多么希望那种美好能再现啊!

诚拍了拍小伊的肩膀,带着她坐上九号改造好的机器车,一路无话,机器车以肉眼不可见的速度飞驰着,很快,就到了信号源发射点。这是一座大厦,曾经有着世界最高建筑之称。

小伊仰视着这座过去Ａ国人引以为傲的建筑,现下,它已经变成了联合国在Ａ国的据点,门口有几个怪模怪样的机器人在把守。诚从包里拿出一副脚套手套,小伊穿上之后便像壁虎一样有了攀爬的能力。小伊有些佩服地看着眼前的男孩,"诚,你可真厉害,什么都有,什么都懂。"

诚从几十米的高楼上回过头来,朝小伊眨了个眼睛,"当然啦,好歹我也比你多活了这么多年。"

小伊拉了拉舌头,"你不跟我差不多大吗?"

小伊这颇女孩的举动让诚呆了一下,片刻,又恢复正常,"小伊,信号源在最高层,但是到中间的时候,大厦就被辐射掩盖,从外面进不去,我们得从里面进去。"

小伊看了看掩在云层的顶部,咬牙点了点头,翻窗进了大楼。

三

里面一片空旷，只有一些零落的乒乓球台告诉他们，这应该是各国首脑的运动场所。

小伊看着室内的金碧辉煌，不由"啊"了一声，诚有些紧张地"嘘"了一声，"这里的戒备非常森严，小伊，千万不可以发出任何响动。"

小伊睁大眼睛点点头，九号的眼睛突然又成了绿色，"频率：8赫兹；内容：我在顶楼；接收情况：极好。"

九号的声音有些大，吸引了前来清扫的小机器人的注意，小机器人发出刺耳的轰鸣声，一时之间，空旷的房间内警铃声大作，强烈的激光射线布满了整个房间，九号的腿不小心碰到一条射线，金属材质的身躯顿时就融化了。

诚反应极快地一把抱住小伊然后推开，"小伊，快去最高层。"然后就被随之而来的机器人军团抓住了。小伊想去救诚，却被九号牢牢抱在怀里，"九号，你放开我。"小伊拳打脚踢，不过小伊的不满没有任何作用，因为九号当初设定的程序就是保护小伊。

小伊被倒挂在九号的肩上，只听见耳边"呼呼"的风声，还有警报声，没有诚的声音，小伊的心里有一种剧烈的情绪汹涌而来，她措手不及，差点被这潮水的情绪吞噬。

"小伊，你想去救诚，即便你知道不会成功，"九号沉默良久之后说出了声，"这种情绪比较复杂，不过我分析一下，对，叫道义。"

明知不可为而为之，为了心中的正义，为了一种理想而甘愿牺牲。

小伊突然想起了诚关于前辈们的评价，那天有霞光探过层层雾霾，诚的周身好似有光闪过，诚说："我们的祖国有着几千年的历史，也曾颠沛流离，也曾四分五裂，但我们依旧存活至今，成了这颗美丽的蓝色星球上最'长寿'的种族。我们的秘密不是武器，不是强权，而是一种风骨，而是一种称之为'道义'的东西。"

诚的话在小伊耳边闪现，她想起了封闭地下的这些年，很多人逐渐丢失了这种东西，变得麻木不仁，变成了有血有肉的机器人，这样的我们离真正的毁灭又还有多久呢？好在，自己能及时醒悟。

"小伊，到了。"

九号放下小伊，在机器人军团追来之前，小伊并没有太多的时间，她四处巡视，一眼就看到了空旷的巨大太空容器中漂浮着的妈妈。

小伊的眼泪瞬间流了下来，那些曾经遗失的记忆正一点一点地悉数回归。她轻轻地隔着玻璃门抚摸着妈妈的容颜，妈妈安详地闭着眼睛，生死未知，但她浑身发着淡淡的光，带给小伊不绝的希望。

"妈妈。"小伊情不自禁地叫出了口。

太空容器不停地旋转，旋转开之后的椅子一边上坐着一个男人，那个男人，有一头栗色的长发，戴着一副眼镜，长得很好看，眉眼之间竟然跟小伊有几分的相似。

这人，难道是，爸爸？

小伊有些震惊地看着那个男人，下意识地远离了几步，她忘不掉，忘不掉那张脸，那张脸曾经是她一切噩梦的根源，因为他，曾经出卖了自己的妈妈。

"哈哈哈哈，小丫头，真是天真啊，仿真信号都能信。"一个声音自耳畔响起，这声音散发着金属特有的质感，但是又不像是机器人的声音，因为机器人的声音不会带着这般让人不寒而栗的邪。

九号把小伊护在身后，发射出强烈的"杀之射线"，九号是妈妈做的机器人，而妈妈当初是世界上首屈一指的科学家，所以九号的杀伤力无人可及，这也是为何小伊一路无人可阻拦的原因。不过，这杀伤力极强的射线遇到某种东西却被弹了回来，如果不是九号带着小伊躲开，小伊恐怕早就碎成了几截。

拐角的阴影越拉越长，一个头发花白，脸却年轻异常的男人从暗处走了出来，他的五官深邃立体，一看便是欧洲人。

男人俯身，颇有绅士风度地朝小伊伸出手，"我叫KM，很高兴见到你，美丽的小姐。"

小伊往后缩了缩，男人咧了半边嘴笑得邪恶，"你怕我？"他指了指一边座椅上的男人，"跟怕他一样？"

"小姐，你真以为他是你的爸爸吗？"KM一脸鄙视地撇了撇嘴，"你们A国人啊，最是迂腐，对于名声的纠结是我等所不能理解的。当年享誉文坛的诺贝尔奖获得者季礼，又怎么会干杀妻卖国的事呢？"

小伊立马睁大眼睛，看向坐在一边的"爸爸"，这个男人，不是自己的爸爸，那他是谁，爸爸又在哪里呢？

KM不知从何处掏出一把激光枪，将坐在那边爸爸一样的人打了个稀巴烂，顿时，金属纷飞，那座人形机器人顷刻间化为乌有。

原来，这个机器人是B国研究的一个仿真机器人，小伊的爸爸其实早就死了，在B国人逼迫他说出小伊妈妈的秘密的时候，小伊的父亲就服毒自杀了。后来，邪恶的B国人按照小伊父亲的样子，并提取相关记忆，研制出一个仿真机器人，仿真机器人根据小伊爸爸的记忆找到了小伊妈妈的所在地，小伊妈妈虽然及时发现了蹊跷，但为了保护小伊，她只得假装跟仿真机器人走，并暗中让九号把小伊带到了地底世界。

小伊在走之前看到了一切，所以就一直以为是自己的爸爸出卖了妈妈，因此一直记恨爸爸，这已经成了她的一切噩梦之源，在她年幼的心里留下深入骨髓的失望跟伤心。

也是那时候，年幼的她一瞬间拥有了与年龄不相符的成熟，对于人性再无信任，只愿与机器人度日。

"这么说，我的父亲，并没有出卖我的妈妈？"小伊浑身颤抖，她遥遥地看向太空容器里的妈妈，眼泪一颗颗地流下。妈妈半曲着身子，长长的头发漂浮在半空，看上去年轻又美好，小伊突然间觉得很幸福，因为她有着那么完美的父母和那么善良的种族，她的身上，一定也流着那善良而伟大的血液。

KM轻轻地擦拭着手中的激光枪，一脸鄙视，"哼，愚昧的A国人，我也不怕告诉你，你妈妈来了之后自知逃不掉，将自己陷入了永久的沉睡，但是我在她的记忆里窥探出，她留了一样非常厉害的秘密武器在你这里。这个武器杀伤力极大，可以毁灭一切，所以，你只需要乖乖交出来，我就不会伤害你跟你妈妈。"

KM斜眼看着小伊，"小丫头，这些年，你也是吃够了苦，这些A国人受了几千年的思想毒害，把气节看得比什么都重，可结果呢，你也看到了。我想你也知道，这个社会，物竞天择，适者生存，只有识时务者方为俊杰。所以，你应该清楚该怎么做。"

KM不信，这个小丫头不会懂这个道理，她跟她的那些前辈不一样,她一直生活在地底,像一只没有见过世面的土拨鼠,也没有受到过什么顽固思想的毒害,没有那批死去的A国人那般迂腐。他一点心机都不需要费,只需将来龙去脉澄清,告诉她对自己最有利的选择,她自然会将手中的一切乖乖呈在他面前。

"孰轻孰重,想必你已经有所思量了吧。"

KM掀开风衣,坐在那张高大的真皮椅子上,居高临下地看着小伊。

四

"头儿,这个小子已经被捉了。"

几个机器人押着诚进来了,KM不耐烦地挥挥手,眼前的小丫貌似已经有一刻的动摇了,现在被这个少年打断,不知道会不会改变想法。不过,这个少年有些眼熟,这个念头一闪而过,对了,他想起来了,这个少年不是……

KM浑身警备起来,快速地掏出激光枪对准诚,"你居然没死,而且一点都没变,难道你……"

诚有些狼狈地挣脱开机器人的扣押,"KM,好久不见,你不也没老吗?"

小伊惊讶地睁大了眼,诚,怎么会认识KM,难道,难道是诚出卖自己?不会的,诚怎么会出卖她呢,这个念头一闪现就被压下去了。一边的九号机械的声音再次响起,"小伊,你学会了信任。"

诚爱怜地看着小伊,黑色的瞳仁渐渐变成了绿色,小伊对这个颜色再熟悉不过,这个,是机器人瞳孔的颜色。

"诚，你……"巨大的不安袭来，有什么重要的东西好像渐渐从身体里遗失，又有什么在大脑里充盈。

她想起来，她把一切都想起来了，包括诚。

其实小伊的妈妈早就知道自己的丈夫去世了，因为小伊的爸爸在身上安装了一个芯片，小伊的妈妈可以随时知道自己丈夫的情况。也就是这个芯片，小伊和妈妈目睹了爸爸临死前的惨状，最后，爸爸季礼因为不堪折磨而自尽，随之而来的是仿真机器人。当时全国都被控制，妈妈躲不过去，就把自己研制出的秘密武器告诉了小伊，并出去引开了B国人的仿真机器人，让九号带着小伊逃离。

妈妈为了让小伊健康长大，也为了小伊能做她未完成的事，便在小伊脑里植入一种程序，如果没有达到一定的条件，便会定期清空小伊的记忆，一直到条件得以满足，小伊在植入程序之后消失的记忆才会恢复。这个条件，就是让小伊拥有七情：气节、理解、怜悯、尊重、奉献、牺牲，还有信任。

在与诚相处的一路中，小伊拥有了这七样东西，所以，父亲死后被重复清空的记忆彻底复苏了。

小伊默默地看着妈妈，妈妈是想让自己有一个健全的人格，然后做出最准确的选择，虽说是让小伊自己做选择，但其实，这一切都是妈妈的指引啊。可是妈妈，我不会怪你的，我理解你的苦心，没有大国，哪有小家，没有气节，哪会成人。小伊认真地看着诚，跟他说了一声"谢谢"。

诚，谢谢你，谢谢你在这十几年中不辞辛苦地照顾我，哪怕我永远不会想起，哪怕我注定会将你忘记。

是的，她想起来了，包括诚。

诚是她妈妈收养的孤儿,在最后关头,为了保护她,自告奋勇让小伊的妈妈把他改造成了机器人,所以,诚的年龄一直停留在二十岁那一年。

诚朝小伊伸出手,"小伊,你长大了。"

小伊点点头。

KM自信满满地看着小伊跟诚,轻蔑地"哼"了一声。即便诚是机器人,那又能如何,你是十几年前的人造人,人造人技术日新月异,诚怎么可能跟他比?还有跟在那丫头后面的那个笨重的机器人,那是十几年前的家仆型机器人吧,它更没有什么攻击性可言。

KM瞥了九号一眼,不对,有什么不对劲的地方。那个机器人的身体内部正飞速变幻着。KM紧紧盯着九号,通过眼镜开始分析,可小伊并没有给他分析的时间,便快速把妈妈教给她的方程输入进了九号的体内。

一时之间,万物好像静止;一时之间,时光好像停止流逝。不对,是所有结构分子在重组,包括时间!

大厦表面正在龟裂,随着九号身上的光波越来越强,从量变到质变好像经过了一万个光年,又好像只是在片刻之间完成了改变。

"嘣"的一声,大厦崩塌了,里面的一切都开始分解,包括周围空气里一些肮脏的有毒物质。

KM跟他的爪牙以及一些联合国高层的叫声此消彼长,但他们对于小伊妈妈的这一技术束手无策,只能眼睁睁地看着一切罪恶的成果消亡。

天边升起了一抹鱼肚白,好像有光努力穿透层层阻碍,然后给这个世界送来光明和希望,小伊看着立在一片虚无中的诚,灿烂地笑开,"诚哥哥,原来,你是我的哥哥啊。"

一切好像都静止了,诚温柔地把小伊被风吹起的碎发别在耳后,然后摸了摸小伊的头,就像小伊无数次下意识地摸九号的头一样,原来,她虽然不记得诚,但是诚却一直牢牢地刻在自己的脑海深处,即便记忆的碎片不完整,可他依旧存在,并对她影响至深,原来,诚把一切都教给了她,也正是因为那些记忆里细碎的感动,小伊才在地底世界成了一个真正的,有血有肉有感情的人。

小伊看着世界在眼前逐渐变得清明,耳边 KM 和他手下的惨叫声也在逐渐消失,万物一片静籁无声,只有耀眼的光芒在眼前越来越盛。妈妈的笑脸在眼前浮现,她温柔地抚摸着小伊的脸,"小伊,你怪妈妈吗?妈妈让你有了这些美好的感情之后再做选择,是毁灭后的创新,还是龟缩一隅?这毁灭,也包括你自己。你,会怪妈妈吗?"

妈妈的笑脸和炽热的光化为一体,淹没在小伊满目的泪光里,她怎么会怪妈妈呢?

她闭上眼睛,感觉自己也随着这片大地被稀释。突然,一股巨大的力量托起了她,她猛地睁开眼,眼前,是诚那张明媚的笑脸,诚狠狠地把她抛出,然而他却因为力的反作用沉沉坠下,直到彻底消失在那片光波的旋涡中。

耳畔,诚的声音久久回荡,"傻妹妹,我选择变成人造人,就是为了保护你啊,我怎么舍得你有危险呢。自从第一次见到你,看到小小的一团,我就告诉自己,要好好保护你,不许你有危险。傻妹妹,带着我和爸爸妈妈的生命,幸福地生活下去吧。"

最后一丝声音消散,万籁俱寂,小伊狠狠地跌落在一片干净的土地上,半天,都没回过神来。这时,太阳已经高高地升起在半空中,空气里的灰尘也渐渐落定，大地像刚刚开辟时那般干净纯澈，没有一丝杂质。

小伊身边有一株绿色的植物，静静地站在太空容器中，看着小伊。

备案号F4-17 | 夕　文

楔子：亚　当

西历二零二六年十月三日，普林斯顿大学，晴

"亚当！你别太过分了！"

欧文怒气冲冲地走进实验室，将手里的协议书"砰"的一声拍在亚当面前，"为什么不签字？其他公司已经等了你整整一个月！"

"我说过，我不同意进行活体实验，他们就算再等一年我也不同意。"亚当伸手挠了挠乱成鸡窝的头发，继续在电脑上输入程序代码，"进行光子脑活体实验，无论实验成功与否，实验对象一定会死亡——难道这个理由还不够充分？"

"实验对象……我的天，就因为实验对象？"头发花白的欧文气得在亚当面前来回踱步，他忽然将双手重重拍在亚当的办公桌前，额上青筋暴起咆哮道，"实验对象是自愿的！我们给实验对象的家里补助了将近两百万美金，难道这还不够买一个小孩的命？"

"孩子的命是无价的,他们有无限可能的未来。"亚当耷拉着眼睛,不停地输入代码,"我不同意,你也别想让我同意。"

"明明只缺这最后一步,你将改写生物科学界的历史,孩子!"欧文推推眼镜,急切得几乎语无伦次,"况且,况且……我们是将实验对象的脑数据下载到光子脑里,那个实验对象相当于是得到了另一种层面的永生……"

"呵,我们还有百分之七十的失败率摆在那呢!"亚当抬眼看向欧文,"爸,我知道你现在无比后悔把实验室项目的主管权移交给我,我也知道你的公司,现在急需依靠这个项目赚钱,但,我正在找别的方法改进!"

"我再问你最后一次……"

"不同意。"亚当重新开始输入编程代码。

"是么……"欧文长长地叹了口气,整个人顿时显得愈发苍老起来,"我毕竟快老了,这是年轻人的世界,孩子,我只是想帮你。"

"嗯,再给我些时间,不会超过一年。"亚当抿了口咖啡,继续埋头噼里啪啦敲击键盘,"我现在已经把初始保险程序完成了……接下来……"

欧文没听亚当后面的话,他拿起协议书,摇摇头往实验室外走去。

"对了,听说费城那边。"欧文忽然回头说道,"又有 Fox 的消息了。"

"什么 Fox?"亚当呆滞的眼里爬满了代码程序,头也不抬地问,"是电影明星么?"

"具体情况我不清楚,是威尔逊跟我说的,他消息一向很灵通。"

167

欧文说完这句，便关上了实验室的门。

亚当立即从手机里调出监控实时摄像，在确定欧文已经走远后，他马上掏出手机拨通一个电话——

"你好？嗨，威尔逊叔叔……"

第一幕：狐　面

三天后，费城，晴

"叮咚！"

光洁如镜面的电梯门渐渐拉开，提着渗血的布袋、穿紫色风衣的卷发男人，默默踏入了铺着毛毯的办公室。

"海恩先生，失礼了。"

办公室里，为首的保镖摆了个手势，两个壮汉立即将刚从电梯里走出的海恩围住。海恩自觉举起双臂，任由他们在自己身上进行安检措施——右边的保镖接过他手中被血渗成半红半灰的布袋，打开稍稍看了一眼，脸上顿时皱成一团，露出深深的厌恶，马上系好封口将布袋还给海恩。

袋子里，是一个戴着狐狸面具的人头。

"Safe！"

片刻后，为首的保镖给海恩让出一条路，电子门缓缓收入墙体的侧缝中。房内一个花白头发的西装老人坐在办公桌后面，指尖轻轻摇晃着被红酒染成猩红颜色的高脚杯。

"听我手底下的人说，他们看见你杀了Fox，还砍下了他的脑袋。"

老人缓缓转过身，一道贯穿他大半张脸的刀疤触目惊心，他沙哑着嗓子问，"你也是我手底下的人？"

"我在帮瘦子杰斯做事。"海恩低着头回答，"瘦子杰斯是屠克先生您手底下的人，所以我自然也是。"

"喔，那个戴着狐狸面具的城市英雄Fox，就死在了你这样人物的手上？有趣。"屠克干笑几声，将杯子里的红酒饮尽，又压低嗓子沉声问，"整个费城，三分之一的黑枪是我在卖，你知道这是为什么？"

"因为屠克先生您是人心所向。"海恩平静地望向老人，音调里带着一丝讨好。

"狗屁的人心所向，是因为Fox！如果不是Fox前前后后杀了我手下五十多个人，整个费城的黑枪都应该归我卖！而不是可怜的，三分之一！"屠克猛地站起身，将手中的红酒杯砸得桌面几乎凹陷下去，苍老的拳头上青筋暴起，他扯着嗓子嘶吼，"我要把那个该死的头当球踢！快拿出来！"

"好！"

海恩有些畏惧的，蹑手蹑脚取出那个戴着狐狸面具的人头，用布袋垫着摆在屠克面前。

暴怒中的屠克忽然又平静下来，皱眉疑惑起来——戴着面具？

人对能够触手可得，却还未得知其全部面目的东西，总抱有十足好奇的情绪。

譬如狐狸面具下，Fox的那张脸。

屠克颤抖着伸出手揭下沾血的面具，可他的期待与好奇在解下面具的刹那一扫而空，取而代之却是近乎狰狞的恐惧神色！

几乎是与此同时，两枚子弹齐齐射进他的眼窝，穿脑而过！

169

老人直挺挺往后躺倒在了椅子上,办公室正在关上的电子门恰好挡住了这一幕。

狐狸面具下,血淋淋的人头上仿佛深渊般的两个眼窝中,藏着两个漆黑的枪口。

"呐,上次只在您老脸上留了个疤,没宰了你……"海恩看着屠克的尸体,挑了挑眉毛,平静地将狐狸面具戴在脸上,"其实一直觉得挺对不住的。"

狐面阴险的笑着,面具下的海恩毫无表情——面具底部隐藏的触须自动伸出,与海恩隐藏在风衣里的接口相合,一声轻响后,海恩眼眶之外的视野里浮现出几行英文和跳动的数据——

"催化剂活性百分之七十,电解液激化程度百分之零,周身无损耗,DNA检查通过……外骨骼电子系统启动,祝您生活愉快。"

海恩看了眼天花板,接下来,自己只需要从通风管道逃出去……这将是一场完美的刺杀。

为什么自己要杀屠克?

Fox 为了正义、公平、光明和法律,杀掉一个臭名昭著的黑帮头子,天经地义。

"快把门打破!"门外隐约传来一声暴喝!

"他们发现我了?为什么……"

海恩刚跳上办公桌,狐狸面具下,少年惊慌失措。

人头滚落在地上,发出"咚"的一声闷响。

不及海恩细想,门外陡然响起密集的枪声!门上瞬间多了几排密密麻麻的凸起,随两道光弧闪过,电子门"砰"的一声,从外面被踹成闪烁着火花的碎片往屋内炸开!

两个黑衣保镖拔出周波刀冲进办公室,却只见满屋的烟雾,伸手不见五指。

"该死,这么浓的烟雾,怎么还没触发火警。"蛰伏在烟雾里的海恩蹙紧眉头,漠然想到,"难道火警探测器……在办公室外面?"

闪念之后,只听"刺啦"一声,海恩的身影陡然化成紫色电弧,往办公室隔间外袭去!

与此同时,两个黑衣保镖的周波刀齐齐斩向海恩,两片刀锋带着切割空气的音效,从上至下几乎截断了海恩所有的去路!

海恩抢在两个刀锋交错前纵身,从缝隙里堪堪跃过,他身上的紫色风衣刹那间被两柄周波刀绞成碎布纷飞飘落,露出贴身穿戴的外骨骼金属衣,两把粒子震荡热刀从海恩手里激射而出,其中一柄射进办公室外天花板上的火警探测器,顿时整个房间都被笼罩在水雾里!

"电解液激化完毕,恢复时间五分钟。"

"催化剂活性消耗百分之四十。"

"外骨骼衣局部受损,请检查。"

海恩脑海中飞快闪过几句机械音提示,他双手撑地一个空翻站起身来,正好看见电梯上的提示灯已经变成火灾或是断电时才会显示的"STOP"——这意味着楼下增援的黑帮打手,得先徒步爬上三十六层楼,才会对他产生威胁。

"漂亮的闪躲,Fox!"站在一旁不远处的保镖头目舔舔嘴唇,缓缓抽出背后的闪着红芒的周波刀,压低声音嘶吼道,"接下来!你准备在外骨骼冷却的时间里,赤手空拳打三个?"

"谢谢夸奖,不过听起来情况确实挺糟。"

海恩低头看了看,软金属外骨骼衣的裂痕闪着火花,手中空空如也。

"Fox，你已经是穷途末路了。"保镖头目拿着周波刀，狞笑着说。

第二幕：电　弧

海恩慢慢转头看向保镖头目，竖起一根中指，"并不算穷途末路，因为我只用赤手空拳打你一个就行……"

海恩话音未落，冲进办公室隔间的两个保镖纷纷扑倒在地！

左边保镖额头上的弹孔正往外流着血，而右边保镖的脖子被一柄粒子震荡热刀贯穿！

"你……你哪来的子弹？"保镖头目手里的周波刀隐约开始发颤。

海恩并没有回答，他冷冷盯着保镖头目，躬身做好了迎击准备。

保镖头目见状刀锋一横，却猛地被一个声音吓得打断动作，

"叮咚！"

办公室内，两人齐齐回头看向电梯。

火警探测器依旧在喷洒水雾，电梯门上的提示灯上依旧显示着STOP——但电梯门却在缓缓往外拉开！

电梯打开，意味着增援的黑帮打手到了。

"为什么！"海恩瞪圆双眼瞬间就没了底气，他脚下猛地发力往办公室隔间狂奔而去，"刚才保镖莫名其妙发现我就算了，现在……电梯又莫名其妙恢复运行？我的天！"

"Fox 的枪藏在人头里，以防万一，他嘴里也藏了枚子弹。他身上的外骨骼衣在一定程度上可以防弹，你选择用刀跟他打，倒是不笨。"

电梯门打开后，却只有个喋喋不休的、穿白大褂的家伙从里面走

出来，拿着把 M13 小型冲锋枪。

"你怎么……穿得像变态？"保镖头目皱眉问道，他实在不记得有穿着白大褂的黑帮兄弟，"你是谁？"

答案是——亚当微笑着抬手，爽快地用 M13 给了保镖头目一梭子，那人倒飞出去，周波刀哐当一声掉在血泊中。

"我没精力像 Fox 那样想那么多巧妙的手法，所以抱歉了。"

海恩蛰伏在办公室隔间的墙后，手里攥紧了从保镖尸体上捡的周波刀……可周波刀上指纹验证失败，锋刃停止高频振动，关闭了从分子层面切开物体的功能。

但，好歹能当个普通的刀来用。

海恩刚才甚至以为白大褂兄弟是来帮忙的，但他紧接着却听见子弹上膛的声音。

"Fox，城市英雄，高高在上的蒙面侠客！"亚当一边上膛一边朝海恩藏身的那个角落走去，微笑着说，"捣毁无数黑帮毒枭的老窝，视法律和秩序为无物的家伙……"

"为什么——"海恩全身肌肉绷紧，右手反握着周波刀，咬牙说道，"法律无法裁决的，秩序无法纠正的，就由我来执行，这有什么不好！"

"你最好把刀放下来，我可是看得一清二楚。"亚当眯眼笑着停下脚步，看了眼手机，旋即把枪口对准墙后海恩的位置，"这种口径的枪虽然打不破软金属外骨骼衣，但好歹是冲锋枪，你不要逼我，我还有些事没问你。"

海恩心里也清楚，虽然子弹打不破软金属，但冲力还是会实实在

173

在打在身上,两梭子弹下来自己不死也得残废。他缓缓放下手里的刀,举目四望,最终将视线停在房内的一个挂钟上——那应该就是隐蔽摄像头的位置,"监控摄像?刚才保镖发现我,是因为这个?"

"不错,但那个监控只有屠克有查看的权限——所以我在截取到你杀掉屠克的画面后,马上把视频发给了这三个保镖。"亚当的声音从墙后传来,"当然,这栋楼的火警系统也被我截断,只有这个房间的火警警报启动了,所以你不用担心会有人上来找我们的麻烦。"

"你这样费劲来找我,是想要我的签名照?"海恩咬着牙调侃,"可惜我满足不了你的需求呵。"

"我是在情报贩子那打听到你行踪的。"亚当走到海恩面前,把黑洞洞的枪口瞄准对方,"讲实话我确实是来杀你的,但让我觉得奇怪的是——那件事都过了十三年了,你怎么还这么年轻?"

"情报贩子?那件事?十三年?"海恩看着枪口丝毫不惧,他摇头笑了笑,无奈地问,"你是不是亚当教授?"

"哈!你居然认得我?你肯定订了时代周刊,我登过封面!"亚当胡子拉碴的嘴角高高扬起。

"并没有,我讨厌教授,也讨厌杂志。"海恩面具下狭长双眼如夜鸦的冷睨,他的声音陡然变得森冷,"杀手知道你的名字,通常是因为——你被写在名单上了。"

忽然,一阵寒风不知从哪刮来,亚当脖颈一痛,手里下意识扣动了扳机——但却只在墙角留下一串深深浅浅的弹痕!

海恩的身影再次化作银色电弧,险之又险躲开一梭子弹后,他回身刹那间,周波刀旋成猩红的半圆,刀锋所过之处,板凳书柜盆景全都一分为二，进而化作齑粉纷飞！

刀锋陡然停在亚当的脖颈处，锋刃未至，却已在他的脖子上留下一道细细血痕！

"你，你不是已经……"亚当颤抖着举起双手，M13哐当一声掉在地上。

"电解液冷却时间过了而已，你不知道外骨骼衣的运作方式？"海恩的声音没有起伏。

"果然，知识改变命运。"亚当低头喃喃说道，"我主研在光子脑方面，外骨骼衣是霍华德教授的领域……"

"不，你只是死于话多。"海恩冷冷地问，"你为什么要杀我？十三年前，发生了什么？"

"十三年前，你杀了一个叫洛伊·李的侦探。"亚当惨笑着回答，"你让两个男孩变成孤儿，而我，就是其中一个。"

两人间沉默半晌。

海恩面具下眉毛拧成一团，过了许久，他才长长地叹了口气，低声问，"洛伊做的牛排好吃么？"

"那是我这辈子吃过最难吃的牛排！"亚当满脸疑惑地回答，"没哪次不是糊的。"

"可我们曾一起吃了十几年，现在想来，甚至还有些怀念。"海恩一只手缓缓摘下面具，远远扔开，他轻声说——"我们被人算计了，你原名叫夏格，是么？"

亚当转过头，瞪圆双眼，一时惊得合不拢嘴。

"你难道是海恩？"

第三幕：旧　事

西历二零一三年，十月七日，费城旧区，普林大街，多云

　　在海恩的印象里，这个城市常年潮湿阴冷，淅淅沥沥的雨总是连绵不绝。

　　在海恩十岁的时候，费城就开始流传一个名为"Fox"的传说：那个带着狐狸面具的高大男人，时而出现在街头巷尾，时而出现在电视屏幕上。还有许多著名黑帮的老大或是某个社团的高层和他同时以无头尸体的形式登场。

　　惩奸除恶的 Fox，自诩为城市英雄的男人，习惯用各种巧妙的手法遁入黑帮，悄无声息取下头目的首级后翩然消失在人们的视野里，把姗姗来迟的警察和侦探耍得团团转。

　　就像旧世纪的人们喜欢围观刑场，新世纪的人们也喜欢这种带着些正义的热血节目。特别是像海恩的哥哥夏格那样，总梦想拯救世界的男孩——

　　"海恩，你长大了想做什么？"洛伊·李问他的小儿子。

　　"我听哥哥的。"海恩很没出息地回答。

　　"夏格，轮到你回答了，你的梦想是什么？"洛伊·李问他的大儿子。

　　"我要成为 Fox 那样的英雄！"夏格挥舞着小拳头回答，然后撇撇嘴，"而不是爸爸那样没用的人。"

　　洛伊·李就是那个被耍得团团转的侦探，也同时是夏格和海恩的父亲。

他此时正牵着两个小家伙的手,大街上人群熙熙攘攘,他们正准备回家。

"你觉得 Fox 下次出手是什么时候?我觉得就是今天!"夏格兴高采烈地跟弟弟说着,"Fox 已经半个月没出现过了,他一定是在准备!"

"比起 Fox,我倒是更在意老爸什么时候能和爱丽丝阿姨去结婚。"海恩慢慢地吃着冰激凌,喃喃道,"老爸,我已经受不了你煎牛排的煳味儿了。"

"啊,昨天我跟她约过会。"洛伊·李沧桑的脸上露出一抹笑容。

"爱丽丝阿姨长得不错。"夏格沮丧地说,"据说长得好看的女人都不会做饭。"

"昨天我去她家了。"洛伊·李仰着头说。

"但你昨晚回家睡的。"海恩弱弱地反驳。

"因为我给她露了一手,她很惊喜,所以我才回家睡的。"洛伊·李说。

"她应该留你过夜才对啊?"夏格心直口快。

"老爸你露的,是不是你煎牛排的那手?"海恩撇着嘴角问。

"Bingo!"爱丽丝吃完牛排以后肚子疼,医生说她得了急性肠胃炎。洛伊·李停下脚步摊摊双手,从钱夹里取出 ID 卡刷开家门走进去,"然后她就把我赶回来咯。"

"……"

海恩和夏格两兄弟站在门口,看着单身父亲手舞足蹈,一阵无语。

"看样子是没戏了。"

"八成是被甩了。"

洛伊·李没理会冷嘲热讽，自顾自打开电视——画面里是一个身材火辣的女记者，记者身后拉起了半人高的警戒线，红色的"KEEP OUT"和警车鸣笛声，有些颤抖的镜头和奔跑的人群……

"伯卡街73号发生命案，现场发生剧烈爆炸，有人目击Fox出现！"

"是爱丽丝阿姨！"海恩指着电视里的女记者，兴奋地说。

"是Fox！"夏格指着镜头里一闪而过的黑影，同样兴奋地说。

现场录制的人员似乎也发现了这个黑影，摄影师惊呼一声，将设备里截取到的画面放大——戴着狐狸面具，穿着黑色风衣的高大男人，一手捂着腹部，正往镜头外疾驰而去！

画面里模糊不清的Fox迅速转过一个街角，消失在人们的视野里。

"伯卡街73号？不好，乔布有危险！"

洛伊·李忽然抬起头，一个翻身从沙发上越过，伸手取下刚挂在衣架上的夹克，打开门火急火燎地跑出去，砰的一声把门锁上——被留在房子里的夏格和海恩对视一眼，纷纷露出无奈的表情。

"老爹去找Fox，又不带上我。"夏格趴在沙发上，沮丧地说。

"他不带上你，你自己不会去么？"海恩从荷包里掏出ID卡，在夏格面前晃了晃，微笑着说，"这个归你，昨天剩的披萨全归我。"

"……"

"再不快点决定，你就跟不上老爹咯？"

"成交！"

费城旧区，伯卡街73号，多云

半小时前

乔布在那个家伙戴上狐狸面具后才明白，为什么自己会被打得这么惨。

"改造版雷明顿·德林格袖珍枪，呐，真可爱。"带着狐狸面具的男人咯咯笑着，把玩着从乔布身上夺过来的小手枪，面具下一双猩红的眼睛正死死盯着乔布，"我猜，把这个玩具塞到你手上的家伙，就是我想要找的那个人吧？"

"混蛋……"乔布双目充血，他知道自己两条腿各中一枪，胸口塌了一块，大概是肋骨插进内脏，不少血正从喉咙里涌出来，"你最好别再惹我，不然……"

"不然怎样？"Fox冷哼一声，忽然站起身一脚踩在乔布头上，语气森然，"你明面上的身份，不过就是个黑帮打手，我有几百个理由杀你，也有几百种方法来杀你，和你的家人！"

"你……你！"乔布蓦然瞪大双眼，剧烈地挣扎着嘶吼，"你不守规矩！你混蛋！你才不是什么英雄……"

"你妻子和孩子呐，如果你还是不想告诉我，是谁安排你成为线人，我今天晚上就会去你家。"Fox面具后猩红的双眼里露出笑意，他把脸凑近乔布的耳朵，低声细语，"那个让你做线人的家伙，明明就是把你当作一步死棋，你干吗还要维护一个早就抛弃你的人……"

"Fox，你居然开始用威胁家室这种下作手段了。"乔布咳着血，双眼充血，嘶哑地笑道，"你如果杀了我，我保证那个人马上就能知道你的位置，你现在很害怕吧？"

179

"胡扯!"Fox双眼眯成一条缝,头也不转,忽然朝乔布左臂射了一枪!

"上帝!"乔布狞笑着闷哼一声,他右手颤巍巍的从怀里掏出一小袋冰晶,上面似乎写着某个名字,"我不怕你,哼,我才不怕你!"

"就这种时候了你还想抽一口?"Fox有点懵,直到他看到袋子上那个符号——BOOM。

"混蛋!你屁股要开花咯!"乔布忍着撕心裂肺的剧痛,抡圆了右手,把袋子死命往地上砸去!

"呐,不。"Fox眼中闪过一抹错愕,他反身抓起乔布的身体,挡在自己背后,动作快如闪电。

漆黑的房间猛然被照得雪白!

"轰——!"

第四幕:替 身

伯卡街的车辆全都猛然一震,无数报警声接二连三的响起!

路边的二层楼房中一阵火光闪烁,轰然作响!

无数碎屑喷洒在街上,两个人影被爆炸的气浪掀飞出来,砸在了一辆轿车的玻璃窗里!

"该死!"

片刻后,Fox从血肉模糊的乔布身上翻身而起,踉踉跄跄逃进附近一条巷子。他靠着墙缓缓坐下来,此时他全身上下噼里啪啦的闪着电火花,就像快烧尽的烟火树——他在关掉身上几个隐秘的紧急开关后，卸下已经被砸成一堆破烂的外骨骼衣。

警笛声隐约传来，Fox抽了抽鼻子，皱紧眉头掀开衣服，发现有块金属片插入侧腹，血肉淋漓。

"关闭痛感中枢反应区，启用防御机制，增强凝结激素分泌。"

过了片刻，Fox表情渐渐变得木然，他按住伤口，用两根修长的手指夹住金属板，默默顺着插入的方向往外拔出去，然后放在身下压住——伤口以肉眼可见的速度慢慢停止流血，但被撕裂开的肌肉附近呈现出了不详的青紫色。同样变成青紫的，还有Fox全身上下几乎各个部位的肌肉。

而且左腿骨折，Fox在摸遍口袋后才发现自己忘了带骨骼填充剂……

警车的鸣笛声已经越来越近，Fox皱了下眉。以自己现在的状态，想从警察和无数拿着手机等着拍照的脑残粉手底逃出生天，几乎是不可能的事。

而且那个幕后人是谁——乔布直到被炸死都没说出口。

"呐，真是见鬼的一天。"

Fox撇撇嘴打开蓝牙耳机，拨通电话，电话另一头似乎刚睡醒。

"嗨，真是美好的一天，老大。"

"闭嘴，蠢货……"

费城旧区，伯卡街4号巷，多云转雨

"嘿！兄弟，借你地盘坐会儿，我等人。"洛伊·李靠墙坐在流浪汉对面，荷包里公放着摇滚乐，嘴里嚼着口香糖含糊不清地大声说，

"今天这条街可真热闹,警察像是来聚会!"

流浪汉笑了笑,用关爱智障的眼神看着洛伊·李。

"听说 Fox 往普林大街那一块儿跑了。"洛伊·李掏出手机,切了首舒缓的蓝调,埋着头继续说,"兄弟,你觉得对你这样的人而言,Fox 是福音么?"

"当然。"流浪汉沙哑地说,"他是英雄。"

"为什么?"洛伊·李嘴里一动,将口香糖吐到脚下,嗤笑着问,"就因为他杀了那么多人?"

"他杀的都是坏人。"流浪汉说。

"杀坏人的人,就是好人么?"洛伊·李又问。

"不是么?"

"当然,"洛伊·李漫不经心地说,"Fox 之所以杀人,只因为他需要杀那些人。"

"你很有趣。"流浪汉点点头。

"Fox 每次杀完某个黑帮老大或者毒枭后,都会用各种手段卷走那些人的钱和值钱的东西。"洛伊·李寒声说,"Fox 完全不顾这样做带来的后果——死去的黑帮老大的手下得到自由后,第一件事就是扩张自己的地盘和生意,他们为了争夺新空出来的位置而引发械斗枪战,没有约束的犯罪行为变本加厉。而犯罪率节节攀升,民众却责难警方和政府无能……"

"也许是吧,但和我有什么关系呢。"流浪汉拿起褴褛的衣服和报纸,一瘸一拐地往巷子口走去,"希望你等的人就快到来。"

"我等的人,已经到了很久了。"

洛伊·李站起身,用黑洞洞的枪口顶住了流浪汉的后脑,"Fox,

那些你杀掉的,和因你而死的人,也都在地狱里等着你呢。"

"乔布那小子,果然是你安插的线人。"流浪汉没回头,他只是眯起眼冷笑着问,"你怎么没去普林大街找我?"

"你脚底有个定位器,我猜是你踩乔布的时候,他趁机贴上去的。"洛伊·李耸耸肩,"至于在电视上出现的那个'Fox',应该是你用来调开警察和记者的替身吧?"

"居然猜到了替身,不错。"流浪汉问,"你是谁?"

"我叫洛伊·李,是个侦探。"穿着夹克的男人嘴角一扬,拿手机笑着拨通警局电话,"喔!这句话真他妈酷毙了!我要报个警来庆祝!"

"确实挺酷的,但替身这种东西,出现了第一个的话……"流浪汉沙哑的嗓音说到一半,陡然停顿下来。

另一个同样沙哑的声音接过话头——

"往往就会出现第二个。"

巷子口,穿黑色针织衫,戴着墨镜和口罩的 Fox 从转角处缓缓走出来,拿手枪指向洛伊·李——"我可以用替身调走警察和记者,就不能再用替身,把你引出来么?"

"你!Fox?什么……"

猛然只听"砰"的一声枪响,停在电线上的鸟被惊得四散飞走,流浪汉缓缓回头——

穿着夹克衫的侦探眉心中弹,慢慢往后仰倒。

"弱者知道得越多,死得越快。"

Fox 和他的替身从巷子一端缓缓离开,而洛伊·李的手机才刚刚接通。

"李?你打电话来做什么?发生什么了?"

洛伊·李双眼瞪向天空,没有回答。

片刻后,双眼充血的小夏格,一步一步从巷子另一端走出,眼泪再也止不住地流下来。

"洛伊·李!你怎么了?为什么不说话?"

男孩哆哆嗦嗦捡起手机,却怎么都拿不稳。手机三番两次掉在洛伊·李的尸体上,发出"啪啪"的闷响。

"洛伊·李!你在哪?"

"伯,伯卡,伯卡街……"

在发现怎样都拿不起手机后,夏格把脸埋在父亲的手里,哭泣着,哽咽着,一遍一遍地重复,"伯卡街,我爸爸,在伯卡街,快来救我爸爸!"

雨丝一滴滴打在夏格的衬衫上,染出如血渍般漆黑的斑驳。

当洛伊·李的尸体和昏厥的小夏格被一起找到时,已经下起了瓢泼大雨。

"弱者知道得越多,死得越快。"

这句话在男孩的脑海里反复出现,直到那个警察询问自己,"你看见是谁开的枪?"

"是——"

是 Fox。

小夏格刚想说出口,却猛然瞥到坐在窗外的海恩。

"弱者知道得越多,死得越快。"Fox 的声音在他脑海不断地重现。

"是个穿黑夹克的人,和我爸差不多年纪,我不知道他是谁。"

小夏格埋着头,低声回答。

一个月后

窗外雨势愈来愈大，偶尔有紫色的电弧闪过。

孤儿院的二层楼中，夏格躲在窗帘后，偷偷看着弟弟海恩，被一个陌生女人牵着手，在雨夜中越走越远。

"你弟弟海恩被领养了，你应该感到高兴。"穿暗紫色西服，身材修长的男人站在夏格身后，垂着眼帘看向男孩，"孤儿院里这么多孩子，能被领养的不多。"

"欧文教授，谢谢您收养我。"夏格回头看向男人，低声说，"可我希望，海恩他也能被您这样的人收养。"

"你在去我家之前，就不想再回家看看么？"欧文伸手摸了摸夏格的小脑袋，低头看着男孩的眼睛，微笑着说，"把东西都带上，我们走。"

"欧文教授，你能告诉我，怎样的人才算是足够强？"夏格捏紧了拳头，咬着牙说，"我想变得足够强大，我不想被别人随意摆布自己的命运。"

"在这个世界里，思维才是真正的力量。"欧文推了推眼镜，望着窗外说，"真正的强者拥有谋略、财力、人脉和体格，但它们从根源而言，都来自你的大脑。"

"夏格，你愿意享受所谓的青春，整天跟你的同学吃喝鬼混，然后到中年出去随便找个工作，受人指使蒙骗，浑浑噩噩度过余生么？"欧文看着夏格，平静地问，"还是愿意跟着我，学习这个世上最顶尖的技术，变成能主宰自己命运，能改变世界的人？"

夏格怔怔地望着欧文，他忽然想起那个喜欢穿夹克的，整天嬉皮笑脸的侦探父亲。

"轰！"

窗外闪电划过，陡然将整个天地炸得惨白！

"孩子，你将迎来崭新的人生。"欧文蹲下身，将手按在夏格肩上，眯起眼微笑着说，"从现在开始，你的名字是亚当——呐，亚当！笑着迎接新命运吧。"

夏格——或是已经叫做亚当的男孩，埋着头。

他嘴角高高扬起，脸颊滑过泪水。

此时，小海恩被陌生女人牵着手，正吃力地回头看向暴风雨中的孤儿院，呼喊被风雨掩盖，雨丝裹着眼泪淌下。

"夏格……"

"哥哥……"

第五幕：谋　虑

雨夜中，红色轿车拐过一个弯，驶向湖区边的公路。

"海恩？"坐在轿车前排的男人笑了笑，"我们的新家就快到了喔。"

"叔叔，你们为什么只收养我一个？"海恩呆呆地坐在陌生女人的怀里，"我哥哥……"

"我们……"

那个女人摸了摸海恩的头，刚想说些什么，却猛然被车窗外刺眼的光照得睁不开眼！

"轰——!"

一辆卡车陡然从路旁撞出来,红色轿车被夯飞进了湖里!

等海恩再睁开眼,已经是第二天早晨。

昏暗的房间里,一个戴狐狸面具的男人正坐在他面前,狐面阴险地笑着。

一张报纸放在海恩面前,头条是——"夫妇被卷入黑帮事件双双身亡,被领养的孤儿落入湖中后失踪"。

"是 Fox 救了你。"带着狐狸面具的男人沙哑着嗓子说,"你现在有两条路可选——要么回到孤儿院继续等着被人领养,要么成为 Fox 的手下,和我一起执行任务。"

"我……"海恩不安地扭动着身体,他怯生生地看向对方,支支吾吾道,"你是谁?你是 Fox 吗?"

"不,我是他的替身,你还没资格见到 Fox。"男人揭下面具,宛如磐石坚毅的脸庞上,有一道贯穿右眼的刀疤。

"我能拜托 Fox 帮我找出杀我父亲的凶手吗?"海恩稚嫩的眼睛里,闪过不属于他这个年纪的成熟,"我想见 Fox,可以么?"

"当然可以,但现在不行。Fox 只见他信任的人,你如果想成为他的亲信,就必须替他完成七十三次任务——作为回报,他会满足你一个不太过分的要求。"刀疤男人诡异地笑着,沙哑着嗓子说,"比如,找出并杀掉某个人,或是,某群人。"

"七十三次任务就够了?"海恩闭上眼,思索许久后才点点头,"我加入你们。"

"那么……"刀疤男人从背后取出一张狐狸面具,递给了男孩——

"Foxer 欢迎你。"

调查、暗杀、欺骗、枪战。

无数的血渍，染上那张狐狸面具，却并没有让海恩感到恐惧和厌恶。因为他是英雄的替身，他在拯救无数人的命运。

在接下来与黑帮频频争斗的日子里，和海恩一同执行任务的人数渐然少下来——或是失踪，或是死在费城的某个角落。海恩的脸因常年戴着面具而显得苍白，他渐渐习惯一个人执行任务，也习惯了在这个城市里独自生活。

Fox 会不定期的通过各种渠道发给他新的装备和报酬，而海恩每次接到任务都会用一个月或更长的时间观察目标以及策划谋虑，小心翼翼，步步为营。

直到十三年后的某天，海恩收到了他第七十三次任务目标的信息。

"小心，很多人都死在这最后一次任务上。"依旧是当初那个刀疤男人，用沙哑的嗓音和他说，"这是 Fox 指定的时间，祝你好运。"

海恩接过信封，撕开后，他看了眼里面的两张照片，然后扔进火炉。

"指定完成时间：2036 年 10 月 6 日。"

"目标：巨鲸帮的老大屠克，以及——"

第二张照片上，那个男人胡子拉碴，正猥琐地笑着。

"亚当教授。"

在海恩任务执行成功后第二天的早晨，屠克死在黑水大厦36层办公室的消息，登上了《环球日报》头条。

照片上，警方在屠克办公室隔间里发现一具穿着白大褂的无头尸体，经过DNA和指纹鉴定，确认身份为普林斯顿大学"光子脑"项目的负责人，亚当教授。

昏暗的房间里，戴着狐面、穿暗红色西装的男人放下报纸，看着摆在眼前的亚当的头颅，忽然低头怪笑起来。

"我都想为你鼓掌了，海恩。"Fox面具后猩红的双眼闪烁着，他指了指身旁站着的替身，沙哑着嗓子说，"完成七十三次任务，还能活着的替身——除了他，只有你一个。"

"能成为您的左膀右臂，是我的荣幸。"海恩微微低头，"我大概猜到您是谁了。"

"真是聪明的孩子。"Fox取下面具，放在桌上，一如既往诡异地笑着。

坐在海恩面前的Fox，是每次发布任务给他的刀疤男人。

"我在你的面具里安装了监听，我很奇怪，为什么你明知亚当教授就是你哥哥，你还会杀了他？"刀疤男人问。

"Fox要杀他，自然有Fox的理由。我相信Fox，胜于相信我那个十三年没见过的傻子哥哥。"海恩平静地说，"作为完成七十三次任务的回报，Fox，你曾承诺要帮我杀个人。"

"你想找到十三年前，杀掉洛伊·李的人，对么？"刀疤男人抬头。

"对。"海恩也抬头看向刀疤男，"所以……"

"砰！"

海恩话音未落,一颗子弹猛然射入了 Fox 的眉心!

"你如果能少骂我一句,基本就完美了。"亚当的声音从门后传来。

第六幕:英　雄

三个小时前

亚当醒来时,第一眼看到的,是白得刺眼的实验室天花板。

"你好,"一个女孩的声音在房间里响起,"测试:你记得你的名字吗?"

"我叫亚当。"亚当坐起来,脸上露出痛苦的表情,"我是什么人?请问你是谁?"

一阵强烈的眩晕和不适感袭来,亚当又重新挣扎着躺倒在地,开始来回打滚。

"测试通过。"女声继续机械地说道,"我是您编写的初始保护程序,我被设定为,在检测到您的生命体征消失后,进行重启光子脑并下载数据记忆的操作。"

"下载数据记忆?"亚当咬着牙问道,"那是什么鬼?话说,我现在感觉好难受,你有什么方法可以缓解一下我的头痛么?"

"开启光子元件时电解液的流动导致您感到头痛。"女声说道,"光子脑开启完毕后,下载数据记忆时,您会有更高级别的痛感,这是您自己设置的防御机制。"

"更高级别痛感?"亚当喃喃道,"防御机制?"

"光子脑开启完毕,开始下载数据记忆。"机械女声说。

亚当瞪大眼睛,立即大喊,"咦?别别别别!先等等!"

他话音未落,像是把他脑门生生撕开的疼痛感陡然出现,无数画面像是潮水一般从这个裂缝里涌进他的脑海,顿时疼得他两眼一翻几乎要昏死过去!

"疼痛达到阈值上限,警报,警报!"机械声忽然响起,"进行强制性保护操作,继续下载!"

在抽搐几分钟后,亚当渐渐平静下来,陷入漫长的、清醒的模拟梦境中。

亚当的梦境,或是被称为数据模拟的"记忆"——

"洛伊做的牛排好吃么?"

办公室里,那个人一手拿着猩红的周波刀,架在自己脖子上。

"那是我这辈子吃过最难吃的牛排……"自己疑惑地回答,"没哪次不是糊的。"

"可我们曾一起吃了十几年,现在想来,甚至还有些怀念。"

那个人一只手缓缓摘下面具,远远扔开,他轻声继续说——"我们被人算计了,你原名叫夏格,是么?"

"你难道是海恩?"自己转过头,瞪圆双眼,一时惊得合不拢嘴。

"我面具里有监听设备,你说话小声点——十三年前杀掉洛伊的人,是 Fox 么?"海恩轻声问。

"其实我一直知道是 Fox 杀了洛伊,十三年前是我骗了你……"自己低声说道,"我不想让你知道这件事,是因为……我不想让你踏上复仇的路。"

两人间一阵沉默。

"Fox 的替身众多，但我在完成这次任务后，可以见到 Fox。"海恩说。

"看来这一切都是 Fox 的阴谋，既然这样……"自己似乎在苦笑——"你现在杀了我，我会利用光子脑复活成机械体，然后，我们一起去杀了 Fox。"

"不行，我不能杀你……什么光子脑？你在说什么？"海恩一脸惊讶。

"不管光子脑能否成功下载，带着我的头，去找 Fox。"自己似乎在笑？

"不！夏格！不要——"

最后，是海恩的嘶吼声。

等亚当再睁开眼时，瞳孔中的痛苦和不安已然消失，取而代之，却是深深的恐惧。

现在是凌晨三点。

亚当闭上眼，在脑海内展开电子屏，快速抽取他想要得到的信息——

警讯网报道：

> 昨日，黑水大厦 36 层发现一具无头尸体。
>
> 目前受害者身份已确定——"光子脑"计划负责人，亚当教授。
>
> 这是本月第三起恶性凶杀案件，据警方判断与前两个案件相

同，是名为"Fox"的杀手所为。

……

地域搜索页面几乎被相关新闻刷屏，亚当快速浏览完几十个窗口后关闭电子屏，睁开眼站起身。

那个白大褂的尸体的图片——亚当经过精算模拟后，再次确认，那就是他自己的尸体。

留言区几千条评论，大概都是在说Fox再度出手，肯定是惩治了某个邪恶的博士，那个叫亚当的家伙一定不是什么好鸟，Fox是人们的英雄。

人们高呼庆祝，庆祝Fox还没有离他们而去。

"Fox是英雄？"

此时实验室纯白的墙壁在亚当眼里已经截然不同——墙壁后密密麻麻的能源管线被标以不同的颜色在他眼中显示出来，一个暗红色的砖块在墙壁上显得尤其特殊。

亚当低头看了看自己由金属骨骼、碳素肌肉纤维以及光纤神经组成的机械躯体，眼中流出莫名的悲伤。

他脑海内涌入的画面信息，雪花般纷飞闪烁，一个小男孩隐约在说——

"我长大以后，要成为Fox那样的英雄！"

亚当把按钮推入墙内，看着实验室的玻璃墙缓缓打开，默然想，"谁都不是英雄，这个世界，不应该存在能主宰别人命运的人。"

他走出实验室，披上黑色风衣——在亚当电子眼前浮现的AR虚拟地图上，一个猩红的标记正缓缓地移动着。

那是海恩的坐标，他应该正走在去见 Fox 的路上。

"欧文要是知道实验成功的话……会高兴得发疯吧？可惜现在没时间通知他。"

亚当打开普林斯顿大学的校门，风衣被寒风刮得猎猎作响，他跨上停在路边不知是谁的哈雷摩托，将手指里裸露出的电极插入其中，电火花闪烁后，车灯骤然亮起！

"抱歉，之后我会把摩托钱给你的。"

亚当整个机械体伏在摩托上，只听引擎轰然鸣响带起一路烟尘，他在高楼林立漆黑的夹缝中，朝着黎明前的黑暗疾驰而去。

三个小时后

昏暗的房间里，刀疤男人——Fox 的脸上甚至没有表情变化，就直挺挺地往后倒下去。

站在刀疤男人身后的 Fox 替身猛然按下墙上某个按钮，正准备跃起的海恩忽然全身一紧，原本可以提供助力的软金属外骨骼衣陡然固定住形状，成为一个坚不可摧的牢笼！

Fox 替身的身形快如鬼魅，刹那间便把海恩挡在身前，手中黑洞洞的枪口抵在了海恩的后脑上。

电光火石间，局势已经逆转。

"替身有第一个，往往就会有第二个——"站在门后的亚当走进房中，他眼中的光感聚焦相机旋转不止，"你，才是真正的 Fox。"

"亚当，你居然把光子脑用在你自己的身上……"Fox 用沙哑的嗓音说，"你就不怕下载数据失败!?"

"如果失败，那也是我的命运——但，那是我所选的命运，而不是你安排的。"亚当看向被外骨骼衣束缚的、胸口被压紧完全说不出话的海恩，"放开海恩，你或许还能活下来——欧文。"

"你……"Fox欲言又止。

亚当垂下头，声音毫无起伏，"我很感谢你，欧文，你也别沙着嗓子说话，我一音波分析其实你瞬间就露馅了。"

"亚当，很好。"欧文冷笑着说，"你早就猜到是我了，对不对！"

"欧文，十三年前，你在生物学界还默默无闻时，就提出了'光子脑'的设想，但政府只给你少得可怜的财务支持。"亚当平静地说着，枪口移向另一边，"所以你把光子脑的一部分研究成果——比如调节体液激素，微脑波控制外骨骼衣等技术，运用在战斗方面，从而成为城市英雄Fox。"

"我杀的，都是些无恶不作的家伙！"欧文沉默片刻，继续大声说，"少数威胁到我的人除外！人们都知道我是英雄。"

"你根本不是英雄！你只是为了抢走那些钱，然后用于支持你的'光子脑'计划！"亚当的声音陡然变得愤怒，"你收养我，只是因为你对洛伊·李的愧疚，并且——你需要凭借'收养'的借口潜入洛伊·李的房间，去寻找那些可能存在的对你不利的证据。"

"但……但是……"

"所以，当你对洛伊·李那仅存的一点点愧疚也消失殆尽后，就决定杀掉可能让计划泡汤的我和海恩。你的阴谋，就是把海恩执行任务的消息透露给我，同时，你把我也列在海恩的任务里，从而让我的死，成为一个杀手的杰作……而在我死后，和这个凶杀案没有任何关系的你，就可以名正言顺地拿回实验室的主管权，从而进行那个实验！"

"闭嘴，给我闭嘴！"欧文低声地嘶吼道。

"你没想到吧，我却能活着回来找你。"亚当沉声说，"我说过，谁都不能摆布我的命运——就算是身为 Fox 的你，也不行！"

"可是十三年前，你需要我来指引你的命运，就像人们需要崇拜 Fox 一样。"欧文咬着牙青筋暴起，"你什么都不懂！这个时代，需要我，需要英雄！"

"这个时代是充满希望的时代，也是满载绝望的时代——绝望在于人们纷纷崇拜英雄、效仿英雄；希望在于人们其实，根本不需要英雄来指引命运——"亚当瞳孔里的光感设备悄然转动，无数密密麻麻的射击线路正在他的眼前计算、汇聚，"欧文！你终究是错的！因为在这个时代……每个人，都能掌握自己的命运！"

"你懂什么！你什么都不懂！我牺牲了那么多……"欧文疯狂地嘶吼，"连身上沾满血腥！都在所不惜！"

"砰！"

欧文猛地扣下了扳机！

亚当眼睛猛地张大，他手中同时扣下扳机，子弹在打中墙后弹射到欧文握枪的手上，溅出大片的血花。不及欧文细想，只听"砰砰砰"三声枪响，亚当朝不同的方向射击，三枚子弹却通过墙面弹射，同时击中了欧文的身体！

但，从欧文枪中飞出的子弹，虽然偏了一寸，却还是射入了海恩的后脑！

欧文站起身，口中溢出血来，踉踉跄跄地往后退了一步。

"这就……是我的……命运么……亚……当……"

他看着正急忙跑向海恩的亚当，微笑着往后仰倒。

尾　声

"光子元件输入程度 70％，83％，94％。"

"海恩，拜托！"

亚当手指上的电极深深插入昏迷的海恩的后脑——脑干侧被子弹擦过，前额叶活性即将丧失，就算医生当场取出子弹也无济于事！

"光子元件输入脑液完毕，需输入两千七百伏电压，光子脑组建下载准备完毕。"

"启动！"亚当低声咆哮，指尖一阵电光闪烁！

海恩浑身一阵抽搐，没有睁开眼睛。

"警报！"亚当脑海里响起机械声，"'光子脑'实验体二号发生故障，数据下载不完全，即将删除。"

此时，鲜血流经面具底部，始终笑着的狐狸仿佛生出血色的眸子，正无声地凝视着亚当。

"不！禁止删除！"亚当急忙下达指令，犹豫片刻后继续说，"关闭脑干记忆输入！"

"关闭完成，下载 70％，下载 98％。"

"下载中断，启用维持生命体征程序。"

"失败了……"

他将手指从海恩的后脑中拔出，然后抱起海恩的身体匆匆走出房间。

"海恩,你一定要撑住!"

亚当抱着昏迷不醒的海恩跨上摩托,往普林斯顿大学的方向疾驰而去。

一刻钟后,他抱着海恩走进储存活体光子脑的冷藏库,冰冷的雾气将他和海恩的身影淹没。

"一定会有办法的,我一定……"

冷藏库的门缓缓阖上,亚当的声音也渐然小了下去——

"要夺回你的命运。"

"启动欧文教授预设程序,启动成功!"

此时,远在普林斯顿大学的某个实验室里,一双猩红的眼睛,正缓缓睁开。

时光追凶 | sleeper

一、失踪

深夜，一位年轻的母亲载着一个熟睡的小男孩，飞驰在空无一人的公路上。窗外渐渐飘起了雪花，已经入冬了。

女人看着男孩缩手缩脚的模样，打开了空调。之后，她想要靠边停车，拿后座上的毛毯给儿子盖上。

就在她打着转向灯准备靠右停车时，却发现刹车忽然失灵了，此刻车身已经朝着右侧的墙壁猛冲过去。女人看了一眼还在酣睡的男孩，毫不迟疑地把方向盘转到了左边。就这样，这辆银灰色的休旅车冲破了路中央的隔离带，高速地撞向了公路左边的石墙，像一只扑火的飞蛾。

巨大的震动和轰鸣将男孩惊醒，还没来得及反应，他就被一双温暖而有力的手抱进怀中。

男孩抬起头，目光被母亲爱怜的笑容所填满。她低头亲了亲他的额头，之后，更加用力地把他裹进自己身体里。

之后，随着轰的一声巨响，热浪裹挟着玻璃碎片猛烈地冲向了他。

男孩觉得自己正在爆炸，就像自己看过无数次的烟花那样。

"亲爱的朋友们，本月的'时光乐透'开奖时间到了！"电视机里一个活力十足的女声将我从梦中适时唤醒。只见屏幕被三个巨大的表盘所占据，它们分别是刻着年份的红色表盘、代表月份的黄色表盘，以及绿色的日表。

"时光指针将会停留在哪年哪月哪天呢？请您拭目以待！"女主持人说完，三个钟表上的指针便飞速旋转起来。

我漫不经心地从冰箱里拿出一罐啤酒，思绪依旧沉浸在刚才的梦境中。

十几年前的那场车祸让我在医院昏迷了三天三夜。在一片黑暗中，我呼唤着妈妈的名字，哭着到处找她，可是却一无所获。

当我从昏迷中醒来，看到妈妈熟悉的脸庞时，那种踏实的感觉，让我毕生难忘。万幸的是，妈妈只受了点轻伤。

我甚至有点感谢那场车祸，因为那是她第一次寸步不离地陪我度过了整整七天。而这七天支撑着我捱过了之后的整个童年。

在我很小的时候，爸爸有了外遇，妈妈开始常常背着我哭。有一天，他们大吵了一架，爸爸摔门而去，从此我就再也没有见过他。

之后，妈妈工作越来越忙，每次出差一两个月已经成了家常便饭。我越来越害怕那辆银灰色的车，因为我知道它一开始咆哮，就会把妈妈带走很长时间。

可是在第七天的中午，我抱着妈妈的胳膊，指了指马路对面的零食店，撒娇说想要吃冰激凌。她宠溺地从钱包里递出零钱，然后笑着挥手叮嘱我过马路要小心。

当我捧着冰激凌从店里走出来时，却发现对面的妈妈不见了。我举着冰激凌从中午找到黄昏，直到冰激凌全都化成了糖水，她还是没有出现。

她就这样骤然失踪了。

我总会回想起她挥手的样子，总觉得她挥了好久，就像，就像是在告别。

母亲失踪几天后，突然传来了死讯。我也追问过母亲的死因，可所有的亲戚和邻居都缄口不言。

我在思念她的同时，也开始怨恨起狠心抛下我的她。在我一个人吃泡面打翻开水时恨她，在我被同学嘲笑欺负时恨她，在我不得不独自面对这硬邦邦的世界时恨她……

而现在的我，已经不再是当年那个手无缚鸡之力的小男孩。

她真的去世了吗？

如果是，是意外还是谋杀？

又是谁夺走了她？

当年我经历的车祸难道是一次意外失败的谋杀？

我要查清所有的真相！

而"时光乐透"是我唯一的机会，所以我一直坚持买一个日期——她失踪的那天，月复一月，年复一年。我坚信有一天，一定会弄清事情的原委。

"本期的中奖日期是 2046 年 12 月 20 号！"屏幕上的女主持人欢快地播报着。

我攥着手中的奖券，如遭雷击一般，寸步难移。

那正是母亲失踪的日子。

二、时光胶囊

"先生您好，我是'时光乐透'的工作人员！"门外想起了门铃。

这工作效率也太高了！我把空酒罐扔进垃圾桶，不禁在心里叹道。

"首先要恭喜您！想必您也对我们的大奖有所耳闻。下面请由我来为您具体讲解一下。"一个带着红色棒球帽、穿着"时光"LOGO露脐运动衫和百褶短裙的女孩眨眨眼说。

"这是三枚时光胶囊。"说着她拿出一个银色的小盒子打开来向我展示。

盒子显得十分高档神秘，它的内部用暗色天鹅绒做内衬，晶莹的天然蚕丝做铺垫，上面静静躺着三颗双色胶囊，一头白，一头红。

"只要在胶囊上设定好年月日然后温水服下，您就会通过睡眠的形式进入您设定的那一天。"女孩灿烂地笑着解释，"一枚时光胶囊可以进行一次为期十天的时光旅行，到期后就会自动回到服药的地点。所以您一共可以进行三次时光旅行，总天数为三十天。请您好好使用哦！"女孩放下药盒，挤挤眼睛推门离开。

我躺在沙发上，开始仔细琢磨这三颗胶囊要怎样分配才算物尽其用。最后，我决定先用一颗胶囊回到车祸发生的十天前，也就是12月1日，调查母亲萧媞失踪前的状况，然后去阻止那场车祸。虽然我很舍不得昏迷醒来后美好的那一周，但我更不想她受伤。

再用剩下两颗度过整个十二月，这样，她就不可能在自己的眼皮底下失踪了。

定好计划，我有点紧张地吞下胶囊。

一会儿就能见到她了吧。那个我又爱又恨的人，那个在火光中拼命保护我，却在几天后莫名离我而去、丢下我孤零零一个人的人。

我闭上眼睛，感觉到自己的身体在一片白光中直直下坠，耳旁是时间滴滴答答的流逝声。之后，我便失去了意识。

"你好，你好？"一个声音小心翼翼地钻入耳膜。

我睁开惺忪的眼睛，眼前是她熟悉的脸庞，似乎比童年记忆中的更加美丽。十几年的日思夜想兀然成真，让我有些措手不及。

"妈妈"这个称呼闲置了好久，十几年来，再次浮上心头。可我却不能说出口，这种感觉真是如鲠在喉。

我凝视了她好久，意识到自己的失态后，赶忙揉了揉微微酸涩的眼眶，这才发现自己正趴在柜台上打盹，身上穿着修车行的亮橘色工作服。

"打扰了，请问可以麻烦您帮忙补胎吗？"她有些尴尬地挠挠眉毛，似乎在为叫醒我而感到抱歉，"我的车胎爆了。"她看向门外的车。

我立马认出了那辆承载了我无数次噩梦的银色休旅车。

"当然，请您稍等。"我微笑地点点头。车祸之后，我慢慢精通了修车的技术，因为我再也不想让噩梦重演。所以这次时光旅行把我安排成修车工，还真是恰到好处！

我在补胎的同时，不禁陷入了沉思。当年的车祸是因为刹车失灵，可为什么刹车会突然失灵呢？如果是有人要故意陷我们于死地的话，在车上动手脚就成为最直接有效而不留痕迹的手段了，因为所有的证据都会在火焰中化为乌有。

于是我找到了第一个任务，密切监视所有接近这辆车的人。

我以免费为车做保养为由，将车留在了修车行。夜幕降临后，我合上卷闸门，偷偷地在车的后视镜和天窗各装了一个微型摄像头。然后我打开笔记本电脑，开始持续录取车内的画面。

三、纠缠

第二天，母亲来取车时，工人们正百无聊赖地蹲在门前嚼舌根，也让我无意中有了意外的收获。

"这么年轻就离婚了，还带着个小拖油瓶，真是可怜啊！"胡子拉碴的老黄狠狠嘬了一口烟。

"是啊，听说她前夫马上就和那个叫李雪的小三再婚了。那女人不知道为了啥事，最近经常来找她麻烦呢！"有人应和道。

她被人骚扰？可那时我怎么一点都没发觉？我不禁疑惑地想。

思绪瞬间穿梭回记忆最稀疏的年代，妈妈捏着一张衣冠不整的女人的照片，质问那个沉默不语的男人，可他只是一根接一根地抽着烟。

几天前，我在整理房间的时候，无意中找到了那张照片，总觉得在哪里见过她。那个叫李雪的女人长着一张狐媚而刻薄的脸，还曾尖着嗓子给她打电话，尽是些恶毒的话语。

她似乎也听到了工人们的话，脸色有些不自然地发动车子离去。

这个时间是她接幼年的我放学的时间。我担心李雪来骚扰她，便悄悄换了衣服拦了辆出租车跟了上去。

果不其然,那个女人早已等在了学校门口。

"萧媞,你出来。"银色的车刚刚熄火,李雪就眼尖地跳出来大声叫,"躲得过初一躲不过十五!这辆车是我家老刘辛苦赚钱买的,凭什么你开!快把车钥匙还来!每个月给你们那么多生活费,你还嫌不够啊!"

她无奈地叹叹气,推门下车。

李雪立即一个箭步冲了过来,对萧媞拉拉扯扯地纠缠起来。可她却只是蹙起细细的眉头好言解释,就是因为她这样的性格,才助长了这个女人的气焰。

只见李雪说到兴头上时,将萧媞向后狠狠一推。萧媞没有站稳,跌倒在地,膝盖立刻渗出血来。

我再也看不下去,上前把萧媞扶起来扯到身后,然后对来人说:"你放尊重一些。"

李雪愣了几秒,随即抱着手臂嘲讽道:"呦,你们二位是什么关系啊?这么快就找着新人了,可真有你的!"

"你胡说什么,我是她弟弟。"我灵机一动,搪塞了过去,继续厉声道,"你再纠缠我姐,我可就不客气了。"

"哼,萧媞,这车我开不走,你也甭想顺顺利利地用!"女人见占不着便宜,翻了个白眼,蹬着高跟鞋走了。

"谢谢你,你是……"萧媞感激地看着我。

"大姐,我是昨天给你修车的小王啊!我刚才正好路过这儿。"我随口编出个名字。如果现在解释我是从十几年后穿梭过来的,她一定不会相信,说不定还会把我当神经病看待,那时候再想接近她就

205

难了。

"让你看笑话了。"萧媞有些筋疲力尽地笑了笑。

正当我想说些什么来安慰她的时候，幼年的自己从校门的方向走来了。

"妈妈，你的膝盖怎么流血了？"男孩担心地说。

"小奇别怕，是妈妈笨，自己不小心摔破了。"她轻轻摸摸男孩的头。

我有些发怔，回想起了小时候这相同的一幕。原来这个伤口是李雪纠缠她所致，可她为了不让我担心，一个人统统隐瞒承受了下来，一个字都没有向我抱怨过，而那时的自己却总是为了点小事就无理取闹。

"大姐，既然你没事，那我就先走了。回去记得包扎伤口啊！"说完，我便跑开了。

我躲在远处，愧疚地注视着一瘸一拐的萧媞上车离开。

好在我已经找到了一位需要特别注意的对象——李雪。

天色渐晚，我罩上衣领后面的帽子，悄悄地跟在了高跟鞋清脆的声音后面。

我偷偷跟踪李雪回家，看到她和一个男人在她家门口有说有笑地聊了片刻，动作还有些暧昧。这一幕正巧被门后的另一个男人看到了，她回去不久就传出了两个人的吵架声，他们的日子似乎过得也并不幸福。

我回想起儿时那个男人自私的出轨，攥紧拳头默默记下了这栋房子的街区和门牌号。

四、钥匙

离 12 月 10 日，也就是车祸发生的日子越来越近了，可李雪似乎并没有什么行动。萧媞也几乎没有和别人发生过矛盾。那到底是谁在车上做了手脚呢？

这一天，我照常"护送"萧媞出门。只见她关上门停在门口，在口袋和单肩包里翻找了好久，然后一脸无奈地拿出了手机。

看样子应该是发觉钥匙落在了家里，想回家拿东西又进不去，所以只好打电话给开锁公司了。

果然，没一会儿，一辆工具车就到了。一个三四十岁的男人提着工具箱下车后，对着门锁又拆又拧了十几分钟，还是没能打开。

一般的锁匠开锁几分钟就能轻松搞定，怎么这个人开了这么久还满头大汗。我觉得有点不对劲，大步走上前去。

"大姐，这是怎么啦？"我装作漫不经心地随口一问。

萧媞说明情况后，锁匠提议从窗户爬进去拿钥匙。房子是两层的独栋小楼，所幸二楼阳台的窗户没关，她便应允了。

锁匠丢下一声"放心吧"就蹬着排水管道蹿上了二楼，相比之下，他爬墙的技术可比开锁好多了。

"钥匙串上有车钥匙，仔细一看就找着了。"萧媞仰着头解释说。

车钥匙？

我隐隐觉得有些不对劲，便憨笑着对萧媞说："大姐，我也上去帮忙吧。多一个人找得快些！"说完便立刻爬上了二楼。

当我进入房间的时候，看到那个男人正蹲在沙发旁摆弄着什么，

207

工具箱敞开着,听到我的声音后立马把箱子合上了。然后转过身来假笑着晃了晃手里的钥匙:"哎呀,原来是掉到茶几下面了。"

虽然他极力掩饰,但箱子边缘还是有东西露了出来,似乎是个白色光滑的物体。

"给你,小兄弟,去帮忙把一楼的门打开吧。爬了半天墙,身子骨都要累散架了。"说着,男人站起身揉了揉腰,把钥匙丢给了我。

刚刚他爬上二楼的速度之快,可看不出半点"累"的痕迹。

我按捺住想要打开工具箱看个明白的冲动,闷声向一楼走去。无凭无据很可能会被反咬一口,到时候给她留下个坏印象就不好了。

我边下楼边仔细端详着钥匙,发现上面有一股淡淡的香味。似乎有些熟悉,但却怎么也想不起来在哪儿闻到过这种香味。

打开门后,我装作若无其事地向萧媞说明钥匙所在。

"奇怪,我明明放在包里的啊,怎么跑到茶几底下了。"萧媞捧着钥匙,自言自语道。

"大姐,下次可别再忘带钥匙了哦。"我笑着说完,便离开了。我总是害怕和她目光相接。因为期待了太久,反而彷徨起来。

我漫无目的地走在路上,回想着刚才男人怪异的举动。

他不像是专业的开锁人员,他在掩藏什么?他在沙发旁究竟做了些什么?为什么钥匙上会有股香味?

我仔细盯着触碰过钥匙的右手看了又看,这才发现手上沾了些细小的白色粉末。

五、真相

我打开电脑，快速回放着这两天的监视录像，正盯着屏幕一筹莫展的时候，一个清脆的声音从旁边传来。

"哥哥，怎样才能让汽车不能走路呢？哥哥会修汽车，一定知道的。"小奇仰起头，一脸认真。

"为什么不让汽车走路呀？"我弯下腰，好笑地问他。

"因为妈妈总是和汽车在一起，他们一走就是好久。我不想让妈妈走……"小奇嘟囔着。

"这样啊，"我拉着他走近一辆报废的车，指着油门说，"只要在这个油门下面支一块石头就行啦！"我拍拍他的小肩膀，感同身受，因为我小时候似乎就曾这样干过。

"还是哥哥厉害！别人给我出的主意一点都不管用。"小奇听后欢呼雀跃地说。

"别人？"我心里一惊。

"是啊，一个画着浓妆，声音很尖的女人告诉我的。在轮胎下面放钉子，把车钥匙藏到茶几底下，可是都不管用。"小奇失望地说。

画着浓妆，声音很尖？是李雪！

原来这都是李雪的计划！她的目的不是车钥匙，而是房门钥匙！那个男人就是那晚在她门口暧昧耳语的人。他根本不是开锁的锁匠，而是她找来偷配钥匙的人！

我终于明白，为什么我看到李雪照片时，会觉得似曾相识。那是因为在我小的时候，她曾经利用我获得了配钥匙的机会。

李雪的目的不是得到这辆休旅车这么简单，她真正的目的是让萧媞永远消失！如果萧媞死了，我的抚养权将会落到那个"父亲"和她的手上，而萧媞的遗产自然也间接地归她所有了，名正言顺。

　　可我和那个男人相继爬上二楼的时间只差两三分钟，他怎么才能在这么短的时间内配到一把钥匙呢？

　　我快速回想着当时的情景。

　　白色光滑的东西，钥匙上的香味，手上的白色粉末。

　　一个答案在我的脑海中慢慢成形，我想我大概猜到他的手段了。

　　"小奇，你妈妈现在在哪儿？"我紧张地扶着他的肩膀问。

　　"妈妈今天感冒，在家里睡觉呢。"

　　我朝着目的地拔腿跑去。

　　"哥哥，你去哪儿？"小奇在身后追问。

　　"你待在这里，千万别乱跑！"我嘱咐道。

　　如果这才是她的最终目的，那萧媞可就危险了！

　　"千万要赶上！"我边跑边在心里喊。

　　天色已经完全黑了下来，我气喘吁吁地走近房子，发现房门居然没关，一丝微弱的灯光从门的缝隙中漏出，将我的影子越拉越长。

　　我小心翼翼地走进卧室，看到李雪站在床边，而一个男人手里握着寒光闪闪的匕首，对着生病躺在床上的萧媞连刺了四五刀。

　　我惊得愣在门口。

　　"她死了么？"李雪问，"怎么被子上没有血？"

　　男人掀开被子，发现厚厚的被子里空无一人。

　　我如释重负地松了口气。

　　"李雪，李伟，你们在干什么？"我厉声大喊。

这些天，我一直在暗暗调查李雪，发现她前几年才搬来这座城市，认识她的人少得可怜。而她搬来的时候，正巧在相邻的城市发生了一起性质恶劣的骗婚凶杀案。

犯罪嫌疑人是一对兄妹。妹妹负责利用美色勾引一些好色的中年男人出轨，谎称如果被害人离婚，自己就愿意嫁给他。哥哥则负责在这些男人将家产尽数交给妹妹后，干净利落地杀掉他们。然后二人把房车卖掉卷走钱款，逃窜到别的地方，继续进行这不耻的勾当，而他们所犯的案件已经多达五起。

本来我还对形单影只的李雪有些犹豫，可这个开锁锁匠的出现，让我基本确定了这对兄妹就是他们！

父母离婚后，父亲由于愧疚，几乎是净身出户，所以李雪和李伟没捞到多少油水，就把目光盯到了母亲萧媞身上！

还好萧媞不在家。她去哪儿了呢？她是发现了二人的秘密，然后躲起来了吗？

六、落网

身后突如其来的大喝让李伟的手猛地一抖。匕首掉在地板上，发出了清脆的声音。

"你怎么在这儿？"李雪转过头惊恐地看着我。她脸色惨白，嘴唇不停发抖。

"呦，这不是那天的开锁师傅嘛。那天死活都打不开的锁，怎么今天就能打开了？"我转向正在发呆的李伟，"钥匙做得还顺利吗？"

在来的路上，我终于想明白当时钥匙上的香味是怎么回事了。

当天他工具箱里的白色物体，其实是香皂。

李伟偷配钥匙的手法其实很简单：用钥匙在软硬适中的香皂压出钥匙的痕迹，然后再用融化的塑料、金属等材料浇入钥匙的轮廓里，等到材料干燥硬化后，就可以制造出一把一模一样的钥匙了。

因此，钥匙上的香味，是香皂的味道，而我手上的白色粉末，是钥匙在香皂上施压后，残留的香皂屑。

我当时之所以没有立刻辨认出来，是因为在未来的世界里，香皂几乎已经退出了历史舞台，我只隐隐觉得有些熟悉，却又想不起来。

"你在胡说些什么！你有什么证据？"李伟恼羞成怒地咆哮。

"那块带着钥匙轮廓的香皂，还在你的工具箱里吧。你制作出的新钥匙呢？在口袋里吗？"我眯起眼睛打量他，"最重要的是，你刚才的举动已经被我完完整整地拍下来了。"说完，我笑着指了指自己衬衫纽扣上的微型摄像头。

短暂的沉默后，李伟喘着粗气，猛地拾起了地上的刀："老子现在就杀了你，让你有口说不出！"

正当李伟疯狂地扑向我的同时，十几个警察破门而入。

"忘了说，我在来之前顺便报了个警。"我笑着冲两名落网的罪犯挤了挤眼睛。

李雪看着面前的阵仗，吓得一屁股坐到地上，大声嚎哭起来。

警察在听完我的叙述后，果然从李伟的衣服里搜出了一把经过特殊加工的铜质钥匙，而且和萧媞家的门锁相吻合。二人的体貌特征也和那几所凶杀案嫌疑人的完全相符。

"真是多谢您的及时报警和您提供的证据，让我们抓住了这几桩案件的凶手！"一位年轻的警察激动地说。

这时，萧媞终于回来了。她看着一屋子的警察，拎着刚刚买回来的感冒药愣在原地。

七、安全？

李雪、李伟的落网让我悬着的心落了下来，我仔仔细细地检查了车的各个部件，一切正常。这样，车祸就不会发生了吧。这样，就安全了吧。

12月10号的凌晨如期而至，但是为了保险起见，我还是从修车行借了辆旧夏利跟在了萧媞和小奇后面。

晚上开车总是容易犯困，我强打起精神，紧紧盯住前面那辆银色的休旅车，保持一个不近不远的距离。

行驶到一半的时候，银色的车突然向右偏离，之后，又一个急转弯向左甩去。车体准确无误地撞到了公路左边的石墙。

我把刹车一脚踩到底。透过车窗看着面前变形的车，震惊得无以复加。

我明明仔细检查了车里的每个零件，明明是万无一失的，怎么会这样？！

此刻，我的脑海里一片空白，嘴里不停地嘤嚅着什么，甚至忘记要下去救人。

直到面前的车轰的一声窜起火光，我才发现这场车祸，其实比我记忆中的惨烈十倍。

我用生平最快的速度跑到燃烧的车体旁，然后把萧媞和小奇从车中拉了出来。

这时，消防车和救护车到了。

我看到浑身焦黑的她被抬上担架，而"我"却几乎没有受伤。

我愣愣地看着救护车闪着红蓝色的灯，从我的视线里消失后，这才回过神来。我在飞驰回住所的路上，反复地想。

为什么刹车还是失灵了？为什么她不是轻伤而是重度烧伤？我并没有报警，为什么救护车和消防车会赶来得这么快？我额头的神经在猛烈地跳动着，我的大脑被一堆问号塞满，我的心被恐慌所占据。

回到住所，我用剧烈颤抖的双手打开电脑，开始回放这几天的监控录像。

几天来，没有一个人接近过这辆车，除了——"我"……

就在几个小时前，小奇从车旁的杂草堆里捡起一块巴掌大的石头，打开车门，费力地爬上了驾驶座。然后，他把石头塞到了刹车的下面。

"哥哥，怎么样才能让汽车不能走路呢？"

"只要在这个油门下面支一块石头就行啦！"

是我自己亲口告诉他这个方法，而年幼无知的他，错把刹车当成了油门。

当我再次抵达医院的时候，看到她的脸上被盖上了白色的布。

医生拍拍我的肩，委婉地告诉我，她已经去世了。

我不相信！我掀起白布，用手把她的眼皮下拉，看到了涣散的瞳孔，我把手搭在她烧得焦黑的脖子旁，没有搏动。

我拉着她冰冷的手，跪在地上，欲哭无泪。

我曾想象过无数次母亲失踪的原因，幻想过无数次凶手的长相，可我却怎么也想不到，萧媞，我的母亲，早在十几年前的那场车祸中就已经丧生。而造成那场车祸的罪魁祸首，居然是她的儿子——我。

不，不对！如果她早在10号就已经遇难，那在我昏迷后日夜陪伴在我身边的，是谁？在20号骤然消失的，又是谁？

"小奇。"身后响起熟悉而温馨的声音。

是她，是萧媞！是我的妈妈！

我欣喜若狂地转过身。看到她正完好无损地站在医院的白炽灯下，完好得连一点灰尘都没有。

小奇因为摔到了头部，陷入了昏迷状态。我一言不发地坐在病床旁，看着她用温热的湿毛巾为小奇擦拭手脚，动作虽然有些笨拙，但却充满了怜爱。

她的脸庞比萧媞更加圆润，不像萧媞，整天为我操心，都变得消瘦憔悴了。

她到底是谁？她是萧媞吗？她怎么会知道我的名字？

正当我忍不住想要开口询问的时候，她开口了："我刚刚结婚不久，现在你在我肚子里才只有两个月大呢。"她一脸幸福地摸了摸还未隆起的腹部。

"你从未来来，我从过去来。"她缓缓转过头来看着我说。

我愣住。

八、选择

萧奇敲开门，看到一个面色红润的女人。算算日子，现在正是萧媞新婚燕尔的时候。

"不管你相信与否，请听我说完。"萧奇急切地看着她的眼睛。

尽管萧媞有些戒备，但当她看到他认真的眼神时，她决定把他请进屋慢慢说。

"我叫萧奇，是你的儿子，我从未来来。"他字字诚恳。

"萧？我的丈夫明明姓……"她话说到一半，像是意识到什么似的，眼神黯淡了下来。

"2046年的12月10日凌晨会发生一起车祸，而你会在这场车祸中遇难。所以我这次来，就是来告诉你，好让你避开它。"

"先生，我想你不应该来我家，你还是去看看医生吧！"萧媞尽量保持风度。一个疯子突然跑到自己家，然后大言不惭地预言自己的死亡！她简直无法理解！

就在她厉声厉色地赶这个疯子出门时，他突然从口袋里拿出一样东西，"就是它把我传送过来的。"

起初，萧媞还觉得他是妄想狂，对于他的话，一个字也不相信。可是当他拿出时光胶囊的时候，萧媞相信了。因为她正是最初研究发明这个胶囊的一分子，她所工作的公司名字，叫做'时光'。

她坐在沙发上，沉默了好久。

萧奇走向厨房，熟悉地从橱柜里拿出杯子，帮她泡了杯咖啡。

"那你呢？你在那场车祸里有没有事？"萧媞忽然急切地抬头问，然后突然意识到我正四肢健全地站在她面前，又放心地笑了笑，"应该没事。"

她摸了摸自己的肚皮，安心地说："告诉我当时的详细情况吧。"

她将视线从病房的窗外收回，将当年遇到我的事情原原本本复述了一遍。

"当年你应该是用第二粒时光胶囊来找我的,所以现在的你还不知道。"她看着满脸疑惑的我,笑笑说。

"那你是怎么从过去来的,难道是第三颗……"

"对,"她点点头,"那时候,我拜托你一定将最后一颗胶囊留给我。我想让你在苏醒后第一眼看到的是我,我怕你会因为自己的恶作剧而责怪自己,我想陪你度过这段最艰难的时光。"

原来12月20号,她并不是失踪了,而是时光胶囊的期限已到,她不得不消失。

"所以,你在我还没出世的时候,就已经知道了那场车祸的时间地点!那你为什么不避开它!"我突然意识到这一点,激动地大声责备她。

"因为……我参与制作了时光胶囊,没有人比我更了解它。如果强行改变历史进程,没有发生车祸的话,那出事的,或许就是你了。我不能冒这个险。"她看我的眼睛里有明明灭灭的光。语气并不强硬,却无比坚定。

我怔住了。原来,她早就知道我会在修车行出现,但是为了让一切如常进行,她装作不认识我,按照最初的剧本,一步步谨慎地生活。只是为了让那场车祸如期而至,然后选择在车祸中用生命,来保护我。119和120一定也是她打的,她要争取哪怕一点点对我的救助时间。

我终于明白,这是她的选择,一个母亲的选择,无论重复多少个轮回,都不会改变分毫。

我恨了她这么多年,恨她当年狠心丢下我,恨她不是个称职的母亲。可我今天才明白,她对我的爱,是用自己的生命来诠释的。

困意突然袭来,我感到自己的身体越来越轻,眼皮却越来越沉。

我静静地体会着这种和三个不同时期的自己同处一室的感觉,微妙而亲切。

在我合上眼睛之前,我看到我年轻的妈妈抚摸着我的头发,爱怜地笑。

紧接着,眼前被一片白光所吞噬。十天的期限到了,时光胶囊要把我带回未来了。

我从困倦中醒来,似乎又做了一次熟悉的噩梦。我窝在沙发里,就像是蜷缩在妈妈温暖的臂弯中。我终于明白,那时妈妈落在我额头上的吻,倾注着怎样沉甸甸的爱。

我揉了揉发红的眼眶,看着盒子里剩下的两粒胶囊,自言自语道:"该出发了,妈妈还在等着我呢。"

妈妈｜天狗望月

一

"三个小时了！我报警已经三个小时了！说什么天网全覆盖，三个小时的时间，你们竟然一点线索都没找到？"

"别着急许先生，我们理解您的心情。您再回想一下，上一次见到您母亲是什么时候。"

"昨天晚上，大概十点左右。我已经说了无数次了，那个时候她就在家里！"

"可是我们调取了这里的监控，进行了系统和人工的双重筛选，确定她从那个时候到现在并没有出过门。您母亲，简直就像是……凭空蒸发了。"

"一个大活人，怎么可能凭空蒸发？"

"许先生，您再好好想想……老人家最近有什么反常的举动吗？"

"反常……是的，她最近，好像说的话，是有那么一些反常……"

电话铃声响起的时候，许晖下意识地皱了皱眉，脸上露出了不耐烦的神情。

来电显示上清晰地写着两个字：妈妈。

"不接电话吗？"温婉的声音从餐桌对面传来。

烛光，美食，夜景，佳人……正是最浪漫美好的夜晚，但许晖却不得不如以往那样面对母亲的唠叨。

电话不依不饶地尖叫着，受到干扰的邻座转过头来看他，眼里带着警告的意味。服务生机器人显然也检测到了这一桌分贝超标，脚底滑轮滚动，朝着他们跑来。

"你应该接。"女友说。

可是许晖只是伸手按了按自己的太阳穴，有些疲惫地说道："没有什么要紧的事。她每天晚上 9 点都会给我打电话，比闹钟还要准时——首先会问我在干吗，接着会问我最近身体怎么样，然后会提到工作忙不忙，顺便关心下我们俩啥时候结婚，最后会说她已经熬好了我最爱喝的鸡汤，是用的正宗的跑山鸡，就等我周末回去了。然而我都好久不喝鸡汤了……如果我的回答不让她满意，她还会发脾气。"

"噗……听起来就像是被设定好了程序的机器人一样。"女友捂嘴一笑，看到服务生机器人已经离他们越来越近了，"可你应该接电话。万一真有急事呢？就算没啥急事……你也好久没回去看了。光是家政机器人陪着她可不行——她可能只是想你了。"

"但是我工作太忙了，根本没时间回去啊。"

"那就好歹接电话吧。"

在女友的劝说下，许晖按下接听键。

铃声戛然而止，服务生机器人检测到分贝恢复正常，立刻停步转身。

许晖将电话放在餐桌中间，打开免提，确保扬声器里传出的声音能够被女友听到。

"喂，儿子，现在方便接电话吗？"

"您说。"

"在做什么？下班了吗？"

许晖瞥了女友一眼，"早就下班了，和倩倩在吃晚饭呢。"

"最近身体怎么样？有没有熬夜？你小时候心脏不太好，医生叮嘱过你不能熬夜的。"

"我知道。"

"这两天工作怎么样？忙吗？遇到困难了吗？和同事关系处理得好吗？"

"我知道怎么处理和同事的关系，我又不是三岁小孩儿了。"许晖的口气有些不耐烦，"不要老问我工作怎么样，我的工作很复杂的，三言两语说不清，给你说了你也不懂。"

"对了，你和倩倩现在发展到哪一步了？准备结婚了吗？什么时候"

"妈，这件事我昨晚就给你说过了，不要翻来覆去问好不好。"

"那就周末见。我熬了你最爱喝的鸡汤，用的正宗的跑山鸡。"

"知道了知道了。"

"知道知道知道，你就会说这两个字吗！有啥不耐烦的嘛！"母亲对许晖的态度有些不满意，怒气冲冲地挂掉电话。

许晖低着头，看不清表情，不知道在想什么。

"许晖，你……"女友犹豫了一下，还是说道，"和阿姨说话的方式，有点不太礼貌。我知道有时候老人唠叨了一点，但是……"

"不是的。妈妈她，每天都给我打电话，每天都给我重复这些话。你也看到了，她说的每一句话，甚至每一句话的顺序，我都可以分毫不差地重复出来。"许晖看着在餐厅内来回走动的机器人，"简直就像是被设定了什么程序的机器人一样……"

"阿尔茨海默，'老年痴呆'，她也许只是根本不记得之前说过这样的话，所以才不断重复而已。"女友伸手握住许晖的手，"不管原因是怎样，我觉得你应该跟阿姨道个歉。"

两人已经走到了谈婚论嫁的阶段，女友不想在这个时候给许晖留下"不尊重老人"的印象。婆媳关系向来是一段婚姻的重要议程，女友很清楚自己应该扮演什么角色。

见许晖不说话，女友自作主张拿过电话，回拨。

"喂，儿子。"母亲的声音传出来，"现在方便接电话吗？"

许晖微微一惊："妈妈，您……"

"在做什么？下班了吗？"

"我……"

"最近身体怎么样？有没有熬夜？你小时候心脏不太好，医生叮嘱过你不能熬夜的。这两天工作怎么样？忙吗？遇到困难了吗？和同事关系处理得好吗？对了，你和倩倩现在发展到哪一步了？准备结婚了吗？什么时候？"

"妈妈！"许晖忍不住打断他，"你没事吧？"

"周末见。我熬了你最爱喝的鸡汤，用的正宗的跑山鸡。"

许晖豁然起身："怎么会这样？"

可是女友却笑吟吟地看着许晖："你看，这不是挺好吗？跟老人打电话要有耐心。"

"你……你竟然……"许晖握了握拳,"不行,我得回妈那儿一趟。"

"我跟你一起去吧。"

"不……"许晖咬着牙,粗暴地踢开椅子跑了出去,"我自己去就行了!"

二

"许先生,阿姨可能是因为'阿尔茨海默'而导致了行为反常,甚至是离家之后忘记回来。初步判断这是一起普通的老年人走失案件,我们会立刻下发通知到各个基层派出所,任何走失老人的信息都会进入数据库进行比对。"

"你刚刚才说她是凭空蒸发!你说监控显示她根本没出过门!"

"我……我修正自己的说法,也许她只是恰好通过了监控的死角。"

"我们有家政机器人!我买了五个机器人送给她!家政机器人会把'看'到的所有影像全部记录下来!"

"抱歉,家政机器人并未启动。您的母亲和大多数老人一样,并不习惯被冰冷的机械陪伴。哪怕她已经很老了,只要还能够动手,她就不愿意把任务交到机器人的手上……"

"可是我昨晚回去,发现她真的有点不对劲!绝不是因为阿尔茨海默,而是……而是……"

"许先生,请您冷静一点。"

母亲老了——许晖比任何人都清楚这一点。

他太清楚母亲年轻时的模样了。生在单亲家庭，他幼年时被寄养在外公外婆家，每个周五的晚上，他站在阳台上，都能看到母亲英姿飒爽的身影。那时候母亲总是标准的职场女性的打扮，脚下踩着高跟鞋，快步向他走来，飒沓如流星。

那么自强而倔强的女人，但终究无法抵抗衰老。皱纹爬上脸庞，乌黑的长发被满头银丝所替代，背脊不再挺直，膝盖时不时发作的疼痛也让她无法再如过去那样穿着十公分的高跟鞋依旧大步流星。

从什么时候发现母亲开始老去的呢……在许晖的记忆之中，她似乎始终都是一个女强人的模样。干练，豪爽，即便退休在家，也长时间不改工作时的气质。可自从他某次长期出差的途中开始不断接到母亲絮叨的电话，回来看到母亲的白发与颤巍巍的身体之后，他突然觉得，母亲真的老了。

出差四个月，却像是过了四十年。那之前他努力读书，外出求学，在单位埋头苦干，为工作东奔西走，忽略了太多事情。因此蓦然回头，仿佛错过了母亲好多年的时光。

记得小时候写作文，《长大后的理想》，他总爱写什么"我没有什么雄心壮志，最大的理想就是能够好好孝顺母亲"。然而当他真正担起了生活的重担，才发现自己竟然无暇回头。说什么好好孝顺，就连每个月回家一次都成了奢侈的事情。

汽车驶入一所高档小区，保安在门口对他微笑行礼。车辆悄无声息地在明亮的路灯下滑行，然后光芒渐暗，它停在小院中央。

许晖坐在车里，抬头看着破旧的小楼上昏黄的灯光，仿佛回到学生时代。静谧的夜里，那灯光如指引着他的星辰，温暖而明亮。在他的少年时光，多少次晚自习后回家，他跟随着星辰的指引，知道母亲一定在那儿,捧着热气腾腾的鸡汤,等着他。

许晖下车,上楼,敲门。

屋门打开的瞬间,他真的觉得时光倒流了。客厅吊灯的灯泡是蜡烛形的,灯光有些闪烁。但许晖隐约记得,分明在大学期间就将它换掉了。

屋子里弥漫着鸡汤的香味,母亲穿着睡衣,坐在桌前,手里拿着一本杂志。

"你回来了。"母亲如同过去无数次迎接自己回家那样,微笑着放下杂志,起身,从厨房里将盛好的鸡汤端出来。

那一刻,许晖感觉母亲好像要年轻一点了。她去端鸡汤时的脚步是轻快的,一点都不像是一个七十多岁的老人。

"妈妈,你没事吧?"

"你一定很累了吧。"母亲微笑,"先把鸡汤喝了。"

"妈妈!"

可是母亲甚至没有理会许晖,只是一味地将鸡汤送到他的面前,催促他:"先喝汤,乖啊……"

"妈……"许晖按捺不住心中的不快,吼出了声,"我早就不爱喝鸡汤了,你为什么还要给我做?"

"什么?"母亲有些吃惊,"可这是你从小到大最爱喝的呀……"

"我早就不爱喝鸡汤了,自从你……"许晖顿了顿,犹豫了下,还是把后面的话咽了下去。

母亲依然不依不饶地将碗送到他的面前,许晖伸手阻挡,却一不小心用力过猛。汤碗落地,砰然粉碎。他转身就走,重重地摔上门。

许晖上了车,用力踩下油门,汽车呼啸着,驶离了这个小院。

225

他的心绪犹不平静。

鸡汤对他和母亲而言早已是一个心结。高三那年，母亲拆散了他和初恋女友，那个时候他和母亲大吵一架，他将手中汤碗摔在地上，愤怒地夺门而出、离家出走。

两人爆发的是从未有过的巨大冲突，这期间不知道有多少争吵和泪水。那一段时光如同乌云投下的巨大阴影，至今没有消退。

虽然后来他们还是和好，但这个结从未解开。他们不去碰它，甚至小心翼翼地避开它——从那以后，他再也不喝鸡汤，而母亲也心照不宣地，开始改变自己的菜单。

可现在又是怎么了。母亲真的是因为老了，记忆偏差，还是突然想要故伎重施，用什么方法拆散他和倩倩？

许晖忽然踩下刹车，掉头。

回去的时候他顺手将包扔在了沙发上，那里面装着明天开会要用的重要文件。

车子重新开进小院，许晖抬起头，灯光依旧。

许晖小心翼翼地推开房门，心里头对刚才的粗鲁行为感到愧疚。或许母亲会骂他一顿，但他下定决心绝不反抗。可出乎意料的是，地面已经被打扫干净，母亲心平气和地坐在桌边，读着手中的杂志，头顶蜡烛外形的灯泡亮着，灯光有些闪烁。

"你回来了。"母亲微笑着放下杂志，起身，从厨房里将盛好的鸡汤端出来，"你一定很累了吧，先把鸡汤喝了。"

许晖愣在原地，像被一桶冰水浇了个透心凉。

仿佛时光倒流，仿佛过去重现，仿佛这是他今晚第一次踏入家门，又仿佛是某种早已写定的程序按照既定的代码运行。

说出的每一个字,进出的每一步,甚至连脸上的每一个表情,都与刚才分毫不差。

许晖一时说不出话来。他只是机械似的接过汤碗,抿了一口。

"儿子,你不能再和那个女孩交往下去了。"母亲忽然说。

许晖差点被呛到了……十年前与母亲的争执在眼前回闪,刚刚喝下去的鸡汤泛着苦味从胸口泛了上来。他连连后退,母亲的面孔突然变得那么陌生。

可是为什么……她明明不反对自己和倩倩的婚约啊!

"儿子……"

不,一定有什么东西不太对。

"儿子,你要去哪?过来,我好好跟你谈谈早恋的事!"

许晖用尽全力,将汤碗狠狠地摔在地上,跌跌撞撞地跑了出去。

三

"许先生,您之前一直没有发现老人家有老年痴呆的征兆吗?"

"你们没听我说吗?那不像是老年痴呆……我,我甚至怀疑,是不是那些机器人将她绑架了……"

"家政机器人只能按照设定好的程序做事,目前市面上并没有所谓真正的人工智能,它们不可能实施绑架行为。许先生,请您先回答我的问题。"

"我……没有发现过。"

"那么,许先生,您多久没回家了?"

"我每隔一两个月都会回去一次……我的确觉得她昨晚的言行有些奇怪,但我不认为是因为病症。她虽然老了,但是头脑一直很清楚,我很确定!"

"您真的确定?恕我直言,许先生,每次您回家,都没有待多长时间吧?大概是例行公事一样,吃个晚饭就走了?"

"我……"

"看来我说对了。许先生,您过去三个月一次都没去看望过老人,昨天晚上为什么要在约会的时候忽然回去呢?"

"你什么意思?"

"我还接到同事的调查报告,您从来没有在工作的时候给母亲打过电话,但今天您却是在工作时间发现她失踪并且报警,为什么?"

"谁规定了我不能在工作时间联系我妈了?"

"您早就知道了她会失踪?您说到昨晚和您母亲有点争执,那之后您真的是直接回家了吗?"

"你在怀疑我?"

"而且现场的情况你也看到了——这个房子遍布灰尘,甚至没有通电,显然长时间无人居住。"

"我说了,我昨晚才回来看了我的母亲!"

"抱歉,许先生,您需要稍微你捋一捋思绪,回去好好休息一下。请保持通讯畅通,我们随时会来找您。"

许晖回到家里,怒气冲冲地将水杯摔在地上。

"他们竟然怀疑我!"他冲着女友大声喊道,"我妈不见了,他们不把精力放在寻人上,居然反过来怀疑我!"

女友低下头,将散落一地的碎玻璃收好,跟他倒了一杯热水,轻声安抚:"警察也只是例行公事而已。"

"你不明白!"许晖一把抓住女友的手,脸上的表情有些惊慌,"我能感觉到,我能感觉她有危险!从今天早上开始我就觉得很不对劲。你们不明白的,这是血脉相连才会有的预感!你们都不明白的……"

"说什么血脉相连……明明生活在同一个城市,几个月也不见你回去一次。"女友忽然幽幽地说道。

"你说什么……"许晖一把将女友推开,"你懂什么!"

女友静静地看着他,脸上的表情却变得有些奇怪。看不出这是责备,亦或是嘲弄。他忽然觉得这位朝夕相处的女友变得非常陌生,心里头那种不祥的预感越来越强烈。像是一根弦越绷越紧,手指拨弄它,发出尖厉的警告。

他咬咬牙,不再理会女友,而是冲到外面,发动汽车。

有个声音在催促他——他必须立刻回去。

汽车轰鸣着闯入母亲居住的小区,那儿一片混乱。一栋高楼上浓烟滚滚,消防车顶的警灯无比刺眼。

这是一所高档小区,是他工作后送给母亲的礼物,让母亲终于可以搬出那个破旧的小院。小区内消防设施齐全,火势很快被扑灭,没有造成太大损失。

只有一人死亡。

许晖下了车,呆呆地看着前方。没人跟他讲话,但是他下意识地知道了什么。医护机器人抬着担架分开人群走了出来,担架上的人全身被白布蒙上。许晖一个趔趄,跪倒在地。

记者站在他的面前做报道——仿佛根本没有看见他,又仿佛所有的报道都为他一人而作。

"老年痴呆……忘记维修家中的防火系统……"

"死者在家熬鸡汤，却忘了关火。锅被烧穿后，又点燃了旁边的易燃物，引发火灾……"

"死者长期独居，没有使用家政机器人。据说有一个儿子，是某上市企业的技术骨干，不过他并未出面接受采访……"

许晖捂着头，周围的喧闹逐渐远去。他这才发现手里拿着一本日记，仅剩残缺的几页。

母亲的字迹：

3月15日。记忆力越来越差，必须把每天发生的事都用笔记下来，否则第二天就会忘记。

3月20日。我最不想忘记的，就是和儿子的点点滴滴。

4月5日。给儿子做了红烧排骨和油焖大虾，但儿子临时加班，没有回来。

4月17日。已经两个月没有见到儿子了，有点想他。但是打电话他没有接，只回了一条信息说他在开会。

5月14日。今天是母亲节，儿子没有回来，只给我送来了一个最新款的家政机器人作为礼物。我不喜欢机器人，冷冰冰的，没有人味。

7月7日。儿子打电话说找时间将女朋友带回家，我很欣慰。

10月25日。儿子明天回来吃饭，我要为他准备他最爱喝的鸡汤。

四

许晖大叫一声,从躺椅上坐了起来。身后的仪器连接着他的大脑,发出轻微的电流声。

他捂着脸,低声啜泣,整个身体都在颤抖。

"妈妈……妈妈……"他不断地低声重复着,泪如雨下,"对不起……对不起……"

房间之外,透过玻璃窗,程观月微微叹了一口气:"时间到了,通知家属将他带出去吧。"

他身边站着一个娇小的女青年,有些不忍地转过目光:"程博士,有时候我真的觉得,让他来体验'回梦',还是有点残忍了。"

所谓"回梦",是通过电流刺激顾客的大脑,让顾客产生梦境的科技手段。这种梦是可控的,造梦师为顾客搭建梦境中的场景,顾客在梦中去体验另一种人生。

在梦中,顾客可以是上天入地的超人,可以是挥斥方遒的名将,可以是倾国倾城的红颜,可以是万众瞩目的明星。而与顾客在梦中互动的,只是由一段段程序代码构成的NPC罢了。

三年前,许晖拿着一大笔钱找来,想要体验"回梦",想在梦中重新去经历与母亲生活的时光。但他的要求有些特殊——

其余的NPC是由代码构成,依照既定的程序与他互动。但梦中的母亲,必须是"真实"的。

她不由程序员来架构,而是由许晖对母亲的记忆投射在梦中直接形成。

他说，只有这样，才能让他彻底在梦中忘记现在的自己，才能让他真正体会到和母亲在一起的感觉，才能让他感觉到……母亲还活着。

由程序员来架构的"母亲"会让他觉得违和，但由记忆投射出的母亲形象虽然真实，却不可避免会出现许多BUG。

比如，他从未在上班时间联系过母亲。白天独自在家的母亲如何生活，他没有相关记忆。所以当他试图上班时间去找母亲时，她的状态便是彻底失踪。

比如，工作之后，每次接母亲的电话，似乎都是那几句固定的问候，因为每当母亲想聊点其他的，他都会不耐烦地找借口挂掉电话。记忆不断强化，以至于定格，所以梦中的母亲，再也不能在电话里说出更多的东西。

再比如，工作之后，他从未在深夜回到母亲那儿。所以关于晚归的记忆，永远只有曾经住过的破旧小区，永远只有学生时代母亲端出的鸡汤，以及那个最深的阴影——母亲拆散了他的初恋。

再比如，母亲最终死于火灾，这是注定无法改变的。无论是现实，还是梦境。

许晖每月都要来一次……他将大量的金钱投入其中，像是对毒品一般无法自拔。

"有什么残忍的？这是他自己的要求。我们是商人，顾客给钱，我们就提供服务。只不过……"程观月停顿了下，"人是不会意识到自己在做梦的——而即使是在梦中，重温了过去生活的场景，他仍然只是不断地重复'对母亲不耐烦'、'目睹母亲死亡'、'后悔为什么不多陪她'这个死循环而已。这大概就是人性的弱点吧。不管把你抛回原点多少次，你仍然会犯同样的错误。他每次醒来都痛哭流涕，但每次重新入梦后仍没有任何改变。"

"他也许不是想改变什么……他只是带着惩罚自己的心情来的吧。一次又一次,在无尽的循环之中,也许他只希望自己能够某一次惊觉自己的错误,然后向母亲下跪请求原谅。"

"不可能的,因为他的记忆里没有这种场景。等他真的跪下了,梦境又会出现 BUG。"程观月一边说着,一边脱下工作服,"下班了,我该回去了。"

"你刚才不是说有些 NPC 在梦中的应对太生硬,需要做些调整吗?"

"所以?"

女青年扑哧一笑:"我以为你今晚要加班改代码呢。"

"我才不想加班。"程观月摇了摇头,"今天是我妈妈的生日。这个世界上,有太多比加班更重要的事!"

"是看到许晖的遭遇,所以内心有所感触?"

"算是吧。我不想以后像他这样陷入无尽的悔恨中。"

"那么……"女青年的眼珠子转了转,"你就不担心自己现在也处在'回梦'之中?你怎么证明这是现实,而不是你自己掏钱买来的梦境?弗洛伊德说过,'梦是愿望的达成'。你现在做的事,说不定只是对你现实中犯错的补偿罢了。"

程观月站在门边,停下脚步沉默了片刻。

"是啊,我无法证明……人怎么来证明自己不是在梦中呢?"

他回过头来,正色道:"但就算现在是梦,我也要让自己在梦中不留任何遗憾。如果我曾经犯过错误,那我不会第二次犯下同样的错。"

他关上房门,坚定地走了出去。

当雪花落下的时候｜左　力

"塞巴斯蒂安教授，里奇·塞巴斯蒂安教授。"珍妮一边敲门一边喊道。"我是校工会的珍妮·根巴斯特。您近期的状态让学校方面非常担心，我们需要知道您到底遇到了什么困难。请您放心，不管是什么事情，学校方面都一定会尽全力帮您解决的。现在麻烦您开门让我进去好么？"

"教授，我知道您在里面，您把自己关在实验室里已经整整三十天了，而且还改了门锁的密码。如果您再不开门的话，为了确保您的安全，我们就要强行进来了。"珍妮朝叹了口气，然后退到了一边。看着早就等在一旁消防员，把价值几十万美元的特制安全门，变成了一堆分文不值的垃圾。

从破开的门里，飘散出了浓重的酒气。以及，在旧金山湾区的盛夏八月绝不应该有的，刺骨的寒冷。

"教授，您在哪儿？"珍妮披着一件临时找来的大衣，深一脚浅一脚地走进了冷得仿佛冰窖的实验室。

原本已经组装好的生物—量子计算机组件，现在被胡乱地堆成了一堆；用来给计算机组件降温的液氦交换器，在实验室的正中排成了一个圆环；圆环的里面，则是数不清的空酒瓶，以及，早已醉得不成人形的里奇·塞巴斯蒂安教授——世界上最好的量子计算机专家。

"教授，你这是在干什么？"珍妮彻底愤怒了。作为校工会的高级职员，她很清楚那一堆计算机组件这几年间花了至少十几亿美元。而且，即使作为一个完全的外行，她也能看得出来，那堆组件现在已经彻底报废了。就因为眼前这个醉醺醺的酒鬼。

"嗨，美女。来陪我喝一杯！"塞巴斯蒂安教授摇摇晃晃地站了起来，举着一个盛满酒的硕大的洛克杯，对着珍妮喊道。

"教授！你到底在抽什么风！"珍妮一把打掉了里奇递过来的杯子。"你这到底是怎么了！？"

"嘿！你刚才打翻的可是一杯价值三万美元的 Macallan Rare and Fine 1926！"

"三万美元？"珍妮气得笑了出来，"你毁掉的可是十几亿！这是世界首台生物—量子计算机的原型机！"

"我当然知道，那东西本来就是我造的。"里奇似乎稍微清醒了一些，"我这一辈子的心血结晶。不过反正它也等不到彻底完成的那一天了。不像你打翻的那杯酒，你本来还是有时间可以喝掉它的。那真的是一杯好酒。"

"等不到彻底完成的那一天了？"珍妮猛地一惊，又看了一眼满地的空酒瓶，还有那些正在全力工作的液氦交换器，小心地问道："难道说您遇到了什么无法克服的障碍？导致您竟然绝望得要自杀？"

"不，原型机的建造一切顺利，只要能再有一年半的时间就可以彻底完成了。"塞巴斯蒂安教授叹了口气，"只是已经来不及了。"

235

"那这……"珍妮完全糊涂了。

"我只是想试验一下,看看我这把老骨头能不能挺过接下来的日子——欧洲的那些物理疯子弄出来的可怕……"

"教授,你到底在说什么啊?"珍妮看着塞巴斯蒂安教授的表情就好像他已经彻底疯了一样,"我代表学校方面要求您,对您这段时间的行为给出一个合理的解释。"

"现在几点了?"

"什么?"

"我问你现在几点了?"

"早上八点三十七分。您要干什么?"

"还有二十三分钟。好吧,在那些疯子正式开始之前,还有足够的时间,可以告诉你接下来会发生什么。"说着,里奇又递过来一杯酒。"我建议你还是先喝一杯,这样会比较容易面对将要发生的一切。而且这是 La Maison du,轻井泽的,桶号 4973,很适合漂亮女人的酒。"

"我先讲一个例子让你明白我们将要面临的境况好了。"塞巴斯蒂安教授说道,"你应该知道,就在七十七年前的七月十三日,NASA 的'新视野'号探测器首次近距离探测了冥王星,根据传回的照片显示,冥王星当时在下雪。"

"教授!"珍妮现在可以确定,眼前的这个人的确是疯了。

"别激动,听我说完。想想看,新视野号之后,NASA 和欧洲航天局又发射了十二次冥王星探测器。都比当初的'新视野'号要先进得多。但是,却再也没有观测到下雪的现象。你不觉得奇怪么?"

"没错,这件事至今 NASA 仍然无法给出合理的解释。但是这和您现在做的这一切完全没关系啊!"

"不,这里面关系重大。"塞巴斯蒂安教授抓起一瓶 Dalmore 64 Trinitas,直接对着瓶子喝了一大口。"因为'新视野'号当时观察到的根本就不是什么普通的雪花!"

"您到底在说什么啊,不是雪花那还能是什么?"

"量子塌缩的震颤余波,或者,按照我更习惯的说法:系统临时超载导致的显示花屏。"

"呃?!"珍妮显然已经彻底搞不清状况了。

"量子力学中的基本常识,在没有观测者的情况下,一切都将会处于量子态,只有当观测者出现的时候,才会塌缩成为确定的某种形态。"塞巴斯蒂安教授耐心地解释道。"'新视野'号是第一个对冥王星进行如此细致观测的观测者,所以引发了强烈的量子塌缩现象,看上去就像是下雪了一样。用我的说法就是:因为瞬时大量的数据需要细化,占据了大量的资源,导致系统在一瞬间超载宕机。"

"这一切太可怕了。"珍妮很明显还没有从过度震惊中恢复过来。

"不,这才仅仅是开始,"里奇继续说道,"毕竟,冥王星只是一颗距离我们无比遥远的,连行星都算不上的小小的岩石球体罢了。但是,类似的情况在地球上也出现过。"

"您是说?"

"导致量子塌缩,或者按我说的'系统超载'的原因,除了'第一次观测'之外,还有可能是因为'更细致的观测'。例如你知道的,人类学会用火引发了第四纪冰川期的到来。"

"人类学会用火……引发了第四纪冰川期?"

"是的。燃烧是分子层面的化学变化，所以学会用火标志着作为高级观察者的人类的观测尺度，从肉眼可见的程度变成了纳米级别，从而引发了比冥王星上那次严重得多的量子塌缩，也就是持续时间上百万年的第四纪冰川期。但是我们现在面临的情况，要比第四纪冰川期严重得多。"

"您是说？"

"你应该还记得，就在一个月之前，欧洲核子中心的那群物理疯子，决定搞一个大型的对撞实验，来彻底搞清楚构成这个宇宙的基本粒子到底是什么。按照他们的说法，这将使得我们对宇宙观测的细微尺度提升好几个数量级。这个提升会比从肉眼可见的程度变成了纳米级别大得多，也就是说，这将会导致比第四纪冰川期严重得多的后果。"

"这也就是为什么，我会把自己锁在这个冰窖一样的实验室里。我想提前试试看那到底会是什么景象。"

"但是，教授，这完全就是您的猜测而已啊！而且，这套理论也太……"珍妮终于找回了正常的理智。

"太科幻？太天方夜谭？还是太胡扯了？"塞巴斯蒂安教授笑了起来，"现在的时间是早上八点，也就是巴黎时间凌晨十二点，刚好是他们这次试验开始的时间。让我们来看看现在外面有什么。"

里奇走到窗边，一把扯掉了厚厚的窗帘。

窗外，旧金山湾区八月盛夏的清晨，雪花正在纷纷落下。

歧路？同路？ | 美菲斯特

一

当我醒来时像宿醉般头疼，四肢不听使唤，低头一看，自己被束缚衣捆在就诊椅上。我只能从断篇的泥沼中努力挖掘之前发生的事。

空对空导弹的尾迹和绿色的氖射线在空中交汇成诡异的抽象画，我驾驶着FX65战斗机与一架敌机缠斗在一起，对方的速度和灵活性胜过FX65战机一筹，超视距格斗不知怎地变成"DOG FIGHT"，敌机始终咬着尾巴。我只剩一枚眼镜蛇3型导弹，咬咬牙，不顾过载压在身上的3G重力，使出"普加乔夫眼镜蛇"动作，堪堪将敌机骗到我前面，随后我慷慨地将空对空导弹奉送给它，还有600发重机枪子弹，将敌机逆水滴体机身打得火光连连，然而敌机还在努力维持平衡，拖着黑烟尽力避开山峰、向平原地区飞去。

我不敢恋战，开大马力疾速脱离战场，很快达到1马赫速度。谁知FX65像掉入松脂的飞虫般突然停在半空中，流线型机身上甚至出现波纹状扰流，集成头盔里不断冒出提示音——有股巨大的引力将战机拖向后方！

这时我感到天色黯淡,一个巨大的黑影解除光学迷彩,出现在FX65后面。敌方的空天母舰像盘踞在蛛网里的狼蛛,心满意足地回收着捆缚猎物的蛛丝。

"如果被俘房会怎样?"我心里一沉,自从73艘来历不明的空天母舰突然突入大气层,降临到世界各地以来,地球同盟军团和他们放出的敌机大小数百战,盟军击落的敌机里没有驾驶室,没"人"被俘房;而对方似乎不需要俘房,无论是坠海的水手还是跳伞的飞行员,一概无视《日内瓦公约》,格杀勿论。

看来我有幸成为第一个人类俘房了,然而我不想获取这份殊荣。引擎被我开到最大,FX65菱形喷口的两束蓝色火焰陡然变大,像两注喷泉喷向后方,机身猛然向前一冲,但没冲出20米,再次停滞不前。

现在的推力足够让FX65达到2马赫的高速,机身抖动得像疟疾病人,再这样下去会凌空爆炸!我正犹豫时,引擎逐渐消停了,机身震动减弱许多,头盔提示音说,"操控系统正在被接管。"

战机真成了封在琥珀里的飞虫,我从飞行服里掣出手枪,摘下氧气面具大吼一声"同盟万岁",还没来得及将枪口伸进嘴里,就感到触电般浑身麻痹,眼前一黑就什么也不知道了。

二

这么说我被俘房了?

现在我和汉尼拔教授待遇相同,束缚衣加身,然而这里不是医院,周遭一片空白。

"不会是把脑子取出来,做成缸中之脑了吧?"我正想着怎么脱身,只见头顶上的空白处开启两扇拉门,一个熟悉的身影从拉门中走出。

看清他的脸,我刚想骂"欧文,连你这浓眉大眼的也叛变地球同盟了",突然想起,欧文不是上个月战死了吗?还举行过简短的葬礼。

"欧文?不,这是通过你记忆中的人脸'造'出的影像,免得见外。""欧文"饶有兴味地说,他踩着看不见的阶梯走到我头顶上,和我呈九十度角。

我苦笑一声:"你能根据我脑海中的记忆随意捏造人类的形象,看来我已经成了'缸中之脑'!"

"也不全是,你的身体还在。""欧文"笑吟吟地说,"这里是虚拟空间。"

相比之下,我们的 VR 技术稍逊一筹,我问道:"你们究竟是什么人?"

"我们是地球人。"

"欺骗快要死的人是不道德的……"我突然想起谈人类的道德是对牛弹琴。

"我们是地球人。""欧文"加重语气,"当我们离开时,统治这片大地的还是恐龙。"

"欧文"双手划出一个方向屏幕,上面出现一幅骇人的图景——数十枚庞大的飞船从隐蔽的发射井里升起,无论是群山之巅、密林深处还是戈壁滩上,飞船升空引起地震般的震颤,水面像开锅般气泡沸腾,雪山之巅的雪崩一泻千里,戈壁滩上的石头像微波炉里的爆米花般不断跳动,密林深处树木倾折、树叶簌簌落下。三角龙将瑟瑟发抖的幼崽护在身下,鸭嘴龙来不及带上幼崽只能四散而逃,身形庞大的雷龙呆若木鸡不知动弹，就连撕咬猎物的霸王龙也丢下鲜肉像没头苍蝇般乱窜……

我颤声问道："是你们造成恐龙灭绝的吗？一千六百万年前你们就存在于地球上吗？"

"是的。"欧文严肃地道，"孢子、种子无孔不入，有机物像黏菌般生生不息，然而最可怕的是冰河期，长期的极寒使得我们无法动弹……"

欧文突然住口，我似乎发现一丝光明："难道，你们短路了？"

他默不作声，我重新审视"欧文"和他背后的"人"。难怪空天母舰几乎从来没有着陆，只在撒哈拉沙漠和柴达木盆地短暂着陆——他们在刻意避开无处不在的水流，他们生怕被地球人发现造成致命威胁的弱点！

我不敢想下去，他们能读取我的思维。我胡思乱想些东西冲淡刚才的思路。就听欧文长叹一声："不可否认，是的。洪荒之初，地球有碳基和硅基两种生命，前者在阳光和水的滋养下在地表形成生态系统，后者则生存在地底下的岩洞里，千方百计避开水。"

"硅基生命怕水引起电路短路，掌握初步的冶炼和锻造技术后，首先给自己打造一副'水泼不进'的外壳，进而发现自己可以搭载各种外挂的工具，然而一旦失去外挂，本体行动（就会）受到极大限制。"

"碳基生命的致命弱点是寿命太短，血肉之躯太过脆弱，饥饿、疾病都可能导致生命结束。硅基生命的寿命是你们的几十倍甚至上百倍，我们不必将有限的寿命浪费在捕食中，我们科技的发展速度比你们快很多，而且会稳固地传承下去。"

"原本按计划,硅基生命将突出地表,消灭像细菌般讨厌的碳基生命,然而,一场突如其来的变故将我们的百年备战毁于一旦。"

我静待欧文说下去,他冷冷地道:"那是一场海啸,一颗小行星坠入太平洋,五十米高的巨浪席卷整个陆地的海岸线,硅基生命踌躇满志地准备征服地上世界,没想到铺天盖地的水幕席卷而来,刚刚看到天空的战士们瞬间短路。若不是长老院力排众议将所有的闸门关上,壮士断腕地将一百万远征军和三千艘战舰堵在外面,大洪水将淹没整个地下世界,硅基生命就彻底消亡了。"

我惊讶得合不拢嘴,恐龙和哺乳动物的祖先差点被死神的镰刀砍中。

三

"后来呢?"

"那一场变故使得我们不得不再次备战,又是几千年过去了,战舰比上次先进得多,长老院专门选择没有强降水的时节发动战争,我们一路节节胜利,各个大陆的恐龙几乎被屠戮殆尽,这时长老院紧急下令——所有的远征军和战舰立刻回归地下世界!"

"怎么了?"

"冰河期来临了,极寒天气和无处不在的冰晶导致电路坏死病的大规模传播,我们只能在地下世界等待冰河期过去,一等就是近千年。"

"在等待的时间里,我们并没有闲着,两次登上地表世界都留下观测装置,观测天体运行和地表的变化,谁能想到,我们的宇航理论和技术,是在地下世界发展起来的。"

"这……这也行？"

"我们可以在充满射线的真空中生存，不像你们需要考虑各种维生装置，仅凭血肉之躯，很难承受到达第三宇宙速度的代价。"欧文略带自豪地说，"何况，我们可以换下不必要的外挂，仅带'原脑'出发。"

我可以想象，一台台电脑拔出自己的硬盘、内存和CPU放上飞船，仅带上这些他们就能保存文明，而且可以忍受几万年的星际航行。

"根据元老院的测算，冰河期还将密集爆发，硅基生命分成两派，一派想避开冰河期去宇宙中寻找适合生存的星球；另一派想留在地球上。两派爆发内战，当时整个地底世界像熔岩般炽热，最终飞船派占上风，全族专注于研制空天母舰，从内战爆发到飞船研制成功，又是几百年过去，这时又一次冰河期即将到来。"

"制造飞船已经导致环境恶化，飞船派抛弃留守派和地球上的万千生灵，在茫茫太空中开启拓荒之旅。在之后的数千年间，留守派靠反应炉在冰河期苟延残喘，直到最后一个罹患电路坏死病的硅基生命在地球上消亡。然而碳基生命尤其是哺乳动物在冰河期中幸存下来，恐龙灭绝之后，哺乳动物和鸟类以惊人的速度扩张到地球每一个角落。"

欧文没再往下说，我明白了，逃向太空的硅基生命在流浪一千六百万年之后卷土重来，天知道他们在哪个星球站稳脚跟，或者依然走投无路，将洄游的坐标设置到"故乡"。

地球同盟军一直以为硅基生命来自外太空，没想到他们发轫于地球，他们的技术比我们先进得多！我很想将讯息传回总部，可现在逃出生天都是问题。我正紧张地思索，突然整个白色空间扭曲了，经过一番晕船般的恶心，我退出虚拟世界回到现实世界，发现自己身处某个大型舱室内，被牢牢捆缚在金属茧内，在旁边还有几名人类俘虏，我们面面相觑。这时就听一个合成声音怒吼道："该死的碳基生物，病毒！"

我想起来了，每个士兵脑后安装一枚"赫胥黎"芯片，便于和FX65战斗机以及其他载具的计算机连接。我一直怀疑，地球同盟军为什么不厌其烦地给每个士兵植入生物芯片，这等于给硅基生命开了后门。当"欧文"以为可以肆无忌惮地潜入碳基生命的意识时，没想到自己也被生物芯片里潜藏的电脑病毒感染。硅基生命的寿命比我们长很多，自以为无论是在系出同源的地球上，还是在条件恶劣的宇宙中，都比碳基生命生存能力更强，但这并不代表诡计比我们玩得好，潜伏的木马病毒一爆发，顿时攻守易位。

合成声音在不停变换，一会是"欧文"的音色，一会换成其他人的，空天母舰船体发生倾斜，停机坪舱口大开，甚至有几艘逆水滴体战机解除限制滑出舱外。这艘空天母舰明显开始失控，抹香鲸般庞大的舰体开始翻滚，可惜我却要留在这里听天由命！不甘之下，我突然感到意识好似被剥离躯体，脑海中一片混沌，失去知觉。

四

当我再次醒来，适应周围的光线时，发现"欧文"也在身旁，我们俩面面相觑，一个硅基生命、一个碳基生命，刚才还在即将坠毁的空天母舰里等待死亡，是谁把我们带到这里来的？现在我们是死是活？

空间里响起一个声音："还好把你们的意识及时上传到服务器中，不然你们真的灰飞烟灭了。"

我和"欧文"异口同声问道："你是谁？"

那个声音淡淡地一笑："在漫长的十四亿年里，难道只有人类一种高等碳基生命吗？以此类推，难道硅基生命也只有这一支吗？进化的路径如同恒河沙数，并不一定只有你们两支走在正确的路径上。"

"那您……"

"你们两族视彼此为异端，认为对方是进化走上歧路的产物，难道没有想过，曾经有一条进化之路，是试图将碳基生命和硅基生命合二为一的吗？"

"空间"里浮现出无数朵雪花状的分形，汇成一道直径两米的雪花状门，一个"人"从门内走出，他有着修长的身材和匀称的四肢，然而表皮像水银般能照出人影。我们的VR技术相比之下和穴居人的石斧差不多，在虚拟空间中保有意识，在现实中使用像硅基生命般可以自由更改的身体，难道这才是终极的进化？

看来，空天母舰被更高等物种入侵了系统，我和"欧文"的意识皆被强制上传到他们的虚拟空间中，对方似乎已经突破碳基和硅基的界限。何为歧路、何为正路？或许是进化长河中，殊途同归的同一条路……

万水千山 | 吴道简

我还记得那个寒冷冬天的清晨，我欢快地走进实验室，大道以更欢快的声线对我说，"嗨！主人，告诉你一个不幸的消息，羲羲 16 也死咯！"

我酝酿了一个冬天的美梦，奋斗了一个冬天的理想破灭了，我呆呆地愣在那里好几分钟，大道以更加欢快的声线对我说，"嗨！主人，你要节哀顺变……"

我对它这无限的欢快恼羞成怒，一怒之下，拿起墙角的榔头，劈头盖脸地砸过去，把它的显示器砸得粉碎，一边砸还一边骂，"老子没教过你，做人要有感情，做机器更要有感情吗？忠孝仁义礼智信你都学哪里去了？你这个坏蛋！这么幸灾乐祸是跟什么东西学的……"

大道的显示器爆出一团又一团的火光，零件与碎片崩得到处都是，几块液晶碎片崩到我的手上，把我的手划伤了，我知道这是大道的眼泪，我也知道那是我的血。

我曾经是一个温文尔雅的人，但现在脾气越发的暴躁，我发泄完怒火，看着四分五裂、惨不忍睹的大道，也感觉到非常的悔恨，我用簸箕把大道收拾到一堆装起来，又心疼又不想让步地低声问大道，"疼不疼？"

大道一点声音都没有发出。

"别装受伤了！你有备用电源。"我带着主人的威严说。

"我真的受伤了，我好痛。"大道带着哭腔说，"你为什么这么对我？"

"物伤其类，大道，"我循循善诱，"你虽然只是一个机器，也不能如此冷血无情，羲羲16死了，你怎么可以这么快乐呢？"

大道好委屈地回答，"羲羲16死了，我当然很伤心，但我觉得你会更伤心，所以我想欢快点，缓解你的悲伤情绪，心理学上不是有统计，情绪是会互相感染的吗！"

我只能非常爱怜地摸着大道的主机，"真是一个又笨又傻的机器，都快两百岁了，怎么一点长进都没有？走，主人带你去维修站。"

因为大道两百多岁了，所以才一点长进都没有，现在的升级程序对它来说不兼容，而它的内置程序又太落后了，这个笨笨傻傻的大机器怎么能比得上现在的人工智能呢？

羲羲16是我正在进行的一个项目试验品，它的死亡，宣告我的第十六次试验失败了，我是一个人工智能的高级研发员，我的工作，或者说我们的工作是，研发出最符合人类的人工智能，不仅仅是思维，还有身体，要与人类别无二致，最起码不能是像大道这样的笨蛋，首先，大道外形跟古董电脑一模一样，显示器和主机都是分开的，音箱也是外接的，一眼看过去，它就是一个机器，但这样有一个好处，就是大道不娇贵，非常好维修，要不然我为什么那么喜欢砸它的显示器；其次，大道实在是太笨，朽木不可雕也，在我那么郁闷的时候，他为什么会那么笃定地认为自己应该欢快起来？这么幸灾乐祸不是讨打吗？

维修站的工人就是一个比较令人满意的人工智能，他看着我抱着被砸得乱七八糟的大道，极具工业美感的立体脸庞呈现出悲伤的神情，两行清泪流下，哽咽着，"您怎么可以对这位爷爷这么残忍，看着它老人家这饱受摧残的身体，我止不住自己的眼泪，您太坏了……"

大道的显示器被我砸了，所以它看不到东西，连忙安慰着工人，"小伙子，还是小姑娘，不要伤心，不要哭嘛，我老家伙抗打抗砸好维修，给我换一个显示器就万事大吉啦！但是我年纪真的有点大了哦，最近看东西也不清晰，显示器上的摄像头给我换一个好点的可以吗？主人。"

相较于这个娘们唧唧的工人，我还是更喜欢大道，总归是我打的，我有愧于大道，那么就换一个好点的显示器吧！

工人一边维修，一边喋喋不休地让我对大道温柔点，说老人家陪我这么多年，对它不好于心何忍，我真的想给它老板建议更新升级程序，像人一样温暖是好的广告词，但不能执行成唐僧一样的墨叽啊！

不过这么一想，大道的确陪伴我了好多年，我刚出生的时候，我父母就在二手市场给我淘了它这么一个不知道转过几手的老古董，我贫寒的父母为生计奔波，大道给我唱摇篮曲，给我讲故事，跟我聊天，陪我长大……想到这里，我不禁有些心酸，我怎么能这么对待大道呢？

把大道抱回家，我开始写羲羲 16 的死亡报告，人类情感太复杂，羲羲 16 死于模拟过载，因为我给他出了一个貌似很难的题，A 与 B

是前夫妻，B与C是现夫妻，A与B有一孩D现重病，需A与B再生一孩脐带血移植，否则D会死亡，现请模拟将会出现的情况，以及A、B、C、D各自的情绪和想法，并在各种情况的基础上模拟对C的劝慰台词……"

我让大道帮羲羲16参考，但大道说他弄不明白A、B、C、D的关系，羲羲16只能孤军奋战，所以羲羲16死了，对于人工智能或者机器来说，死就是报废了。

我想到一个词，大智若愚，大道能活这么久，不是没有道理的。

我又开始烦躁，工作上屡屡受挫，让我很容易情绪失控，人工智能模拟人类的瓶颈到底出现在哪里？这个关键点我总是无法突破，何止是我，所有人都无法突破，人类只能制造出像维修站工人那样不伦不类的东西。

大道小心翼翼地说，"主人，我觉得你现在心情烦躁，除了工作上的原因，是不是跟内分泌也有关系？"

因为早上对它太粗暴了，所以我现在尽量对它温柔一些，"跟内分泌有什么关系？还别说，我真起痘痘了。"

我的态度给了大道鼓励，它接着说，"主人，我建议你找一个女朋友吧！恋爱会使人轻松愉悦的。"

我看着脸上的痘痘，觉得这是一个非常值得考虑的建议，"那好，大道给我订购一个机器人女友吧，要那个现在最出名的性感影星同款。"

大道连忙说，"不，不，不，主人，我不是要你订购一个机器人女友，现在的人工智能符合不了你的要求，主人，你应该找一个人类女友。"

人类？

人类女友怎么订购？我疑惑了，即使到了现在买卖人口也是犯法的。

"主人，"大道叹口气，音响里发出一股像放屁一样的声音，"你们现在的年轻人啊！凡事图方便，爱情这么神圣的东西，能用金钱来衡量吗？那是爱情啊，两个人心心相印、两情相悦，主人啊，你懂什么叫做爱情吗？"

我怒了，我是人，我不懂，你个机器懂？

大道无限感慨，"爱情是建立在看对眼的基础上，两个人相遇相知，要有共同语言，要能聊得来，要相互扶持，要共同进步，就像歌词里唱的，只因在茫茫人海中看了你一眼……"

我看着大道无限陶醉的样子，显示器上浮现出阵阵红晕，难道它是一个有过刻骨铭心爱情的机器？

都说老人故事多，看来老机器也一样。

大道开始教导我，"主人，我活了这么久，虽说智力不够，但人生经验还是可以的，我告诉你，去找个人类女朋友吧，找一个看对眼的，聊得来的，还有，女的，我年纪大，接受不了太新奇的。"

在大道的引诱下，我对人类女朋友无限期待，但我应该怎么找呢？我无措地看着大道。

大道阅尽世事一般，"在我刚出生，就是刚被制造出来的时候，我的主人是通过网络找到女朋友的，他们一见钟情，相谈甚欢，最后白头偕老，相伴始终，对了，他们最后被埋在了一起，连死亡都不能拆散他们，主人，你要不也试一试用网络找女朋友吧，现在人类也有怀旧的，要不然，我先给你找几个寻求交友女孩的全息图让你看一看？"

还没等我点头，大道就调阅出了好几个女孩的全息图，还有各自的简介，作为一个老机器，他的速度还真快。

我看着这几个展现在我眼前的全息图，"不行，太矮；不行，太高；不行，太胖；不行，太瘦；不行，没有共同语言；不行……"

忽然，我眼前一亮，"芸芸，考古工作者，喜欢老旧的东西，喜欢看古典文学，喜欢番茄炒蛋……"

就是她了！

大道的显示器上冒出一行字，"我懂的"，这就是它毫无掩饰的表情，它说，"在我看来，这几个女孩毫无区别，但你在茫茫人海中只选中了芸芸，这叫什么？这就叫做一见钟情，放心，我已经把你的交友请求发送给芸芸了，还有你的全息图和个人简介。"

要那张最帅的全息图！个人简介一定要充分凸显我的优点！

"放心吧！等着芸芸飞向你的怀抱吧！"大道一副情场老手的样子。

从那刻起，我就开始了忐忑和焦急的等待，这是我从未有过的奇妙感觉，我觉得我即将要坠入爱河，不，我已经坠入了爱河。

羲羲16死就死了吧，我就要有女朋友了！

我忍受不了大道那气定神闲的样子，三天过去了，我急得恨不得上房揭瓦，大道依旧悠悠闲闲地说，"主人，你不要那么急，你要是活到我这个岁数，就知道凡事急也没有用……"

你说得轻巧，又不是你找女朋友。

就在这时，大道嘟了一声，"晓芳有回复了，大道的主人并大道，你们好，我是芸芸的人工智能机器晓芳，我现在通知你们……"

大道又嘟了一声，然后就没下文了！

我急了，晓芳通知什么了？我摇晃着大道，大道求饶，"主人！我才换好显示器三天，在你们人类的思维里，我这是大病初愈，你不能这么摇晃我……"

它的显示器是古董，挺贵的，我是得轻拿轻放，我只得放开它，"大道，晓芳说什么？"

大道很无辜，"晓芳是跟我同时间出厂的同型号产品，她年纪也大了，处理器老化，会偶尔断线，你稍微等一下，她上线了就会接着找我们，主人，心急吃不了热豆腐……"

我只能按捺下去，心乱如麻，芸芸是不是没看上我？是不好意思直接拒绝我，于是就通过晓芳，但她没看上我的话，直接不理我不就行了吗？

女人心，海底针，横竖是一死，你快点嘛！我是一个不能等的人。

终于三分钟后，晓芳又联系了我们，"大道的主人和大道，不好意思，我掉线了，我现在通知你们，芸芸正在野外考察，暂时无法联系，但她已经阅读了大道主人的个人简介，并表示很感兴趣，希望两人能有更进一步的交流。"

是一个干练的女人，我喜欢。

"晓芳，你先别走，主人，我暂时分一个音响给晓芳可以吗？"大道问我，"知己知彼，百战不殆，我们要先通过晓芳好好了解一下芸芸，在爱情的模式里，男生是要先追求女生的。"

253

我再也不能嫌弃大道笨了,在爱情攻坚战里,他真是一个教科书般的存在。

"谢谢大道和大道的主人,"晓芳被挽留下来了,"以我对芸芸的了解,她是一个独立自主的女人,追求效率与力度,大道的主人,你如果决定要追求芸芸,那么就要稳准狠快。"

果然人工智能是受主人影响的,晓芳和芸芸很像。

怎么做到稳准狠快?我是一个没有经验的人。

"让我们来给你当智囊团!"晓芳和大道异口同声。

这两个老家伙,真是人精。

不对,它们是机器。

美中不足的是,晓芳经常掉线。

在大道和晓芳的教导下,我信心满满地踏上征途!

我要将宇宙收入麾下!

临行前一天晚上,我收拾好行李,心里面想着芸芸,久久不能入睡,我披上衣服走进客厅,却听见大道在朗诵一首很古老的诗歌《当你老了》。

"唯独一人曾爱你那朝圣者的心,爱你哀寂的脸上岁月的留痕……"

"大道,你大晚上念什么诗啊?我没给你设定生物钟吗?怎么还不睡觉?"我问道。

大道好久没有回答我,"咦,晓芳怎么又掉线了?"

我看着它幽幽的显示器,难不成这个老机器也陷入爱河了?

芸芸真是一个很能吃苦耐劳的女孩,嗯,跟我一样,我也是一个吃苦耐劳的人，我们都是有恒心、有毅力、有理想、有抱负的人，我们是天造地设的一对。

我辗转奔波了许多地方，所有交通工具用了个遍，人生中第一次看到了马，最终在一处深山老林的小土沟里见到了芸芸，我不知道那一阵子，她究竟挖出了什么，甚至有没有挖出东西。

我灰头土脸，芸芸也灰头土脸，我向芸芸自我介绍。

芸芸点头，"我认得你。"

"做我女朋友，好吗？"我问芸芸。

芸芸指着土沟外的一个刷子，"递给我，好的。"

深山老林里的空气真清新，我的美妙人生开始了！

在那一段与世隔绝、朝夕相处的时光里，我和芸芸的关系突飞猛进，我们两个商量搬到一起住。

哎！真担心大道和晓芳这两个老古董接受不了。

但没想到，我们两个回去宣布这个消息，它们两个欣然接受了。

果然老家伙看得开。

经过多方考虑，芸芸搬到了我家里。

在等芸芸上门的时间里，大道显得比我还急不可耐，总是问我芸芸什么时候到。

我不耐烦地让它去问晓芳。

大道很难过，晓芳老化得太厉害了，它们现在几乎无法进行正常沟通。

晓芳快报废了，芸芸和我心知肚明，我提议让芸芸直接把晓芳送到回收公司，就不用搬到我家了，这个提议差点让大道短路。

但芸芸是一个十分怀旧的人，晓芳陪了她许多年，就像大道陪着我一样,她怎么舍得把晓芳送到回收公司。

芸芸搬到我家的那天,我们两个先把晓芳组装起来,把它和大道放在一起,再收拾房间。

我分明看到大道的显示器上飞过一片又一片的红晕。

晓芳已经无法正常运行了,勉强对大道打了声招呼,"嗨,大道……"

然后,晓芳就掉线了,整整三天,它都没有再上线。

我和芸芸去领了结婚证,成了合法夫妻,我们的新婚生活甜蜜幸福,我更加深刻地理解了大道所谓的"看对眼,聊得来"。

在我们温暖和煦的家中,躲在客厅里的大道在老化的晓芳对比下,更显得死气沉沉。

一天晚上,芸芸躺在我的怀里,轻声对我说,"去跟大道聊聊吧,男人对男人的谈话。"

我知道,这一天无法避免,总归是来了,我躲不过。

在芸芸的目送下,我穿上衣服,慢慢走到客厅,"大道,你最近还好吗?"

"主人,很久很久以前,有一个哲学家说过,相濡以沫,不如相忘于江湖。"大道说,"你能看到晓芳的编码吗?"

我打开晓芳的主机箱,看到它处理器上的编码,"大道,你知道吗,晓芳可能永远也无法上线了。"

"我知道,主人。"大道悲凉地说,"与其相忘于江湖,我更希望相濡以沫。"

"大道,你是一个非常懂得爱情的机器,"我安慰着大道,"但你懂得死亡吗？死亡是另一种永生。"

"主人，你看晓芳的编码，你再看我的编码，"大道开始回忆遥远的岁月，"我们是同一批次的，在流水线上，我就在她身后，我一直期待着转弯，这样，我就能看清她了，在我看清她的那一刻，我陷入了爱河，你懂这种感觉，是不是，主人？"

我懂，我就是这么爱上芸芸的。

"在做电流测试的时候，一股奇妙的电流引起了我的震颤，因为这股电流刚刚流经晓芳的身体，主人，我们出厂之后，就再也没有相遇过，两百多年，各自天涯，后来，我多方努力，总算在网络上找到了她，我告诉她我是谁，她说那真是奇妙的缘分，她可能没有感觉到我对她的爱情，但我们的友谊持续始终，她经常向我抱怨她遇人不淑，她的好几个主人都是野蛮粗暴的人，我真的很心疼她……哎，没想到该来的总归是要来，因为她之前主人的不爱惜，所以她比我老化得要早……"

"大道，我对你也很粗暴。"

"主人，你别这么说，你是很有分寸的人，你没有伤害过我的处理器，晓芳经常掉线，内存也出了问题，我真怕她忘记我，我也无法忍受，在最后的宿命，死亡来临之时，我还没有再次见到她，主人，我对不起你，我利用了你，这是我的一个阴谋……我太想让晓芳到我身边来了！我太期待重逢了！"

"大道，你别这么说，我感谢你和晓芳，将我毕生挚爱芸芸送到我身边。"

"主人，请你将晓芳搬到我正对面，可以吗？"大道问我。

当然可以，我亲爱的大道，我的良师益友。

"主人，太晚了，芸芸需要你的陪伴，请让我和晓芳单独相处，可以吗？"

当然可以，大道。

当我离开客厅的时候，我又听见大道朗诵那首很古老很古老的诗歌《当你老了》。

"唯独一人曾爱你那朝圣者的心，爱你哀寂的脸上岁月的留痕……我爱你，晓芳。"

我回到卧房的时候，灯忽然灭了。

芸芸扑到我的怀中，她的眼泪打湿了我的胸襟，"只剩我们两个了，是吗？"

我无法回答她这个问题。

我不忍心去看，客厅里那两台再也无法上线的古董机器，我更不忍心去看大道被电流击穿的处理器，但最起码，大道和晓芳，此时此刻的距离最近。

大道是热爱我的，晓芳也是热爱芸芸的，所以它们两个在生命的最后，隔着万水千山，把我们两个凝聚到了一起，我们会共同生活，共同老去。

大道也是爱晓芳的，隔着万水千山，它们没有行走的能力，最终却相聚在一起。

大道是完美的，是我的梦想，是我从未实现的有着完美情感的人工智能，他懂得爱情，懂得死亡，尤甚于我。

再见，大道！